사월의 미,
칠월의 솔

사월의 미,
칠월의 솔

김연수
소 설

문학동네

차례

벚꽃 새해 _007

깊은 밤, 기린의 말 _035

사월의 미, 칠월의 솔 _069

일기예보의 기법 _097

주쎙뚜디퍼니를 듣던 터널의 밤 _129

푸른색으로 우리가 쓸 수 있는 것 _157

동욱 _181

우는 시늉을 하네 _207

파주로 _237

인구가 나다 _265

산책하는 이들의 다섯 가지 즐거움 _293

해설 | 허윤진(문학평론가) Wedding _321

작가의 말 _338

벚꽃 새해

경주 남산의 사계를 촬영하는 화보집을 의뢰받았을 때만 해도 성진은 거기에 그토록 많은 불상들이, 그것도 목이 잘린 채 남아 있을 줄은 전혀 알지 못했다. 그러다가 지난 4월, 벚꽃이 만개했다는 소식에 봄 풍경을 촬영하러 남산을 찾아갔다가 목이 잘린 채로 앉아 있는 석불을 보고야 성진은 새삼 '맞아, 이런 게 바로 폐허의 풍경이었지'라고 생각했다. 그렇게 중턱에 있는 상선암까지 올라가 귀부인의 하얀 양산처럼 암자 시와 위로 드리워진 벚나무 꽃그늘을 촬영하는데 메시지가 도착했다는 알림음이 들렸다. LCD 창으로 찍은 사진들을 확인하고 핸드폰을 꺼내보니 알 만한 이름 아래 "점심은 먹었어?"라는 글자가 적혀 있었다. 새벽에 올라와 그때까지 일하고 있던 터라 밥도 못 챙겨먹은 거 뻔히 알면서 묻는 것 같아 괜히 심술이 났다. 메시지는 성진이 상선암의 풍경을 마저 촬영할 때까지 두 번 더 들어왔다. "바빠?" "전화로 말할까?" 마지막 문자를 보고 얼른 카카오톡을 열어서 "무슨 일?"이라고 썼다. 보내자마자 답장이 돌아왔다. 화면을 보니 "내가 예전에 선물한 그 태그호이어, 돌려받았으면 해. 주소 보낼 테니까 착불 택배로 부쳐 줘^^"라고 돼 있었다. 보낸 사람은 서정연. 그러니까 요즘 말로 성진의 '구여친'. 그렇다면 이런 짓을 '진상'이라고 하는 거지. 성진은 중얼거렸다.

그 태그호이어 이야기를 좀 해보자. 그 시계는 지난겨울, 어느 깊은 밤에 멈췄다. 바로 전날은 대통령선거일이라 함께 모여서 개표방송을 보자며 친구들을 만나 저녁 7시부터 생맥주를 마시기 시작했다. 그들이 지지하는 후보가 당선되면 밤새 축배를 들 계획이었는데, 시간이 지날수록 분위기는 점점 가라앉았고 주종도 막걸리에서 소주로, 소주에서 위스키로 점점 더 독해지기만 했다. 그리하여 그 시계가 멈출 무렵에는 만취했던 탓에 성진으로서는 무엇도 기억할 수 없었다. 다음날 깨어서 시계를 보니, 검정색 다이얼 위에 세 개의 침이 예각을 이루며 자정 무렵에 몰려 있었다. 날짜판의 숫자는 왼쪽으로 기울어진 20이었다. 그러므로 그 시계가 멈춘 정확한 시각은 대선이 끝나고 난 다음날, 새벽 12시 54분 49초였다. 오토매틱이라 그간에도 가끔 시간을 다시 맞추거나 용두를 돌려 태엽을 감는 수고가 필요했지만, 이번에는 어떤 방법을 동원해도 초침이 움직이지 않았다. 구입한 지 5년도 넘었으니 분해소지를 한번쯤은 해야 하지 않겠는가는 생각이 들었지만, 싫증도 나고 귀찮기도 해서 한동안 시계 없이 다녔다. 그러다 옆동네를 지나오는 길에 시계수리점이 있는 걸 보고 찾아갔다가 삼십만원에 팔라기에 냉큼 팔아치웠다. 그게 며칠 전의 일이었다.

　사정이 그렇게 돌아가긴 했지만, 성진은 크게 걱정하지 않았다. 정연에게 그 시계를 선물받은 건 2007년이었으니까 벌써 6년 가까이 묵은 일이다. 게다가 최근에도 여자친구가 사준 즉석복권을 긁어 오억원에 당첨된 행운아가 그녀와 이별한 뒤 전액을 꿀꺽하는 바람에 소송이 벌어졌다는 뉴스를 신문에서 읽은 적이 있었다. 오억원에 비하면 그깟 시계쯤이야…… 하는 마음이 없지 않았다. 그렇게 정연과의 옛일을 추억하는데 갑자기 6년 전, 그러니까 우연히 방콕에서 만난 두 사람이 충동적으로 찾아간 고도古都 아유타야의 폐사지인 왓 마하탓이 떠올랐다. 그건 아무래도 낮에 남산에서 본 목 잘린 석불 때문이리라. 성진은 목 잘린 석불들을 왓 마하탓에서 처음 봤으니까. 폐허가 된 사원의 한쪽 벽에 일렬로 석불들이 앉아 있었는데, 모두 목이 잘려 있었다. 신경수역에서 시울 행 KTX에 올라탄 성진은 그때 방콕 웨스틴호텔 앞에서 만났을 때, 정연이 어찌나 반가워하던지, 자신도 빠이와 치앙마이를 다녀오면 그렇게 맑은 표정을 지을 수 있을까 궁금하게 여기던 일을 떠올렸다. 그러다가 설핏 잠들었는데, 얼마나 시간이 흘렀을까, 갑자기 주머니 속에서 전화벨이 울려 성진은 화들짝 놀라며 깼다. 짐작했던 대로 정연이었다. 수면실처럼 고요한 밤기차 객실을 그는 허둥지둥 빠져나왔다. 창밖을 보니 어둠 속에서 가까운 빛들은 빨리, 먼 빛들은 느리게 지나가고 있었다.

"왜 대답이 없어?"

정연이 물었다. 성진은 통로 한쪽에 있는 의자를 내리고 앉았다.

"회사 잘렸어? 뭐야, 갑자기. 돈 땡겨 쓸 일이라도 생겼나?"

그가 말했다.

"노총각으로 늙어가니까 촉만 발달하나부지? 내가 준 시계니까 돌려달라는데 뭔 말이 그렇게 많아?"

"니가 돈이 필요하다면 내가 빌려주겠는데, 니가 준 시계니까 돌려달라면 좀 곤란해."

"왜 곤란해?"

정연의 목소리가 조금 딱따해졌다.

"왜냐하면 그건 법적으로 황당한 얘기거든. 민법에 보면 증여라는 게 있어요. 증여도 계약이기 때문에 일단 선물하고 나면, 소유권이 넘어가는 거야. 무슨 말인지 알겠니?"

성진이 목소리를 깔면서 얘기했다.

"그게 무슨 말이야?"

"그게 무슨 말이냐면, 니가 나한테 선물한 순간부터 그 시계는 법적으로 내 거란 말이야. 돌려달라 한다고 해서 내가 마음대로 돌려줄 수가 없어. 불법이거든. 민법에 그렇게 나와 있으니까 한번 찾아봐라. 난 이만 바빠서."

그렇게 전화를 끊으려는데, 정연이 소리쳤다.

"그 잘난 민법에 내가 죽는다는 얘기는 안 나온대?"

"그게 무슨 소리야?"

"그 잘난 민법에 내가 죽는다는 얘기는 안 나오냐고!"

두 번이나 같은 설명을 들었건만 성진으로서는 도무지 무슨 소리인지 알 수 없었다.

밑도 끝도 없이 전화해서는 과거의 자신은 죽었다는 둥, 이제 완전히 새로운 사람으로 다시 태어났다는 둥 이해하지 못할 소리를 늘어놓는 바람에 시계를 당장 돌려주겠노라고 호언하긴 했지만, 그새 다른 사람에게 판 것은 아닐까는 불안이 없진 않았다. 아니나 다를까, 시계방의 문을 열고 들어가는데 느낌이 별로 안 좋았다. 바깥세상에서는 막 벚꽃이며 개나리며 목련이 터져나오고 있는데, 5평도 안 되는 시계방 안은 어둠침침한데다가 싸늘하기만 했고, 토요일이라 늦도록 침대에서 뒤척거리다가 겨우 나온 터라 배도 고팠다. 그래서인지 시계방 어디선가 먹다 남은 김치찌개 냄새도 나는 것 같았는데, 곧 성진은 그 냄새가 실내에 잔뜩 쌓인 전자제품이며 잡동사니 골동품에서 나는 찌든 냄새일 수도 있다는 걸 깨달았다. 군데군데 새치가 보이는 덥수룩한 머리에 검정색 국산 등산복 상의를 입은 시계방 주인은 경상도 억양이 밴 목소리로 이랬다가 저랬다가 둘러대기 바빴다. 처음에는 그런 시계를 산 적도 없다고 우기더니 성진이 스마트폰을 꺼내 시계 대금으로 입금된 내역을 보여주자 이번에는 시계를 산 건 맞지만 다음날 다른 시계상에게 팔았단다.

"그런데 왜 안 샀다고 거짓말했어요?"

성진이 따지듯 물었다. 그러자 등산복 사내는 대뜸 삿대질을 하면서 목소리를 높였다.

"먼저 거짓말한 건 당신이지. 당신, 그 시계 짝퉁인 거 알면서 나한테 판 거 아니오? 그래서 나도 다시 팔았소."

예상치 못한 발언에 순간 말문이 막혔지만, 성진도 혼자 덤터기를 다 뒤집어쓸 수는 없었다.

"무슨 소리예요? 짝퉁이라니? 그, 그게 왜 짝퉁이에요?"

그렇게 말하면서도 저쪽에서 이렇게 딩딩하게 나오니 정말 싹퉁이 아니었을까는 의심이 들었다. 그런 생각을 하느라 성진은 말을 좀 더듬거렸는데, 그게 신호인 양 시계상이 표정을 바꿨다.

"이 사람, 큰일낼 사람이네. 짝퉁 팔다가 걸리면 어떻게 되는 줄이나 알아? 특정범죄가중처벌법상의 사기 혐의로 3년 이상의 징역형이라구."

"그, 그게 무슨 소리예요?"

반박할 셈으로 입을 열었는데, 거기서 더 말이 이어지지 않아 성진의 꼴이 좀 우습게 됐다. 사내는 5평 시계방 안에서 천하를 얻은 듯한 표정이었다.

"무슨 소리냐면 짝퉁을 매매하는 건 법으로 금지돼 있다고."

그 시계가 가짜일 수 있다는 생각은 한 번도 해본 적이 없던 터라 시계방 주인이 그런 식으로 다그치니, 성진은 당황스러웠다. 그래서 일단 위기를 모면해야겠다는 마음에 불쑥 이렇게 내뱉었다.

"그 잘난 법에 내가 죽는다는 소리는 안 나오던가요?"

그런데 그 말이 효과가 있었다. 도무지 말의 진의를 파악하기 어려웠던지 이번에는 시계상이 머뭇거렸던 것이다.

"애인한테 선물받은 시계인데 몰래 팔았다가 내가 지금 죽게 생겼다고요. 짝퉁이든 뭐든 내가 다시 사면 되잖아요. 돈 돌려줄 테니까 시계 다시 파세요."

오는 길에 은행의 자동인출기에서 찾아온 삼십만원이 든 지갑을 꺼내면서 성진이 말했다. 그러자 시계상이 고개를 절레절레 흔들며 이미 밝힌 대로 다음날 그 시계를 팔았기 때문에 자기로서는 이제 돌려줄 방법이 없다고 했다. 어디에다 팔았느냐고 캐묻자, 남대문 지하상가랬다가 또 용산 전자상가라는 둥, 시내 나가면 한 바퀴 쭉 도는 게 일이니 도대체 어디서 팔았는지 기억이 나지 않는다며 둘러대는 걸, 그렇다면 일련번호를 알고 있으니 경찰서에 분실신고를 하겠다고 말하자 성진을 미친 사람인 양 쳐다보면서 헛헛거리더니 사내는 마침내 황학동의 정시당이라는 가게 이름을 댔다.

두더지굴 같던 시계방에서 나와 막 피어나는 벚나무 환한 그늘 아래를 걸어가면서 성진은 2009년을 떠올렸다. 그해 5월은 그의 인생에서 가장 낮고 어두운 골짜기였달까. 물론 우리가 익히 아는 그 불행한 사건도 어느 정도 영향은 미쳤겠지만, 그가 그 시기를 인생의 가장 낮고 어두운 골짜기였다고 말하는 주된 이유는 그해 4월에 정연과 헤어졌기 때문이었다. 2005년 8월, 두 사람이 시네마테크의 계단 옆에서 처음 키스를 한 것을 기점으로 하면 4년 만이고, 2007년 4월 방콕에서 우연히 만나 같이 아유타야까지 간 것을 기점으로 하면 2년 만이었다.

  길다면 길고 짧다면 짧은 연애 기간 동안 나름 사랑할 만큼 사랑했으니 원도 한도 없는데다가 슬슬 다른 사람이 궁금해지던 터라 성진 쪽에서 먼저 시간을 두고 두 사람의 관계를 진지하게 생각해보자고 제안했던 것인데, 정연이 눈물을 펑펑 쏟으면서도 운명인 양 선뜻 이별을 받아들이지 어째 일이 잘못 돌아간다는 생각이 들었다. 언제나처럼 슬픈 예감은 틀린 적이 없었고, 본인은 스물아홉 살이라고 우기건만 가족이나 친구들 모두 서른으로 알고 있던 2009년의 봄, 그는 매일 술에 절어서 지냈다. 지금 돌이키면 서른 무렵의 찌질함이란 눈 뜨고 못 봐줄 정도였다. 무슨 비련의 주인공이라도 되는 양 멀쩡한 애인에게 자기가 먼저 이별을 고하고는 밤마다 비애에 젖은 몰골로 술을 퍼마시는 꼴이라니. 그 정점은 술에 취해서는 바로 그 태그호이어를 부여잡고 절규할 때였으리라.

  "배신도 이런 배신이 있을까나. 나는 청춘의 순정을 다 바쳤는데, 그게 짝퉁이었다네."

그러니 정연에게 전화한 성진의 입에서는 그런 말이 대뜸 나오지 않을 수 없었다.

"오빠가 말하는 짝퉁이라는 게 혹시 내가 홍콩 면세점에서 삼천 달러를 주고 산 태그호이어 카레라 칼리버 16을 말하는 건 아니겠지?"

정연이 물었다.

"왜 아니겠니? 시계방에서 확인한 결과, 짝퉁이란다. 그것도 모르고 나는 열심히 차고 다녔네. 스물일곱 살에서 서른두 살까지 이 소중한 청춘의 5년 동안 말이야."

성진의 말에 정연은 대꾸가 없었다. 조금 불안하기는 했지만, 그는 계속 말했다.

"사실은 작년 연말에 그 시계가 고장났어. 그래서 동네 시계방에 맡겼더니 고치는 값이 더 나온다며 중고로 넘기라고 하더라고. 그래서 팔았는데, 네가 과거의 너는 이제 죽었으니 앞으로 새로운 인생을 살겠다느니 하도 난리를 치는 바람에 다시 돌려달라고 가봤더니 벌써 다른 사람한테 팔아버렸단다. 그러니까 너도 이제 포기해라. 양심상 시계 판 돈은 보내줄 테니까."

그래도 정연은 대꾸가 없었다. 뭐지, 이 폭풍전야의 고요는? 성진은 궁금했다.

"얼마 받았어?"

벚꽃 새해 17

이윽고 부드러운 목소리로 정연이 물었다.

"이십만원."

성진이 대답했다.

"오빠!"

"아, 다시 생각하니 삼십만원이다."

"지금, 죽고 싶어?"

여전히 나지막한 목소리로 정연이 말했다. 성진은 하늘을 올려봤다. 푸른 하늘을 배경으로 벚나무 가지가 뻗어 있고, 그 가지들마다 하얀 꽃들이 피어 있었다. 이렇게 아름다운 풍경 속에 서 있는데 외롭지가 않다니 신기하다고 성진은 생각했다. 뷰파인더로 아름다운 풍경을 볼 때마다 외로움을 느꼈는데 말이다. 벚꽃이 피기 시작했으니 말하자면 오늘은 벚꽃 새해. 이토록 아름다운 날 죽을 수는 없었다.

"돈 받고 팔았다는 건 농담이고, 전문수리점에 맡겼다니까 거기 가면 찾을 수 있을 거야. 사실은 거기 같이 가자고 전화한 거야."

성진이 말했다.

옛 애인을 다시 만나서는 그녀가 그토록 예뻤을 줄이야 미처 몰랐다며 속으로 후회를 삼키는 일은 영화에나 나오는 판타지일 뿐이라는 게 평소 성진의 지론이었다. 그간 사랑했던 여자들을 그는 여전히 사랑하고, 또 그런 식으로 영원히 사랑할 테지만 그건 '다시' 사랑하는 일은 없으리라는 뜻이었다. 그건 한번 우려낸 국화차에 다시 뜨거운 물을 붓는 짓이나 마찬가지니까. 아무리 기다려봐야 처음의 차맛은 우러나지 않는다. 뜨거운 물은 새로 꺼낸 차에다만. 그게 인생의 모든 차를 맛있게 음미하는 방법이다. 마찬가지였다. 봄날의 거리에서 재회하니 그런 식으로 정연은 예뻤다. 그에게 예뻤던 여자들은 여전히 예쁘고, 또 그런 식으로 영원히 예쁘겠지만 '다시' 예쁠 수는 없었다.

"올해 서른이지?"

정연을 보자마자 성진이 물었다.

"몰라. 그런 거 따위."

그녀가 대답했다.

"딱 4월 15일쯤 되는 나이네. 산마다 꽃이 핀다."

"광복절이라니까. 새 인생을 찾고 싶어."

"그래, 이리로 가면 정시당이 있다니까 거기에 너의 새 인생도 있을 거야."

성진이 자신만만하게 말하자, 브라더미싱기에, 마라톤타자기에, 못난이인형에, 돌하르방과 빨간색 공중전화기까지 놓인 주말 벼룩시장의 풍경을 가리키며 정연이 말했다.

"그런데 새 인생으로 가는 초입이 상당히 을씨년스럽네."

두 연인의 관계를 지탱한 건 이런 종류의 재담이었다. 돌이켜보면 성진이 자기 혼자 아직 스물아홉이라고 부득불 우기던 2009년이 시작되면서 둘 사이에서 이런 재담이 사라지기 시작했다. 말하자면 그건 관계의 지진을 예고하는 두꺼비떼의 엑소더스 같은 것이었달까. 그런데 예전처럼 서로 대화하는 맛이 살아나니 거기 지금은 잊힌 물건들이 즐비한 황학동 뒷골목을 걷는 기분도 가히 나쁘지 않다고 그는 생각했다. 레코드점과 빈티지 오디오점과 중고 카메라 상점을 지나 그 뒷골목의 끝에서 청계천 방향으로 꺾어서 조금 더 걷다보니 '명품시계 정시당'이라는 빨간색 세로 간판이 보였다. 성진이 그 간판을 가리켰다.

그러나 막상 명품시계 정시당의 쇼윈도 앞에 서자 정연은 집으로 돌아가겠다고 우겼다.

"이 넓고 넓은 서울 천지에서 내가 오빠한테 선물한 시계와 가장 어울리지 않는 곳을 찾으라면, 바로 여기야. 정확하게 이 집, 명품시계 정시당. 지금 여기가 전문수리점이라는 걸 나디리 믿으라는 거야? 나를 이딴 곳으로 데려온 저의가 뭐야?"

"원래 이런 곳에 숨은 장인들이 있는 법이야."

"숨은 장물들이 있겠지. 맞아, 그새 내가 까먹고 있었네. 원래 오빠는 이런 사람이었지. 언제나 이런 식으로 변죽만 울리며 내 인생을 축냈었지. 오뎅은 안 먹고 국물만 홀짝이는 학생들처럼."

"아니, 오뎅도 아니고 국물이라니. 아무렴 내가 너한테……"

그녀의 말에 화는 나는데, 2009년 봄의 성진처럼 니가 뭔데 내 인생에 이래라저래라 말이 많으냐고, 자기는 살고 싶은 대로 살 것이라고 고래고래 소리를 지를 자신은 없었다. 지난 4년 사이에 성진은 많이 바뀌었다. 그 4년 동안 그는 원하는 인생을 살지 못했다. 경영자가 사진부를 외주로 돌리는 바람에 쫓겨나다시피 잡지사에서 나와 프리랜서 사진작가로 생계를 유지해야만 했는데, 그건 동네 공원을 산보하는 것 같았던 평이한 삶이 백운대 절벽 끝을 디디고 걸어가는 묘기로 둔갑했다는 뜻이었다. 이 사회에는 프리랜서를 위한 난간 같은 건 없으니 어떤 경우에도 그는 곡예사의 침착을 유지하는 법을 배워야만 했다.

"여기서 잠깐만 기다려봐. 내가 들어가서 알아볼 테니까. 만약 여기에 그 시계가 없으면 내가 사서라도 돌려줄 거야, 알았어?"

하지만 문을 열고 정시당으로 들어간 순간, 아니, 더 솔직하게 모퉁이를 돌고 나서 그 빨간 간판을 가리키던 그 순간, 성진은 거기에 자신의 태그호이어는 없다는 걸 알 수 있었다. 그는 양팔에 토시를 끼고 백열등을 환하게 밝힌 작업대에 앉아서 두꺼운 책을 들여다보던 늙은 남자를 물끄러미 쳐다봤다. 그 늙은 남자도 고개를 돌려 성진을 쳐다봤다. 성진은 그냥 돌아서 나가려다가 밖에 정연이 서 있는 것을 보고는 그 늙은 남자에게 최근에 검정색 다이얼의 태그호이어를 구입한 적이 있느냐고 물었다. 노인은 고개를 저었다. 그럼 혹시 중고라도, 아니 짝퉁이든 뭐든 좋으니 그 메이커의 시계를 구할 수 있느냐고 성진이 다시 물었다. 그러자 노인은 읽던 책을 작업대에 내려놓고 의자를 돌렸다. 그가 뭔가 말하려고 하는데, 정연이 문을 열고 들어왔다. 그녀를 한번 쳐다본 뒤, 성진은 다시 노인을 쳐다봤다. 노인은 입을 다물었다. 성진은 정연에게 고개를 돌리고 말했다.

"아, 아까 삼천 불이라고 했나?"

뒤가 켕기니 성진이 더듬거렸다. 그러자 정연이 손을 들어 가리켰다.

"저거, 기억 안 나?"

동네 공원을 산보하듯, 눈을 감고도 얼마든지 마음먹은 대로 살 수 있었던 시절, 그러니까 2004년의 일이다. 제대한 뒤 사진학도로서 영화를 좀더 공부해야겠다는 마음에 그는 대학로에 있는 한 시네마테크에 회원으로 가입했다. 툭하면 눈을 감고는 "때로는 귀가 눈보다 사물을 더 잘 봐" 같은, 영화 〈해피 투게더〉의 대사나 1997년 4월 1일 콘서트에서 〈월량대표아적심月亮代表我的心〉을 부르기 전에 장국영이 한, "오늘은 새해 첫날처럼 특별한 저녁이야" 따위의 말들을 중얼거리는, 갓 스무 살을 넘긴 정연을 거기서 그는 처음 만났다. 애정의 척도를 허세로 측정하던 스무 살 무렵이니 그런 모습이 성진에게는 영화에 대한 남다른 열정으로 보여 기특했다. 그런 허세 중 하나가 서울 시내의 비디오방을 순례하면서 남들은 잘 모르는 영화를 찾아서 보는 일이었다. 그렇게 해서 둘이서 본 영화 중에 주윤발과 임청하가 스물여덟 살의 청춘남녀로 등장하는 〈몽중인夢中人〉이 있었다. 명품시계 정시당에 들어와 정연이 가리킨 게 바로 그 영화 〈몽중인〉의 첫 장면에 등장하는 토용이라는 건 그녀가 그 시절의 일들을 상기시켜준 뒤에야 알았다.

"토용을 다 보네. 정말 이 동네엔 없는 게 없나봐. 그 시계만 빼고."

정연이 말했다. 그 말을 듣고야 성진은 주위를 찬찬히 둘러볼 수 있었다. 들어가자마자 길게 놓인 진열대와 한쪽의 소파 세트, 진열대 너머 오른쪽 벽에 붙은 작업대. 진열대에는 시계가 많지 않았고, 검정색 소파는 한쪽이 꺼져 있었다. 전반적으로 쇠락해가는 분위기였는데, 작업대 위쪽에 부착된 화이트보드에 '鴻鵠之志'라는 글자가 검정색 매직으로 적혀 있는 게 성진의 눈에 띄었다. 성진은 읽을 수도 없는 그 한자 덕분에 양팔에 토시를 끼고 앉아서 두꺼운 책을 읽던 그 육십대 초반의 노인이 꼬장꼬장한 유학자처럼 느껴졌다. 작업대 옆 책꽂이에는 『신장의 역사』, 『동방견문록』 『돈황학이란 무엇인가』 같은 두꺼운 양장본이 꽂혀 있어 그 느낌이 더했다. 성연이 말하는 토용은 그 책들 앞에 서 있었다.

"이젠 더이상 중고시계를 매입하지 않습니다. 다만 남은 걸 팔 뿐인데, 태그호이어는 없어요."

그가 성진에게 말했다.

"그 작자한테 또 속은 거야. 저글링하듯이 여러 사람의 금쪽같은 시간을 갖고 노는구나. 나한테는 짝퉁이라고 둘러대고는 다른

벚꽃 새해

데다 고가에 팔았겠지, 진품이라면 굳이 이런 곳까지 와서……"

성진이 거기까지 말하는데, 정연이 그 말을 막았다.

"시겐 됐고, 대신에 저거 살 수 있을까요? 저 토용."

그녀가 노인에게 물었다. 노인이 고개를 돌려서 그 인형을 바라봤다.

"저건 병마용 모형인데, 파는 게 아닙니다."

"중국에서 사신 건가요?"

"아니요. 아직 한 번도 중국에는 가본 일이 없어요. 십수 년 전에 시안西安에 관광을 다녀온 사람한테서 선물로 받은 거예요."

"선물이라시면 어쩔 수가 없네요."

정연이 말했다.

"하지만 선물로서의 의미는 이미 퇴색한 지 오래예요. 그런데 이게 갖고 싶어요?"

"아니요, 뭐. 그냥…… 이 사람 말만 듣고 여기까지 왔는데, 시계도 못 찾고, 이래저래 헛된 시간만 보내고 있는 게 한심해서."

"헛된 시간이라……"

정연의 말에 가만히 생각에 잠기는가 싶더니 노인은 작업대의 불을 끄고 의자에서 일어났다. 그는 책꽂이 앞에 있던 병마용 모형을 들고 소파 쪽으로 걸어나왔다. 그는 할말이 있으니 두 사람에게 소파에 앉으라고 권했다. 그러더니 탁자 위에 병마용을 세웠다. 성진은 언젠가 여행잡지에서 그 병마용 사진을 본 일이 있었다. 하지만 머리를 땋은 모양이며 얼굴 표정이며 갑옷의 생김새를 그렇게 자세히 본 적은 없었다. 성진이 그 인형을 바라보는 동안, 노인이 계속 말했다. 그걸 선물한 사람은 시장에서 친목계를 같이 하던 계꾼이었는데, 대학을 나왔다고 으스대는 일이 많았던 모양이다. 해서 『사기』가 어쩌고, 진시황이 저쩌고 사설을 늘어놓으며 그런 선물을 상인들에게 돌린 것인데, 골동품에는 이력이 난 사람들에게 그런 게 반가울 리 없었다.

"그런데 지금 보면 표면이 매끈하지만, 처음에는 여기에 진흙 같은 게 누렇게 묻어 있었단 말이오. 그걸 보고는 우리 집사람이 '선물을 하려거든 좀 깨끗한 걸 골라올 것이지'라고 흉보는 소리를 몇 번 들었는데, 내가 가게를 비운 틈을 타서 여러 번 물로 헹구고 식초에 담그기까지 하면서 진흙을 다 벗기고 윤을 냈어요. 가게에 돌아오니 집사람이 깨끗하게 씻은 걸 보여주는데, 아주 보기 좋습디다. 그래서 잘했다고 칭찬했지요."

며칠이 지나, 그 사람이 가게에 놀러 왔기에 자랑삼아 깨끗하게 씻은 병마용을 꺼내 보여줬더니 그 인형은 원래 일부러 흙을 묻혀서 파는 건데 무식한 여편네가 헛수고를 했다며 혀를 끌끌 찼다고 노인은 말했다. 너무 심하게 아내 흉을 보기에 아니, 세상천지에 일부러 진흙 묻혀서 파는 인형이 중국말고 어디 있겠냐며 따지다가 되려 봉사 개천 나무란다느니, 부창부수라느니, 그런 악담까지 들었고, 결국 그 사람과는 영영 절교했다. 하지만 왜 인형에 흙을 묻혀서 판다는 것인지 알아야 분이 마저 풀릴 것 같아 노인은 시내 서점에 나가 진시황에 대한 책을 한 권 사왔다. 그 말에 성진은 병마용에서 시선을 떼고 그 노인의 얼굴을 바라봤다. 그때부터 노인은 진시황이 나오는 책이라면 닥치는 대로 읽었다. 진시황을 알고 나니 『사기』가 궁금하고, 『사기』를 알고 나니 수당隨唐이 궁금하고, 그렇게 해서 서역도 알게 되고 실크로드도 알게 됐다. 하지만 자기 혼자 알고 싶었다면, 그렇게까지 열심히 읽지는 않았을 것이라고 노인은 말했다. 아내에게 들려주기 위해서 읽은 것이라고. 밤에 불 끄고 누워서 그는 낮 동안 시계방 구석에서 읽은 책의 내용 중에서 흥미로운 이야기들을 아내에게 들려줬다. "봉사 소리를 또 듣게 할 수는 없으니까"라고 그는 말했다.

노인의 이야기에 푹 빠진 정연이 "어떤 얘기들을 들려줬나요?"라고 물었다. 그러자 노인이 대답했다. 병마용의 얼굴은 모두 다르다던데, 또 원래는 색도 칠해졌다던데, 그래서 처음 발굴할 때만 해도 실제 사람의 모습을 꼭 빼닮았다던데, 원래는 진짜 사람들이 아니었을까, 그런데 몇천 년이 흐르는 동안 흙인형으로 모습이 변한 건 아닐까? 뭐, 그런 얘기도 하고. 고비사막에서 한나라 때 장군 이릉이 흉노와 전쟁을 벌일 때, 병사들이 말을 잘 안 들어 조사해보니 아내들이 수레에 숨어서 따라왔더라. 그래서 이릉이 그 아내들을 끌어내 모두 베어버렸는데 그걸 지켜보던 사내들 심정이 상상이 가느냐. 사막이 뭐냐면 그런 마음이 사막 아니겠느냐, 뭐,

그런 얘기도 하고. 용문석굴의 불상들도 그렇고, 당 고종과 무측천 무덤인 건릉의 사신상도 그렇고, 죄다 목이 잘려나갔다는데 도대체 그 얼굴들은 모두 어디로 간 것일까, 또 뭐 그런 얘기도 했다고. 그런 이야기를 할 때면 그의 아내는 '세상에!'나 '어머나!' 같은 추임새를 넣으며 맞장구를 쳤다. 때로는 많이 피곤했던지 어느 틈엔가 잠든 아내가 코를 골기도 했는데, 그런 날에도 노인은 혼자서 중얼중얼 마저 얘기를 끝냈다고 했다. 못 배운 설움은 아내뿐만 아니라 자신에게도 있었으니까. 그건 자신에게 들려주는 이야기이기도 했던 것이다.

그랬던 그가 손을 들어 화이트보드에 적힌 한자를 가리키면서 이렇게 말했다.

"저길 한번 보시오. 홍곡지지鴻鵠之志라는 건 『사기』「진섭세가」에 나오는 말이오. 가난한 집에서 태어나 진나라에 맞서 반란을 일으켜 왕이 되는 진섭이 머슴살이를 하던 젊은 시절, 미래의 부귀를 말하니 다른 머슴들이 그를 비웃었는데 그때 진섭이 한 말입니다. 제비나 참새 같은 작은 새가 기러기나 백조의 뜻을 알겠느냐는 뜻이죠. 내게도 홍곡지지는 있으니 그게 바로 시안과 그 너머의 사막을 여행하는 일이라오. 아직도 이루지 못한 꿈이라 저렇게 적어둔 거요. 내가 이런 얘기를 하면 여기 시장 골목에서는 비웃지 않는 사람이 없었는데, 단 한 사람 집사람만 응원을 아끼지 않았소. 10년을 넘게 그 얘기만 했으니까 그럴 수밖에. 하지만 나 혼자 갈 수 있나?

집사람과 같이 가야지. 그렇게 말하면 집사람은 아주 기겁을 했어요. 평생 고생만 시키더니 기껏 비행기 태워준다는 데가 아내들 베어 죽인 사막이냐는 거지. 그러더니만 작년에야 비로소 같이 가자고 합디다. 그 소원 하나 못 들어준 게 미안하다며."

"그런데 왜 아직 못 가셨어요?"

정연이 물었다.

"작년에 가려고 비행기표까지 끊었는데, 집사람 몸이 다시 나빠지는 바람에…… 가을이 되면서부터는 다시 통원치료를 받았고, 그러다가 11월에 입원했는데 다시는 병원에서 못 나왔지. 이젠 나 혼자 남았으니 올여름이 되기 전에 여기 정리하고 중국을 여행할 계획이에요. 그러니 이게 갖고 싶다면 아가씨한테 그냥 드리리다. 지금까지 내 얘기를 잘 들어주니 고맙고, 마지막으로 잔소리를 한마디하자면, 어쩌다 이런 구석까지 찾아왔대도 그게 둘이서 걸어온 길이라면 절대로 헛된 시간일 수 없는 것이라오."

병마용을 정연 쪽으로 내밀며 노인이 말했다.

작년 12월 20일 아침에 깼을 때만 해도 시간이 영영 이대로 멈춰버린 건 아닐까는 생각이 들었지만, 그건 시계가 작동을 멈춘 것일 뿐 시간은 계속 흘러 새로운 봄도 찾아왔고 꽃들도 피었다. 정시당에서 나와 들어온 반대방향으로 계속 걸어가 골목을 빠져나오니 청계8가였다. 토요일 오후가 깊어지고 있었다. 버스도 택시도 지하철도 없는 곳이라 둘은 천변을 따라 걸었다. 해는 빌딩들 사이로 사라졌다가 다시 나오는가 싶더니 구름 속으로 숨어버렸다. 처음에는 가까운 정류장이나 지하철역까지만 함께 걸을 생각이었는데, 얘기를 하다보니까 그만 계속 걷게 됐다. 왜 그렇게 됐느냐면, 청계7가의 횡단보도에서 보행자 신호를 기다리는데 정연이 성진의 얼굴을 빤히 쳐다보면서 이렇게 말했기 때문이다.

"내가 죽으면 같이 죽겠다고 말해줘."

성진은 한 걸음 뒤로 물러섰다.

"미쳤냐? 내가 왜?"

정연은 실망한 표정으로 손을 내저었다.

"다 까먹었구나. 하긴, 같이 〈몽중인〉을 본 것도 잊었으니까. 오빠는 방콕에서 만났을 때부터라지만, 나는 그때부터였는데. 우리 둘이서 아현동 어두컴컴한 비디오방에 앉아서 그 대사를 들을 때부터. 왜, 〈몽중인〉의 첫 장면에서 임청하가 그러잖아. 내가 죽으면 같이 죽겠다고 말해줘. 죽음 뒤의 적막을 견딜 수 없을 테니까."

스무 살 무렵의 언젠가처럼 정연이 대사를 읊조렸다.

"잠꼬대 같은 소리네."

"지금 들어보니까 그렇네. 그땐 그런 대사들, 다 내 것 같았는데."

"그게 그렇더라구. 어릴 때만 해도 인생이란 나만의 것만 남을 때까지 시간을 체로 거르는 일이라고 생각했는데, 서른이 되고 보니까 그게 아닌 것 같더라. 막상 서른이 되고 보니 남는 게 하나도 없어. 다 남의 것이야. 내 건 하나도 없어."

그러자 정연이 한숨을 내뱉었다.

"그러게. 2년을 꼬박 다녔는데, 계약 해지. 내게 남는 거 하나 없이 다시 빈털터리. 이게 뭐야?"

지난 3월에 다니던 회사를 그만둔 뒤, 그렇게 한 달이 흘렀다고 정연은 말했다. 그 한 달이 어떤 한 달이었을지 성진은 짐작할 수 있었다. 할 일도 없고 갈 곳도 없어 집에 있으면서 이제나저제나 꽃 피기만을 기다렸건만, 아시다시피 지난 4월은 모두에게 얼마나 추웠던지. 무슨 놈의 겨울이 이다지도 기냐는 탄식이 정연의 입에서 떠나지 않았다. 그러다가 모처럼 친구 생일이라고 외출했다 자정 넘어 술에 취해 귀가한 날이었다. 택시 뒷좌석에 앉아서 정연이 가만히 꼽아보니, 자정이 넘었으니 이제는 4월 13일이었다. 그 생각을 하자 기분이 좋아졌다. 이제부터 모든 일이 잘 풀릴 것 같은 느낌이 들었다. 집에 도착한 그녀는 곧장 욕실로 달려가 옷도 벗지 않은 채 물을 뒤집어썼다. 몇 해 전, 스물네 살, 꿈 많은 사회 초년생이었던 시절, 그녀는 태국 빠이에서 치앙마이로 내려오다가 그렇게 물을 뒤집어쓴 적이 있었다. 쏭끄란, 그러니까 4월 13일의 태국 설날이었던 것이다. 그때의 일이 떠올라 자신의 새해는 지금부터라고 생각하며 물을 뒤집어쓴 것인데, 물이 너무 차가웠다. 얼른 뜨거운 물을 틀었지만, 온수는 좀체 나오지 않았다. 그래서 다시 물을 잠그고 서 있는데, 흠뻑 젖은 채로 덜덜 떨고 있는 자신의 모습이 거울로 보였다.

"왜 그러고 사니?"

"오빠 왜 그러고 살았어? 4년 전에."

성진은 대답하지 않았다. 이젠 머릿속에 있는 생각을 다 말하지 않아도 된다는 것쯤은 알고 있었으니까. 하지만 정연이 계속 다그쳤다면, 이렇게 말했을 수도 있었으리라. 그때는 매일 밤 캄캄한 방안에 누워 낮 동안 읽은 재미난 이야기들을 고단한 아내에게 들려주는 노인이 이 세상에 있다는 걸 몰랐기 때문이라고. 이윽고 가늘게 코 고는 소리가 들리는데도 그 노인은 이야기를 멈추지 않았다는 걸, 또 그가 들려준 건 꼭 산 사람이 그대로 굳어버린 듯한 병마용과 남편들이 지켜보는 가운데 죽은 여인들의 사막과 목이 잘린 채 폐허의 사원에 앉아 있는 돌부처들과 설산의 눈 녹은 물로 재배한 포도에 대한 이야기라는 걸 몰랐기 때문이라고.

"어쨌든 나의 서른 살은 누가 뭐래도 이제부터인 거야. 과거의 나는 모두 잊기로 했어. 오빠에게 남은 내 흔적도 다 없애고 싶었고. 그리고 나니까 좀 분하더라. 내가 먼저 서른 살이 됐다면, 내 쪽에서 먼저 보기 좋게 오빠를 차버렸을 수도 있었으니까. 제기랄, 이런 식으로 그때 오빠의 마음을 단숨에 이해해버렸다니, 억울하지만."

"그래서 니가 진상을 부렸구나."

그 말도 하지 말았으면 좋았을 테지만…… 그렇게 얘기를 나누며 청계3가를 거쳐 종로3가 지하철역까지 걸어간 뒤에야 두 사람은 헤어질 수 있었다. 정연은 5호선을, 성진은 1호선을 타야 했다. 5호선 개찰구 쪽으로 걸어가기 전에 정연은 신문지에 싼 병마용 모형이 든 하얀색 비닐봉지를 들어 보이며 "헛된 시간만은 아니겠지?"라고 물었다. 그건 답변이 정해진 질문이어서 성진이 대답했다.

"물론이지."

"그런데 아까 그 할아버지가 목 없는 불상 얘기할 때……"

성진이 무슨 얘기인지 알 만하다는 듯 고갯짓을 해 보였다.

"맞지? 오빠도 그 생각 했지? 그 보리수 생각. 부처님 얼굴 생각."

성진은 계속 고개를 끄덕였다. 그렇게 둘은 헤어졌다. 토요일 오후의 승객들 사이에서 지하철을 기다리는데, 성진의 머릿속으로 그 보리수의 모습이 서서히 떠오르기 시작했다. 언젠가 하늘색 원피스 차림으로 침대에 누워 있던 정연처럼, 성진은 두 눈을 감았다. 그날 호텔방 안은 서늘했다. 부산영화제 기간이었고, 정연은 낮에 본 페루 영화에 대해 중얼거리고 있었다. 그녀의 말은 한가롭고, 또 나른하게 들렸다. 이윽고 그녀의 말이 끊어졌다. 뭐해? 그가 물었다. 생각. 그녀가 눈을 계속 감은 채로 대답했다. 무슨 생각? 잠들 때면 이따금 하는 생각. 부처님 얼굴 생각. 무슨 부처님 얼굴? 성진이 물었다. 우리가 아유타야에서 함께 본 부처님 얼굴 말이야.

그 생각만 하면 이 세상이 정말 근사하게 느껴지거든. 그게 그렇게 근사해? 성진도 그녀의 옆에 누웠다. 그리고 그녀처럼 눈을 감았다. 그리고 생각했다. 아유타야를 침략한 버마군이 불상들의 목을 자를 때 떨어진 불상의 머리 중 하나를 보리수의 뿌리가 감싸안았고, 오랜 시간이 흐르는 동안 그 머리는 마치 원래 거기에 있었던 것처럼 뿌리와 하나가 됐다. 둘은 나란히 서서 그 뿌리 속 부처님 얼굴을 바라봤다. 그 얼굴은 눈을 감고 있었다. 성진이 그 얼굴을 떠올리자, 정말 이 세상이 근사하게 느껴졌다. 그러는 동안, 성진은 정연의 숨소리가 조금씩 달라지는 걸 느낄 수 있었다. 낮고 고요하게, 쌔근쌔근, 규칙적으로. 성진이 보리수 뿌리에 감싸인 부처님 얼굴을 생각하는 동안, 세상이 근사하게 바뀌는 동안, 한 걸음 뒤로 물러서라는 안내방송이 나오고 마침내 지하철이 역 구내로 들어오는 동안.

깊은 밤,
기린의 말

1. 엄마와 아빠는 우리를 동물원에 버리려고 한 적이 있었다

태호가 '기린'이라는 말에 반응을 보일 때부터 자기는 눈치채고 있었다고 진희가 말했다. 태호가 그날을 기억한다는 사실을. 진희는 절대로 그날을 잊지 못하겠다고 하던데, 글쎄, 나는 잘 모르겠다. 하얀 벚꽃들, 그 그늘 길이 환하던 봄날이었다는 것만 생각날 뿐. 대공원 입구가 꽃구경을 하러 온 사람들의 검은 머리통으로 빼곡했다. 인파에 밀려 꽃길을 따라 한참 걸어가니 동물원이 나왔다. 아빠가 입장권을 끊었다. 엄마와 쌍둥이인 우리 것까지. 태호는 그때 유모차에 누워 있었으니까 당연히 무료입장이었다. 우리는 하얀색 원피스에 우스꽝스러울 정도로 굵은 금목걸이를 하고 유모차 손잡이를 잡고 선 엄마의 양쪽에 서서 기념사진을 찍었다. 동물원

입구에 세운 플라스틱 동물인형 앞이었다. 너구리인지 다람쥐인지 원숭이인지. 그건 태호의 첫 동물원 방문 기념으로 찍은 사진이었는데("아니, 마지막으로 우리 모습을 남기려고 찍은 사진이라니까!") 이제 우리의 마지막 동물원 방문 기념 사진이 됐다. 그뒤로 우리 가족이 함께 어딜 놀러 간 적은 한 번도 없었으니까. 그게 벌써 5년 전의 일이다.

"처음에는 얼룩말이었잖아, 맞지? 난 다 기억해."

진희가 태호에게 말했다. 태호는 발을 끌면서 걸었다. 태호의 걸음에 맞추느라 걷는 속도가 느렸다. 밤 12시가 가까워지고 있었다. 그렇게 늦은 시간에 집밖으로 나간 적은 한 번도 없었기 때문에 그 밤의 모든 것들이 신비롭고 생생하고 두려웠다.

"아니야, 홍학이었어. 홍학들이 서 있어서 연못이 빨갛게 보였잖아."

태호 대신에 내가 대답했다.

"그랬나? 아닌데. 홍학들이었나? 태호야, 맞니? 네가 제일 잘 기억할 것 같아. 당한 사람은 너니까."

태호는 아무런 대답이 없었다.

"홍학이었어. 홍학, 맞아. 그리고 그다음이 기린이었어."

'기린'이라는 말이 나오자, 태호가 좋아했다. 나는 계속 말했다.

"그때 입구에서부터 엄마가 싫은 기색으로 말한 거 기억나? 이게 뭐야? 동물원이야, 사람원이야? 그래서 아빠가 대답하기를……"

우리는 동시에 외쳤다.

"사람도 동물이잖아!"

태호 역시 그런 것들을 다 기억하는 것일까? 홍학을 구경하고 조금 더 걸어갔더니 기린이 나왔다. 멀리서 걸어갈 때는 기린의 얼굴이 보였는데, 가까이 다가가니 어른들에 가려 잘 보이지 않았다. 아빠는 병풍처럼 늘어선 사람들 뒤에 유모차를 세우고 태호의 양쪽 겨드랑이를 두 손으로 잡아 높이 치켜들었다. 그러더니 아빠는 다시 태호를 안아 몸을 반대로 돌린 뒤 목말을 태우며 "저 기린 봐라. 먹을 걸 안 주는지 삐쩍 말랐다"라고 말했다. 사람들에게 가려 기린을 볼 수 없게 된 우리 쌍둥이는 아빠의 어깨 위에 올라탄 태호가 부러웠다. 지금이나 그때나 태호는 아무 말도 하지 않았다. 울지도 않았다. 버둥거리지도 않았다. 기린을 바라보지도 않았다. 그저 밀가루를 채운 검은색 비닐봉지처럼 태호는 아빠의 뒤통수에 붙어 있었다. 조금 더 걸어가니 우리 눈에 다시 기린이 보였다. 기린은 멀리서 우리 쪽을 바라봤다. 우리는 기린에게 손을 흔들었다. 기린은 아무것도 흔들지 않았다. 기린은 아무 말도 하지 않았다.

그다음에 우리는 어린이동물원이라는 곳에 있었다. 코끼리를 닮은 미끄럼틀, 낙타 모양의 스프링 의자, 정글처럼 생긴 콘크리트 미로 등이 기억난다. 토끼와 햄스터와 염소처럼 순한 동물들도 몇 마리 있었다. 걸어다니며 심심찮게 울어대던 검은 수탉도 있었다. 우리 셋은 거기 한쪽에 있는 모래밭에 앉아 있었다. 엄마와 아빠는 조금 걷고 오겠다며 자리를 비웠다. 그 일 때문에 진희가 자꾸 우기는 것이다. 모래장난을 할 나이는 지났기 때문에 우린 벤치에 앉아 있었다. 한참 새들을 올려다보는데 태호가 좀 이상하다고 진희가 말했다. 모래를 뿌리며 놀던 태호는 고개를 돌리고 우리를 빤히 쳐다보고 있었다. 그러더니 고개를 외로 돌린 그 자세 그대로 모래밭을 향해 앞으로 넘어졌다. 마치 머리통이 너무 무거워 이젠 더 이상 감당할 수 없다는 듯이. 장난치는 것 같아서 우리는 넘어가는 태호를 그냥 보고만 있다가 쓰러진 뒤에는 손뼉을 치고 깔깔대고 웃었다. 태호는 모래밭에 얼굴을 묻은 채 가만히 누워 있었다. 누군가 버리고 간 곰인형처럼. 엄마와 아빠는 한참이 지나도록 돌아오지 않았다. 태호가 이상해 소아과에 정밀검진을 받으러 가기 하루 전의 일이었다.

"엄마하고 아빠는 그때 우릴 버리려고 했던 거야. 그렇지 않으면 동물원에 갈 사람들이 아니거든. 엄마는 지금까지 동물에 관한 시는 한 편도 쓴 적이 없어. 아빠는 동물원의 동물들은 모두 정신병에 걸렸다고 늘 우리한테 얘기했었고."

"아빠가 동물을 싫어하는 건 사실이지. 기린도 싫어했어. 하지만 우린 동물이 아니잖아. 아빠의 아들딸이잖아."

"잊었어? 사람도 동물이야!"

진희가 외쳤다.

"구차하다는 생각이 들 정도로 정확하게 얘기해야 해. 그렇다고 우리까지 버릴 이유는 없어."

'태호만 버린다면 또 몰라도.' 구차하다는 생각이 들 정도라면 거기까지 말해야만 했지만, 태호가 듣는 데서 그런 말을 할 수는 없었다. 게다가 말하지 않아도 진희는 내가 하려는 말이 뭔지 알고 있었다.

"우리한테 태호를 부탁하려던 것이겠지. 사실 엄마 아빠보다는 우리가 나아."

"하긴 우리가 없으면 태호는 하루도 못 살 거야. 엄마는 애 때문에 죽겠다 죽겠다 하지만 제일 오래 살 것 같고. 아빠는 잘 모르겠다. 너무 불평이 많으니까."

"우리가 없어지면 오래 살 거야. 엄마한테는 아빠가 필요해. 우리 셋은 없어지는 게 더 좋아."

"아아, 허무한 소리 좀 그만해. 없어지는 게 더 좋다니. 그건 네 생각일 뿐이야."

"기린이라면 지금쯤 내 말이 무슨 뜻인지 이해하겠지. 어서 기린을 우리가 구해야 돼."

"아무튼 빨리 기린한테나 가자. 가자, 태호야."

우리는 태호를 바라봤다. 태호는 눈부시도록 환한 로터리를 보고는 좀 당황하는 눈치였다. 우리는 태호가 우리 손을 뿌리치고 도로로 뛰어들까봐 걱정이었다.

2. 단 하나의 희망은 돌멩이처럼 단단해진다

엄마가 좋아, 아빠가 좋아? 참으로 오래된 만큼, 아이들에게 던질 수 있는 가장 멍청한 질문이다. 누군가 그렇게 물어본다면 우리는 좀 망설일 것 같다. 엄마는 자신이 옳다고 생각하면 누구의 말도 듣지 않고 끝까지 그 길을 향해 걸어가는 고집불통이었고, 아빠는 세상에 대한 불평불만으로 가득 찬 비관주의자였다. 그런 엄마와 아빠 사이에서 태어난 우리는 두 개의 달처럼 어두운 가정의 한 귀퉁이를 맴돌고 있다. 그러니 우리는 기필코 밝고 환해야만 한다. 그래서 우리는 일단 엄마도 좋고, 아빠도 좋다고 대답하리라. 왜 좋은지 그 이유는 그다음에 찾아도 된다. 아빠의 장점이라면? 말하자면 현명하고 정의롭다고나 할까. 아빠는 손톱만큼도 다른 사람에게 손해를 보는 일이 없는 현명한 사람이자, 대학생 때부터 사회의 불의를 보면 견디지 못하는 성격이었다. 이게 장점인지 단점인지는 우리도 잘 모르겠으나. 여기 두 군데의 소아과에서 전반적 발달장애 의심이란 진단이 태호에게 떨어지고 난 뒤, 아빠가 쓴 행동지침이 있다. 우리는 이 지침을 '우리 가족의 역사책'에 보관했다.

_ 완치 같은 말은 잊자. 그건 너무 아름다운 말이다. 너무 아름다운 건 진실하지 못하다.

_ 구차하다는 생각이 들 정도로 정확하게 얘기하자. 지금 태

호는 깊은 우물 속에 빠져 있다. 우리 목소리는 거기까지 가 닿지 않는다.

_ 이 이야기는 지루할 정도로 길어질 것이다. 아마 평생에 걸친 이야기가 될 것이다.

_ 먼저 인내심을 기르자. 상상력을 발휘하자. 감각을 일깨우자. 매일매일 관찰하자. 우리의 말들을 전하자. 우리가 지금 여기에 있고, 너를 도울 수 있다는 그 말들을.

_ 우리 모두 태호가 되자.

하지만 그 지침과 달리 진단 초기 아빠는 전혀 인내심을 발휘하지 못했다. 아빠는 닥치는 대로 관련서적을 사들이고, 창이 열리는 대로 인터넷 사이트를 읽었다. 곧 아빠에게는 조금의 지식이 생겼다. 아빠는 한국의 의사들은 토끼보다도 못한 겁쟁이들이어서 손톱만한 책임이라도 피하는 데에만 급급하며 한국의 병원은 시장 장사치들보다 못한 사기꾼들이 운영하기 때문에 음식만 가려 먹어도 고칠 수 있는 환자들을 외래로 돌려 평생 약장수질을 한다고 비판했다. 그때 아빠에게는 막연하나마 가장 많은 희망이 있었다. 그러나 병에 대해 더 깊이 알아갈수록 아빠의 희망은 점점 더 줄어들고, 또 그만큼 단단해졌다. 여러 개 중 하나의 희망이라면 이뤄져도 그만, 안 이뤄져도 그만이겠지만, 거기 단 하나의 희망만 남는다면 그건 돌멩이처럼 구체적인 것이 되리라. 그리하여 하얀 구름이 검은 하늘을 하염없이 떠다니던 10월의 어느 밤, 아빠는 식탁에 앉아서 엄마에게 그 단 하나의 희망에 대해 말했다.

"이 책에 이렇게 쓰여 있어. '이 시점에 이르러 부모는 대개 아이보다 하루라도 더 살 수 있기를 간절하게 소망한다.' 아이가 자기보다 하루라도 먼저 죽기를 애타게 바라는 부모가 이 세상에 있으리라고는 한 번도 상상한 일이 없었어. 그런데 이제 내가 그런 아빠가 됐네. 우리에게 남은 희망이라고는 이게 전부네."

그리고 아빠는 비명을 지르듯 짧게 울었다.

3. 나 보이니? 예뻐? 엄마, 예뻐? 내가 네 엄마야

엄마는 혼자서 중얼거리기 시작했다. 엄마는 다니던 출판사에 사직서를 제출한 뒤, 태호를 뒷좌석에 태우고 대학병원을 뻔질나게 드나들었다. 집밖으로 태호를 데려가려면 한바탕 전쟁을 치러야 했다. 뒷좌석 카시트에 앉아서도 태호는 발버둥을 치고 소리를 질렀다. 벌린 입에서는 침이 쉴새없이 흘러내렸다. 엄마는 일단 마음먹고 일을 시작하면 어떤 난관에도 굴하지 않기 때문에 그 침에 대해서 충격을 받거나 놀라지 않았다. 대신에 엄마는 태호에게 또박또박 얘기했다.

태호야, 옷을 적시기 위해서 침을 계속 흘릴 필요는 없어.
태호야, 얼굴 전체로 말하지 않아도 돼.
태호야, 엄마는 웃는 얼굴만 알아봐.
태호야, 세게 말한다고 듣는 사람이 새겨듣는 건 아니야.

하지만 태호는 엄마의 말에 전혀 귀를 기울이지 않았다. 그렇다면 그 말들은 참 외롭고 슬프다고 해야만 할 텐데, 그렇다면 그 말들을 하는 사람도 참 외롭고 슬퍼야만 할 텐데, 그 말들도 엄마도 외롭거나 슬프지 않았다. 엄마는 태호가 자기 말을 알아들을 때까지, 그리고 설사 태호가 자기 말을 알아듣지 못한다고 해도 계속 중얼거릴 생각이었다. 병원과 집을 오가는 자동차 안에는 엄마가 중얼거리는 단어와 문장이 가득했다.

한번은 유리창에 머리를 계속 부딪치는 태호를 말리기 위해서 오른손을 뒤로 뻗은 적이 있었다고 엄마가 말했다. 엄마가 몸을 뒤로 돌리면서, 자동차는 중앙선을 넘어서 마주 오는 차를 향해 달렸다. 앞쪽과 뒤쪽에서, 거의 동시에 경적이 울렸다. 불을 끼얹듯 마주 오던 차의 상향등 불빛이 번쩍였다. 정신을 차린 엄마는 가까스로 원래의 차선으로 자동차를 돌렸다.

"그때, 어떤 생각이 내 심장을 움켜잡는 것 같았어."
"무슨 생각?"
우리가 입을 모아 물었다.

"좋은 생각. 그냥 그렇게, 태호와 둘이 죽어도 좋겠다는 생각. 태호가 없다면 내겐 1초도 영원이나 마찬가지야. 네 아빠는 태호보다 하루를 더 사는 게 소원이라던데, 난 1초도 더 살고 싶지 않아."
얼굴빛 하나 바꾸지 않고 엄마가 말했다.
"잠깐만. 나는 좀."
거북한 표정으로 진희는 자리에서 일어나 방으로 들어갔다. 잠시 후, 내 코끝이 빨개졌다. 하지만 그걸 아는지 모르는지 엄마는 그런 순간에도 계속 태호에게 말을 걸었다고 태연스레 얘기했다.

태호야, 방금 우리가 죽었으면 난 너의 엄마도 아니고, 넌 나의 아들도 아니게 됐을 거야.
태호야, 몸이 찢어지는 고통은 오래가지 않을 거야.
태호야, 넌 당장 죽을 수도 있어.
태호야, 하지만 넌 원하는 만큼 살 수도 있어.

여전히 뒷좌석에 앉은 태호는 전혀 귀를 기울이지 않는, 그런데도 외롭거나 슬프지 않은 말들. 그러다가 문득 엄마는 차 안이 조용해졌다는 사실을 알아차렸다. 뒤쪽을 보려고 룸미러를 들여다보다가 엄마는 소리를 지를 뻔했다. 거기 거울 안에서 태호가 엄마를 빤히 쳐다보고 있었다. 너무나 멀쩡한 눈빛으로, 지금까지 한 이야기들을 다 듣고 있었다는 듯이. 저도 죽는 줄 알고 깜짝 놀라서 저러는 걸까? 그렇게 생각하며 엄마는 그 착하고 예쁜 눈망울 속으로 빠져들었다. 그러면서도 엄마는 중얼거렸다. 말들이 넘치면 그 말들은 언젠가 깊은 우물 속의 어둠에도 이를 테니까.

태호야, 나 보이니? 예뻐? 엄마, 예뻐? 내가 네 엄마야. 내가 태호 엄마야.
널 만나서 무척 반가워. 사랑해, 태호야.
내 이름은 정희영……

이번에는 태호의 작은 두 귀가 그 말을 듣는 것 같았다. 그러자 그 말들이 갑자기 외롭고 슬프게 들려 엄마는 말을 다 끝맺지 못했다. 엄마는 부끄러웠단다. 병원 대기석에서, 주차장 정산소에서, 마트에서 미친 여자처럼 중얼거렸던 게. 그다음에는 해일처럼 한없이 슬픔이 목까지 차오르는 것 같았단다. 그렇게 1년 정도 태호는 엄마의 중얼거림을 들으며 병원을 찾아가 언어치료와 놀이치료를 받았다. 그 1년이 지나는 동안, 엄마는 그때까지 자신이 뭔가를 진심으로 인내한 적은 한 번도 없었다는 사실을 깨달았다. 인내심이란 뭔가 이뤄질 때까지 참아내는 게 아니라 완전히 포기하는 일을 뜻했다. 견디는 게 아니라 패배하는 일. 엄마가 알아낸 인내심의 진정한 뜻이 그게 맞다면, 그 1년이 지난 뒤부터 엄마는 진짜 인내하게 됐다. 진단 초기에만 해도 '엄마' '맘마' '어부바' 같은 간단

한 말 정도는 할 수 있었던 태호는 이제 아무 말도 하지 못하는, 혹은 하지 않는 아이가 됐으니까.

4. 진희는 방으로 들어가 이불을 뒤집어쓰고 울었다

우리는 한 번도 태호가 이상한 아이라고 생각하지 않았다. 다른 사람처럼 말하지 않는다고 해서 이상한 아이라고 한다면, 우리 역시 이상한 아이들일 테니까. 진희와 나는 태어날 때부터 말하지 않고도 서로 마음을 알 수 있었다. 어떻게 아는 것인지는 나도 모르겠다. 쌍둥이라서 그런 것 같다. 그냥 진희가 슬퍼하면 내 마음도 슬퍼졌다. 그래서 엄마의 이야기를 듣는 동안, 엄마가 우리보다 태호를 더 많이, 그리고 더 깊이 사랑한다는 사실 때문에 신희가 슬퍼한다는 걸 나는 느낄 수 있었다. 그러면 안 된다는 걸 알지만, 태호가 없는 세상에서는 1초도 더 살아가지 않겠다는 엄마에게 진희는 배신감이 들었던 것이다. 진희만큼 확실하진 않았지만, 태호의 마음도 느껴질 때가 있었다. 어쨌든 우린 가족이고, 태호는 우리 동생이니까. 태호는 평범한 사람들과는 다른 방식으로 마음을 전할 뿐이었다. 그게 어떤 방식이냐면, 아마도 기린과 태호가 말하는 방식이 아닐까?

작년 여름, 엄마는 무척 지쳐 있었다. 밤만 되면 잠자지 않으려는 태호 덕분에 엄마의 두 눈 주위에는 다크서클이 떠나지 않았다. 우리가 듣는 앞에서도 죽고 싶다는 말을 서슴없이 내뱉던 여름이었다. 진희도 이젠 아무렇지도 않은 듯 시샘 없이 그런 말을 흘려들었다. 그러던 어느 밤, 엄마는 드라이브를 하고 오겠다며 자동차 열쇠를 들고 태호와 함께 나갔다. 드라이브? 그것도 이 밤에 태호와? 우리의 의심을 사기에 충분한 드라이브였다. 우리는 아무래도 드라이브를 하러 간 게 아닌 것 같다고 서로 얘기했다. 마침내 우리가 아파트 주차장으로 달려갔을 때, 엄마의 차는 붉은 불빛을 남기며 아파트를 빠져나가고 있었다. 가지 말라고 목이 빠져라 우리가 외치는데도 엄마는 듣지 못했다. 집으로 돌아온 진희는 방으로 들어가 이불을 뒤집어쓰고 울었다. 진희가 무슨 생각을 하는지 다 느껴졌다. 눈앞에 보이는 듯 생생했다.

망울진 불빛들이 너울거리며 엄마와 태호가 탄 승용차 뒤로 날아간다. 밤의 도로에는 근무를 마치고 퇴근하는 승용차와 짐을 잔뜩 싣고 밤새 달릴 예정인 화물차와 피곤한 입석손님들이 줄지어 선 좌석버스 들로 가득하다. 엄마는 어떤 차를 고를까 생각하며 반대차선에서 달려오는 자동차들을 하나하나 살핀다. 도로는 도심의 바깥으로 길게 휘어졌다. 길의 끝으로 구름들이 몰려든다. 그리고 빗방울이 하나둘 떨어진다. 엄마는 자신이 살아온 38년 인생을 회상한다. 화창한 나날도 있었고, 비바람이 몰아치던 날도 있었다. 쌍둥이를 낳을 줄은 정말 몰랐고, 태호처럼 눈이 예쁜 아들을 만난 것도 행운이라고 생각한다. 태호가 아니었다면, 죽을 만큼 누군가를 사랑해본 경험도 없이 엄마는 이제 세상을 하직하는 셈이 되니까. 아아악! 안 돼! 엄마.

두려움과 공포의 시간이 지난 뒤 마침내 엄마와 태호가 현관문을 열고 들어왔을 때, 우리는 죽었다가 되살아난 사람들을 보듯이 반가워하며 엄마에게 가서 매달렸다. 그런데 이상한 것은 저승에 갔다 온 사람들에게서 어딘가 맛있는 냄새가 났다는 점이었다.

"어, 이게 무슨 냄새야?"

진희가 물었다.

"냄새가 나니? 태호랑 둘이 프라이드치킨 먹고 왔거든."

"어째서, 태호랑 둘이만?"

"태호가 프라이드치킨 좋아하잖아."

진희가 두 주먹을 쥐고 부들부들 떨면서 말했다.

"엄마, 나도 프라이드치킨 좋아하거든!"

진희는 방으로 뛰어갔다. 거기서 진희가 무엇을 했을지는 이제 쌍둥이가 아니어도 짐작할 것이다. 약간 미안한 얼굴로 엄마는 강변까지 자동차를 몰고 갔다고 했다. 거기 둔치 주차장에 주차한 뒤, 차 안에 앉아 강 저편 아파트 단지의 불빛들을 바라보며 중학교 시절에 품었던 다채로운 장래의 꿈들에 대해 생각했다. 제일 먼저 아나운서가 되고 싶었고, 그다음에는 만화가였다. 그즈음, 성장호르몬이 집중적으로 분비되면서 장래희망이 들쑥날쑥했다. 하루는 꽃집 주인이 되는 게 꿈이라고 말했다가 그 다음날에는 외교관이라고 했다. 그러다가 중학교를 졸업할 무렵이 되어 비로소 시인이 되는 꿈을 꾸기 시작했다. 하지만 엄마는 시인이 되지 못하고 결국 내성적인 쌍둥이와 말 못 하는 자폐아의 엄마가 됐다. 어떤 여중생이 나중에 어른이 되면 내성적인 쌍둥이와 말 못 하는 자폐아의 엄마가 되려는 꿈을 꾸겠는가. 엄마는 자신의 인생이 완전히 실패했다 생각했다. 엄마는 다시 시동을 걸었다.

그렇게 해서 도착한 곳이 시내 로터리 부근의 치킨집이었다. 엄마는 프라이드치킨을 한 마리 시켜서 태호와 나눠 먹었다. 프라이드치킨은 밥을 무척이나 싫어하는 태호가 가장 좋아하는 음식이었다.("나도 프라이드치킨 좋아하거든!" "알았어. 알았어.") 그러니 엄마와 태호가 사이좋게 나눠 먹었다는 말은 절대로 못 하겠다. 태호가 프라이드치킨을 먹는 걸 한 번이라도 본 적이 있다면 내 말이 무슨 뜻인지 알 것이다. 태호를 둘러싼 일상사가 대개 그렇듯, 그것 역시 일종의 전쟁이다. 하지만 그날은 엄마 역시 지지 않겠다는 기세로 프라이드치킨을 뜯어먹었다고 한다. 한 마리의 치킨이 순식간에 사라졌다. 뼈까지 다 씹어 먹을 수도 있을 것 같았다고 엄마는 말했다. 닭고기를 뜯어먹으며 두 사람은 서로를 끔찍하게 미워했다. 그렇게 프라이드치킨 한 마리를 다 먹고 난 뒤, 둘은 서로를, 혹은 적어도 엄마는 태호를 받아들였다. 엄마는 차를 몰고 다시 집으로 돌아왔다.

5. '우리 가족의 역사책'에 우리는 엄마의 글들을 모으기 시작했다

맹렬하게 프라이드치킨을 먹고 돌아온 뒤부터 엄마는 밤이면 식탁에 앉아 뭔가를 쓰기 시작했다. 처음에는 그냥 긁적이는 글 같은 것이었다. 부끄럽지도 않은지 글을 쓴 공책을 그냥 식탁에 펼쳐 놓았으므로 우리는 엄마가 쓴 글을 읽을 수 있었다. 거기에는 이런 글들이 적혀 있었다.

우리 눈에는 보이지 않겠지만, 우리 머리 위에는 거대한 귀 같은 게 있을 거야. 그래서 아무리 하찮고 사소한 말이라도 우리가 하는 말들을 그 귀는 다 들어줄 거야. 그렇다고 이뤄질 수 없는 사랑을 맺어주거나 내 안에 가득한 슬픔을 없애준다는 뜻은 아니니 아무 짝에도 소용없는, 그저 크고 크기만 한 귀라고 말할 수도 있겠지. 하지만 그런 귀가 있어 깊은 밤 우리가 저마다 혼자서 중얼거리는 말들은 외롭지도 슬프지도 않은 거야.

엄마가 쓰는 글들은 점점 어려워졌는데, 나중에야 우린 그게 시라는 걸 알게 됐다. 그제야 우리는 엄마가 중학교 시절의 꿈을 다시 찾았다는 걸 알아차렸다. 내성적인 쌍둥이와 말 못 하는 자폐아의 엄마가 될 줄은 꿈에도 몰랐다고 말하느니, 그래서 자기 인생은 완전히 실패했다고 생각하느니, 그냥 아무 공책이나 가져와서 거기다가 행을 바꿔가면서 뭔가를 쓰면 여중생 시절의 꿈을 이루는 것이라는 걸 엄마는 깨달았던 것이다. 그렇게 해서 쓴 최초의 시가 「보이는 소망은 소망이 아닐지니」다. 우리는 역시 이 시도 '우리 가족의 역사책'에 옮겨적었다.

> 단 하나의 여름은 가고
> 이제 세상에 나온 지 사흘째의 가을,
>
> 바람개비의 푸른 원 안에 든 하늘,
> 아이는 석류처럼 웃는다.
>
> 보이는 소망은 소망이 아닐지니
> 보이는 것을 누가 더 바랄까.*

 시라는 건 정말 이해하기 어려웠다. 바람개비의 푸른 원 안에 든 하늘이라는 건, 그날 밤 북상하던 제4호 태풍을 뜻하는 것일까? 아이가 석류처럼 웃는다는 건 또 무슨 소리일까? 그리고 왜 보이지 않는 소망만 진짜 소망이란 말일까? 우리는 마트에 가서 석류까지 사서 먹었지만, 석류처럼 웃는다는 게 어떻게 웃는 것인지 여전히

---

* 로마서 8장 24절에서 인용.

잘 모르겠다. 대신에 우리는 그 석류가 이란에서 온 것이라는 걸 알게 됐다. 입에 넣고 석류알을 하나하나 터뜨리며 그 먼 나라를 상상했지만, 이란에 대해 우리가 떠올릴 수 있는 건 하나도 없었다.

그 한 편의 시로 엄마가 오랜 소원을 이뤘다면, 태호의 삶은 강아지가 구했다. 그날 저녁, 치킨집에서 계산하고 돌아섰는데 바로 옆에 서 있던 태호가 사라지고 없더란다. 워낙 가만히 놔두면 다른 곳으로 도망치는 아이라 잠시도 눈을 뗄 수가 없었는데, 엄마가 그만 실수를 한 것이다. 엄마는 정신없이 밖으로 나가 길거리를 둘러봤다. 태호는 치킨집에서 10여 미터 정도 떨어진 애견센터 유리창에 코를 박고 있었다. 태호는 마치 강아지의 온기가 느껴진다는 듯이 오른손을 유리창에 대고 있었다. 유리창 안에는 몰티즈 새끼가 몸을 웅크리고 잠들어 있었다. 인간을 포함해서 살아 있는 동물에 대해 태호가 관심을 보인 건 그게 처음이었다. 엄마가 가까이 다가갔더니 유리창 안에 있던 몰티즈가 눈을 뜨고 태호를 쳐다봤다. 태호가 좋아했다. 다음날, 담당의사에게 문의한 엄마는 만약 그게 사실이라면 큰 변화이니 태호에게 강아지를 사주는 게 좋겠다는 대답을 들었다. 강아지를 사러 다 같이 다시 갔을 때, 놀랍게도 태호는 전날 본 강아지를 알아봤다. 태호는 그 강아지를 품에 안았다. 엄마가 눈물을 흘렸다.

그날 저녁, 엄마는 부엌 식탁에 앉아 이런 글을 썼다.

들리지 않는 목소리, 보이지 않는 길, 잡히지 않는 손…… 우주는 한없이 넓다고 했으니 어딘가에는 그런 것들로만 이뤄진 세계도 분명히 존재하리라. 그런 곳에서는 보이는 길은 우리를 어디로도 데려가지 못하리니, 그런 곳에서는 모두들 세상 누구도 알지 못하는 사이에 소망하는 곳에 이르리라. 심지어 우리 자신들도 모르는 사이에. 만약 우리가 들리지 않는 목소리를 듣고, 보이지 않는 길을 걷고, 잡히지 않는 손을 잡을 수만 있다면.

6. 그럼, 이름은 기린으로

우리는 태호가 데려온 몰티즈의 이름을 짓기로 했다.
"하얀색이니까, 설탕으로 했으면 좋겠어."
진희가 말했다.
"설탕아! 탕아! 탕아! 이상해, 이건. 총소리 같아. 탕탕탕! 난 평화주의자야."
아빠가 반대했다.
"슈거라고 부르면 되잖아요."
"수컷인데?"
내가 말했다.
"그럼 수컷이라고 부르든가."

진희가 짜증을 냈다.

"넌 뭐라고 하면 좋겠니?"

아빠가 내게 물었다.

"스노이. S, N, O, W, Y."

"제법인데. 하지만 발음하기 힘들지 않을까?"

역시 흠잡는 데는 달인이신 트집 김민규 선생이었다.

"그래서 누니라고 부르자고 할 생각이었어요. 우리말 눈에다 Y를 붙여서."

"누니? 그것 괜찮은데. 진희는 어때?"

"난 그냥 수컷이라고 부를래."

나쁜 년.

"누니야!"

"수컷아!"

가만히 누워서 천장만 쳐다보는 태호의 옆에 강아지는 꼭 붙어 있었다. 그때, 안방에서 엄마가 나왔다.

"강아지 이름은 태호가 벌써 지었어."

"엉? 태호가? 뭐라고?"

아빠가 놀라서 물었다.

"기린이야."

"기이리인?"

우리가 한 목소리로 말했다.

"태호가 기린이래? 물어봤어?"

엄마는 고개를 끄덕였다. 무슨 영문인지 우리는 알 수 없었다. 얘기인즉슨, 강아지를 집에 데려온 뒤, 엄마는 한때 매일 아침마다 태호에게 읽어주던 손바닥만한 크기의 낱말책을 펴놓고는 이름을 짓자며 한 장 한 장 거기 적힌 단어들을 큰 소리로 읽었다고 한다. 딸기, 사과, 수박…… 혹은 연필, 공책, 책상…… 같은 단어들을. 그 어떤 단어에도 관심을 보이지 않더니, 엄마가 "사자, 호랑이, 기린"이라고 말하자 태호가 좋아했다고 한다. 그래서 다시 "사자, 호랑이"라고 말했더니 무표정했다가 "기린"이라고 말했더니 태호가 또 좋아했다. 그래서 강아지 이름을 기린으로 정했다는 게 엄마의 말이었다. 우리는 믿기지 않아 누워 있는 태호에게 소리쳤다.

"사자!"

반응이 없었다.

"호랑이!"

역시 반응이 없었다.

"기린!"

태호가 좋아했다.

"정말 신기하네. 기린이라니까 좋아하네."

우리는 계속 "기린! 기린! 기린!"이라고 소리쳤다. 그때마다 태호는 좋아했다. 우리가 자꾸 소리를 지르니까 눈을 감고 웅크리고 있던 기린이 엉금엉금 한쪽 구석으로 기어갔다. 그게 자기 이름인 줄도 모르고.

7. 2009년 가을, 진정한 우정의 시작

이름부터가 그랬지만, 기린은 아주 특이한 강아지였다. 생김새는 다른 몰티즈와 크게 다르지 않았다. 슈거라거나 누니라고 불러도 좋을 만큼 하얀 털에 늘 꼬리를 흔들고 다녔다. 다른 점이 있다면, 사람을, 그중에서도 태호를 너무나 좋아한다는 사실이었다. 태호의 곁에서 조금만 떨어져도 기린은 낑낑거리며 울었다. 원래 태호는 옆에 누가 있어도 도통 알아차리지 못했다. 어릴 때는 우리가 번갈아 태호를 안기도 했는데, 그건 꼭 솜뭉치가 든 곰인형을 안는 느낌이었다. 사람 같지가 않았다. 그런데 태호는 기린만은 옆에 있는지 없는지 알아봤다. 영혼이 서로 연결된 것처럼 가까이 있지 않으면 둘 다 불안해했다. 아빠는 그게 분리불안이라며, 원래는 좋은 것이라고 말할 수 없는 습성이지만, "우리 태호에게 이건 암스트롱이 달에 첫걸음을 내디딘 것보다도 더 의미 있는 진전"이라고 말했다. 아빠가 뭘 좋다고 얘기한 건 정말 오랜만이었다.

그러고 보면 기린과 태호는 서로 비슷한 점이 많았다. 예를 들면 특정한 소리에 민감하다는 점. 청소기 돌리는 소리가 나면 기린은 어쩔 줄을 모르고 덜덜 떨다가 구석으로 도망갔다. 때로는 청소기 소리를 피해 달아나다가 의자에 머리를 부딪히기도 했는데, 그건 어린 시절의 태호 모습을 연상시켰다. 그럴 때면 태호가 기린을 불렀다. 우리처럼 "기린아"라거나 "괜찮아"라고 말할 순 없으니 태호가 내는 소리는 풍선이나 자전거 타이어에서 바람 빠지는 소리 같기도 했고, 아기 오줌 누라고 엄마가 내는 소리 같기도 했다. 기린이 거실을 걸어갈 때도 태호가 그런 소리를 낼 때가 있었는데, 그건 조심하라고 주의를 주는 소리 같았다. 태호와 기린은 나름대로 소통하고 있었다. 우리는 태호와 기린이 서로 몸을 붙이고 자는 모습을 사진으로 찍어 '우리 가족의 역사책'에 붙였다. 사진 밑에다 우리는 '2009년 가을, 진정한 우정의 시작'이라고 적었다.

  2009년의 가을 하늘은 너무나 푸르렀다. 매일 새하얀 구름이 하늘에 떠 있었다. 우리 가족에게는 태호가 태어난 이래 가장 아름다운 가을이었다. 엄마와 아빠는 매일 아침 기린의 발에 입을 맞출 수도 있었으리라. 그 작은 강아지가 깊은 우물 속에 갇혀 있던 태호를 잡아끌어 조금씩 바깥세상으로 나오게 했으니까. 그 가을에 엄마는 한 시 전문지의 신인상 공모에 당선돼 정식으로 시인이 됐다. 시상식에 참석하느라 우리 가족은 5년 만에 옷을 차려입고 다 같이 외출했다. 기린까지 포함해서. 시끄럽고 낯선 공간에 있으니까 기린은 어쩔 줄을 몰라 정신없이 사방팔방으로 뛰어다녔다. 당연히 태호도 기린을 따라 사람들 사이를 비집고 다녔다. 우리는 각자 기린과 태호를 잡으러 다녔다. 덕분에 시상식이 좀 어수선해졌지만, 엄마는 아랑곳하지 않고 좋아했다. 그날, 엄마의 수상을 축하하러 온 사람 중에는 전에 엄마가 다니던 출판사의 동료도 있었다. 화장실에 갔더니 그 아줌마가 나를 알아봤다. 아줌마는 왼손으로는 가느다란 담배를 피우며 오른손으로는 내 머리를 쓰다듬었다.

"니네 쌍둥이들 돌잔치가 엊그제 같은데 콩나물처럼 쑥쑥 잘도 자라는구나. 동생 때문에 니네가 고생이 많겠다. 너, 언니니, 동생이니?"

"동생이에요."

알 게 뭐람, 난 언니지만. 그날로 우리를 두번째 본 것이라면 사실대로 말한다 한들 방금 자기하고 얘기한 사람이 나인지 진희인지도 모를 게 뻔한데. 그 아줌마는 화장실에서 담배를 두 대나 피운 뒤에야 시상식장 안으로 들어왔다. 나중에 듣기로 그 아줌마는 아줌마가 아니라 사십대 중반이 되도록 결혼하지 않고 혼자 사는 아가씨로, 개를 네 마리나 키운다고 했다. 그 아줌마는 시상식장에서 정신없이 달려가다가 의자나 사람들 발에 가서 부딪히고, 귀엽다고 쓰다듬을라치면 깜짝 놀라며 사람들의 손을 깨물려고 하는 기린을 보고는 엄마에게 "자기네 강아지에게는 병이 있는 것 같아"라고 말했다. 하지만 엄마는 그런 자리에서 병 얘기 같은 건 하고 싶지 않아 그 아줌마의 말을 못 들은 척했다. 병 이야기는 엄마가 수상소감에서 직접 말했다.

"이 자리에서 고백하는 말이지만, 우리 아들은 마음이 닫힌 아이입니다. 아무리 큰 목소리로 사랑한다고 말해도 그 말들은 우리 아들에게 가 닿지 않습니다. 제게 말들이란 얼마나 무기력한 것인지 모릅니다. 아무도 들어주지 않는 말들은 외롭고 슬픕니다. 한때는 너무 힘들어 같이 죽겠다고 자동차를 몰고 어두운 밤거리로 달려나간 적도 있었습니다. 그때 마지막으로 우리 아들에게 엄마의 꿈들에 대해서 말해주고 싶었습니다. 나는 아들이 좋아하는 치킨집에서 중학교 시절의 제 꿈에 대해서 들려줬습니다. 그때 프라이드치킨을 한 마리 다 먹는 동안, 저는 시인이 되기로 결심했습니다. 프라이드치킨이 없었다면 지금 저는 이 자리에 서지도 못했을 겁니다. 제 시가 누군가에게도 그런 따뜻한 프라이드치킨 같은 게 됐으면 좋겠습니다."

그날 저녁, 우리도 프라이드치킨을 좋아한다며 곡을 하는 우리 등쌀에 못 이겨 시상식 뒤풀이로 열린 간단한 다과회가 끝난 뒤, 엄마는 그 치킨집으로 직행했다. 차를 타고 가는 동안, 나는 옆에 앉은 신희의 손을 잡았다. 신희도 내 손을 잡았다. 그리고 신희는 옆에 앉은 태호의 손을 잡았다. 태호의 무릎에는 기린이 있었다. 손을 잡은 채, 우리는 중앙선 너머 반대편 차선에서 자동차가 달려올 때마다 핸들을 꺾을까 말까 갈등하는 엄마의 모습을 상상했다. 엄마의 말이 옳았다. 그날의 프라이드치킨이 없었다면, 지금의 우리도 없었을 것이다.

8. 엄마는 손가락으로 기린의 눈을 찌르려고 했다

한참 프라이드치킨을 먹는데, 화장실에서 담배를 피우던 그 아줌마에게서 엄마의 핸드폰으로 전화가 걸려왔다. 엄마가 전화를 받았다. 기린에 대한 이야기였다. 정말 지칠 줄 모르는 성가신 아줌마였다. "동물병원에는 왜? 강아지를 의인화해서 생각하면 안 된다고 한 사람은 자기잖아?"라고 엄마가 말했다. 얘기하는데 엄마의 표정이 점점 어두워졌다. "정말? 그게 그런 거야?" 엄마가 말했다. 전화를 끊고 난 뒤, 무슨 내용이었냐고 아빠가 물었다. 엄마는 그 말에는 대꾸도 하지 않은 채, 입맛이 없다며 들고 있던 포크를 내려놓았다. 엄마는 자리에서 일어나 태호의 발에 몸을 붙이고 앉은 기린의 얼굴을 들여다보며 쪼그려 앉았다. 기린을 한참 바라보던 엄마는 별안간 검지와 중지를 세우고 기린의 두 눈 쪽을 향해 푹 찔렀다. "엄마, 왜 그래? 미쳤어?" 닭고기를 입에 문 채 진희가 소리쳤다. 하지만 정작 기린은 가만히 있었다. 그저 코를 킁킁대며 엄마가 가까이 온 것을 알고는 꼬리를 흔들 뿐이었다.

9. 태호가 또 좋아했다. 태호는 계속 좋아했다

12시가 넘은 거리는 암흑 세상일 줄 알았는데, 웬걸 휘황찬란

한 빛의 세계였다. 형형색색의 네온사인이 번쩍이고 술집마다 실내등이 환하게 켜져 있었다. 우리와는 다른 세상에서 살고 있는 듯한, 얼굴이 밝고 몸이 날씬한 언니 오빠들이 깔깔거리며 거리를 걸어다녔다. 음악소리, 자동차 소리, 사람들 떠드는 소리에다가 번쩍이는 불빛들까지, 거리는 어지러웠다. 태호는 나와 진희의 손을 꽉 잡았다. 우리는 로터리에서 신호등이 바뀌기만을 기다렸다.

"어느 쪽이지?"

내가 진희에게 물었다.

"밤에 나오니까 어디가 어딘지 나도 모르겠어. 저쪽인가? 아니면 이쪽인가?"

"그런 말은 나도 하겠다. 저쪽이 아니면 이쪽이겠지. 엄마한테 물어볼까?"

"전화 가져왔어?"

내가 고개를 끄덕였다.

"그럼 얼른 꺼. 엄마가 전화하면 어떡할 거야?"

진희가 하도 다그쳐서 나는 전화를 꺼버렸다. 그때까지도 엄마는 우리가 몰래 밖으로 나왔다는 걸 모르고 계속 자는 모양이었다. 신호가 바뀌었다.

"일단 길을 건너서 가보자."

우리는 계속 걸었다. 로터리 쪽이 가장 화려하고 밝았다. 조금 더 걸어가자, 불빛은 물론 사람들도 많지 않은 어두운 거리가 시작됐다.

"아, 이제 알 것 같아. 저기 모퉁이 빵집을 돌아서 조금 더 올라가면 나올 거야."

"치킨은 네가 제일 많이 먹어놓고, 어딘지를 모르니? 빨리 나왔으면 좋겠어. 무서워. 그리고 애도 이젠 지쳤나봐. 잘 걷지를 못하네."

"이 정도면 환한 거야. 12시도 넘었는데. 아무튼 이게 다 아빠 성질 때문이야. 아무리 앞을 못 본다지만, 어떻게 기린을 다시 가게에 갖다놓고 올 수가 있어?"

"그 강아지가게에서 앞 못 보는 개인데도 모르는 척 팔았다는 거잖아. 다 부숴버린다고 간 거였는데, 설마 그래서 그 가게가 안 보이는 건 아니겠지?"

"만날 말만 그렇지, 뭐. 우리 아빠가."

"태호도 아픈데, 강아지도 앞을 못 본다고 생각하면 내가 아빠여도 그랬을 거야."

"말도 안 돼. 그러니까 처음에는 태호도 버릴 생각을 했던 거지."

"아니야. 그렇지 않아."

"맞아. 우리 버리려고 동물원에 간 거야, 그때."

우린 좀 옥신각신했다. 나쁜 년. 슬슬 다리도 아프고 겁도 나는데, 빵가게 모퉁이를 돌아서 10분이나 더 가보았지만 아빠가 기린을 떠맡기고 왔다던 애견센터는 보이지 않았다. 거기에 애견센터가 있다고 치더라도 거리가 어두컴컴해서 한 발짝도 더 가고 싶지 않았다.

"아무래도 환할 때 와야겠어. 어디가 어딘지 하나도 모르겠네."
내가 말했다.

"무슨 소리야? 이 캄캄한 데 기린이 혼자 울고 있을 걸 생각해보라구. 그리고 애도. 태호도."

"내가 지금 울고 싶거든. 너, 집에 돌아가는 길은 아니? 응?"

"당연하지. 온 대로 돌아가면 되는 거잖아."

물론 이치는 그랬지만, 다시 뒤돌아 걸어가면 되는 일이었지만, 어쩐지 돌아서 계속 가는데도 그 환한 로터리는 나오지 않고 어둡고 작은 네거리뿐이었다. 방향이 잘못됐다고 생각해서 우리는 거기서 다시 왼쪽 길로 들어갔다. 그 왼쪽 길은 모든 불이 완전히 꺼진 길이었고, 자동차 소리도 잘 들리지 않는 길이었다. 아예 그쪽으로 가지 않는 게 제일 좋았는데, 진희가 그 끝에서 오른쪽으로 돌면 그 빵가게가 나온다고 하도 우겨 셋이서 손을 꼭 잡고 어둠 속을 걸었다. 태호는 자꾸 손을 흔들었다. 손을 잡고 있으려니 내 손도 덩달아 흔들렸다. 손이 흔들리니 몸도 떨리고 점점 겁이 났다. 그때 오른쪽 골목에서 뭔가가 빠른 속도로 뛰어나왔다.

"엄마야!"

우리는 정신없이 달렸다. 그렇게 달리는 와중에도 우리는 손을 놓지 않았다. 손을 놓으면 영영 헤어지기라도 하는 것처럼. 무서

위서 소리도 못 지르고 우리는 어둠 속을 달렸다. 오른쪽으로 돌면 나온다던 빵가게는 나오지 않았다. 거기는 아예 아무 가게도 없는 좁은 골목길이었지만, 금방이라도 뒤에서 목덜미를 낚아챌 것 같아 뒤돌아보지도 못하고 우리는 달리기만 했다. 그 골목을 빠져나가니 오른쪽으로 환한 로터리가 보이는 큰길이 나왔다. 나는 토할 것 같아서 두 손으로 무릎을 짚고 기침을 했다.

"근데 도대체 아까 뭐가 쫓아온 거니?"

진희도 헉헉대고 있었다.

"몰라. 무슨 갠가, 개?"

"개보다는 훨씬 컸던 것 같은데……"

"그럼 표범? 사자? 호랑이? 기린? 코뿔소?"

진희가 동물을 말하는데, 태호가 소리를 질렀다.

"얜 그러니까 기린이라는 말만 나오면 이렇게 좋아하는 거네. 동물원에 갔던 걸 기억하는 게 아니라."

태호가 또 좋아했다. 우린 좀 허탈했다.

"근데 기린은 어디 있는 거지?"

태호가 또 좋아했다.

"엄마에게 전화해서 물어볼까?"

우리는 다시 로터리 쪽으로 걸었다.

"박살날 거야. 아빠가 우릴 박살낼 거야."

진희가 고개를 절레절레 흔들었다. 하긴 아빠는 참을성이 좀 없었다.

태호가 또 좋아했다.

"얼씨구, 이젠 아무 말에나 막 좋아하네."

진희가 말했다. 태호가 또 좋아했다.

"이젠 기린이라는 말 안 해도 좋아하네."

내가 말했다. 이번에는 당연히, 태호가 좋아했다.

태호가 또 좋아했다. 태호는 계속 좋아했다. 거기 우리 바로 옆에 불이 꺼진 애견센터가 있었다. 애견센터의 쇼윈도에는 기린이 앉아서 애처로운 표정으로 보이지 않는 거리와, 그 거리를 걸어가는 우리 쌍둥이와, 그 사이에서 마냥 좋아하는 태호를 바라보고 있었다. 우리가 가까이 다가가자, 기린이 입을 움직였다. 낑낑거리는 그 소리가 우리 귀에 들렸다. 유리창이 두꺼워 그럴 리가 없었지만, 우리는 그 소리를 들을 수 있었다.

사월의 미,
칠월의 솔

그해 봄, 진경은 나와 헤어질 각오까지 하면서 뉴욕으로 유학을 떠났다. 어드미션까지 받은 뒤에야 내게 유학하기로 했다고 말하기에 말릴 방법이 없어 "잘됐네, 안 그래도 넌 아는 게 너무 없어서 평생교육이 필요했었어"라며 농담 반 진담 반으로 나는 그녀를 환송했다. 하지만 진경이 입국장으로 들어가자마자, 그녀 없이는 내 인생이 아무런 의미가 없다는 사실이 분명해졌다. 그러고도 몇 달은 더 버텼다. 그러나 한참 만에 들어온 메일을 받고서는 더 이상 참을 수 없었다. 그 메일에는 학교와 교회에서 만날 수 있는 다양한 종류의 한국인 남자들에 대한 이야기가 장황하게 적혀 있었다. 그로부터 일주일 뒤, 플러싱의 한인 하숙집으로 귀가하던 진경은 부엌 식탁에 앉은 내가 그 집 아주머니와 대통령 탄핵에 대해서 얘기하는 걸 보고는 곧장 기절이라도 할 듯이 비명을 질렀다. 그건 내가 들어본 중 가장 행복한 비명이었다. 비명을 들으며 나는 그 여자가 내 아내가 되리라는 걸 확신했다. 뉴욕 생활 3개월 만에 진경은 야망이 넘치는 냉혈녀에서 사람의 품을 그리워하는 다정다감한 여자로 바뀌어 있었다. 그렇게 나의 가장 아름다운 여름휴가가 시작됐다. 우리는 차를 렌트해서 뉴욕을 출발했다. 멈추지 말고 계속 남으로, 남으로!

플로리다의 작은 해안마을 세바스찬에 있는 팸 이모네까지 가게 된 건 순전히 그때 우리가 약간 정상이 아닌 상태, 뭐랄까 어떤 황홀경에 빠져서 이 세상 어떤 것이라도 다 받아들일 수 있는 무한긍정의 상태에 있었기 때문이었다. 그러지 않고서야 그 짧은 휴가 기간 동안 플로리다까지 렌터카를 몰고 내려갈 생각은 하지 않았을 것이다. 밤에 모텔에서 잔 것을 빼면, 이틀 동안 거의 쉬지 않고 운전했다. 95번 고속도로를 타고 미국 동해안을 따라 쭉 내려갔다. 스무 시간 남짓, 그렇게 운전하는 동안 우리는 참 많은 이야기를 나눴다. 그 시간이 없었다면 지금의 우리도 없을 것이다. 운전하는 내내 팸 이모가 뉴욕에서 가까운 뉴저지나 메릴랜드쯤이 아니라 플로리다에 산다는 게 고마울 정도였다. 폴은 뉴욕에서 이틀 만에 왔다니까 나를 미친 사람 취급했지만, 팸 이모만은 깔깔거리며 좋아했다. 이모는 "지금 이 사람들은 얘기하다가 파타고니아까지도 갈 수 있을 정도로 서로에게 푹 빠졌는데, 플로리다쯤이야……"라고 말하며 폴에게 핀잔을 줬다. 떠나기 전날, 미국 한 번 들어가기도 어렵다는데 이번에 가면 플로리다에도 들러서 파멜라가 어떻게 사는지 꼭 보고 오라고 엄마가 얘기했다. 그때만 해도 내가 이모를 만나게 되리라고는 전혀 예상하지 못했으므로, 미국이 무슨 경상도인 줄 아느냐고 한껏 비아냥거렸다가 나중에 엄마에게 된통 잔소리를 들었다. 미국 다녀오고 나서 한동안 엄마는 나만 보면 "언감생심 플로리다는 바라지도 않는다. 경상도라도 좋으니 나도 여행 좀 시켜달라"며 달달 볶았다.

복수심이나 원한을 갖는 일로 따지자면 엄마 못지않다고 소개해야 마땅할 팸 이모는 외갓집 7남매 중 막내딸이다. 차정신이라는 본명이 있는데도 불구하고 여고 시절부터 파멜라라는 이름을 스스로 짓고 다닌 괴상한 애라는 게 엄마의 말이었다. 둘째언니로, 이모에게는 천적과도 같았던 엄마는 "김영삼씨는 중학생 때부터 책상에다가 '장래희망 대통령'이라고 써붙였다던데, 그렇다면 니 이모는 중학생 때부터 장래희망이 '미국놈 마누라'였던 사람이다"라며 혀를 찬 적이 있었다. "어쨌거나 이모는 꿈을 이룬 셈이네요"라고 말했더니 엄마는 "어디 개만 꿈을 이뤘냐! 김영삼씨도 이뤘고 나도 이뤘지"라고 대답했다. 그래서 엄마 꿈은 뭐였느냐고 물었더니 현모양처였다던가. 과연 엄마가 그 꿈을 이뤘다고 봐야만 할 것인가? 대놓고 그런 고민을 하다가 엄마에게 등짝을 얻어맞았다. 그러니까 현모양처라면, 엄마는 참으로 매서운 손바닥을 지닌 현모양처였던 것이다.

팸 이모네에 이틀 동안 머물면서 우리는 참 여러 종류의 와인을 많이도 마셨다. 폴은 지하실에 냉장시설과 환기장치까지 갖춘 와인저장고를 만들고 해마다 박스로 와인을 사들였다. 폴이 자기가 모은 것이니 죽기 전까지 그 와인을 다 마시겠다고 말하면, 이모는 그러니까 죽을 때까지 와인을 마시겠다는 소리냐고 받아쳤다. 암만 들어봐도 같은 말을 하는 것 같은데, 두 사람은 늘 그런 식으로 티격태격이었다. 이모는 젊은 우리가 마실 수 있는 한 마셔서 없애는 게 이모 부부를 도와주는 길이라며 밤마다 이런저런 와인을 식탁 위에 잔뜩 쌓아놓고 하나씩 병을 따면서 종류별로 맛을 보라고 권했다. 폴은 자기 마실 와인도 없다고 투덜대면서도 이모가 시키는 대로 저장고에서 와인을 꺼내와서는 한 모금 맛보고는 자리를 떴다. 처음에는 우리끼리 묵은 이야기를 풀어놓으면서 오붓한 시간을 보낼 수 있도록 배려하는 것인 줄로만 알았다. 하지만 병을 하나씩 딸 때마다 이모는 그간 아무에게도 말하지 않은 이야기를 아무렇지도 않게 처음 보는 우리에게 털어놓았다. 미국으로 떠나기 전에 이모가 영화에 출연한 적이 있다는 말도, 폴이 췌장암에 걸려서 그해 봄에 수술을 받았다는 말도 그때 처음 들었다. 췌장암 이야기도 놀라웠지만, 젊은 시절에 영화배우였다는 이야기는 정말이지 충격이었다. 무슨 영화냐니까 나도 이름을 들어본 적이 있는, 사십대 초반 비교적 젊은 나이에 죽은 어떤 감독의 마지막 작품이었다.

"아니, 우리 엄마는 왜 그런 이야기를 안 했을까요?"

"지금도 내가 어디 나가면 젊으나 늙으나 여자들이 나를 흘겨봐. 여자들끼리 있으면 얼마나 탄압이 심한가 몰라. 니 엄마도 어릴 때부터 날 못 죽여서 안달이었지. 넌 그래도 니 엄마 안 닮아서 천만다행이다, 얘."

"야, 완전 충격이네. 이모가 영화배우였다니…… 그거야 뭐 그럴 수 있다고 치고, 내가 엄마 안 닮아서 다행이라니. 엄마 주먹이 울겠네."

"니 엄마는 아직도 주먹 자랑하고 다니나부지?"

외가 식구들이 다들 워낙 말발이 세다는 건 익히 알고 있었지만, 그렇게 한마디 한마디가 빵빵 터질 줄이야. 그런 사람이 한국말로 수다떠는 일도 참아가며 중학교 시절의 꿈을 포기하지 않고 미국놈 마누라가 됐다고 생각하니 정말 존경스러웠다. 나중에 진경은 그저 친한 사람과 밖에서 생긴 이야기를 시시콜콜 떠들어대는 그런 일상이 너무나 그리워 내게 메일을 보낸 거지, 질투를 유발하려고 그렇게 많은 남자 이야기를 쓴 건 절대로 아니라고 우겼다. 하지만 어쨌거나 그 일주일 뒤에 하숙집 식탁에 내가 앉아 있는 걸 보고 마음이 심하게 흔들렸고, 결정적으로 팸 이모와 내가 앞다퉈 엄마를 까는 모습을 보고는 나와 결혼하기로 마음먹었다고 했다. 고부갈등이 일어난다고 해도 이 남자는 시어머니 편을 들지는 않겠구나는, 아주 그릇된 판단으로. 그건 엄마의 주먹맛을 보기 전, 그녀의 일방적인 추측에 불과했다고나 할까. 이제 농담을 그만하고 정색해서 말하자면, 그날과 그 다음날 저녁 팸 이모가 들려준 다양한 이야기가 우리의 결혼에 큰 영향을 끼친 것만은 사실이다.

"죽는 순간에 마지막으로 보게 될 얼굴이 누구의 얼굴일지 난 정말 그게 궁금했어. 도대체 어떻게 생겼을까, 이 말이야. 뱃속에 있는 아기들도 그런 생각을 할 거 아니겠니? 밖에 나가면 도대체 어떻게 생긴 작자의 얼굴을 제일 먼저 보게 될까? 양수 속을 뒹굴뒹굴하다가 그런 의문이 들겠지."

"이모 같은 아기들이나 그렇겠죠."

"시끄럽고. 어쨌든 그러면 내가 걔네들이 있는 배에다 대고 말해줄 수 있어. 왜, 태아들도 다 듣고 있다면서. 사랑한다고 말하면 좋아하고, 밉다고 말하면 싫어하고. 이렇게 말할 거야. 일단 거기서 건강하게 나오는 게 제일 중요한데, 나오고 나면 좋든 싫든 네가 처음으로 보게 되는 얼굴이 있을 것이야. 그게 누구냐면 바로 네 엄마란다. 그 엄마는 죽을 때 아마 제일 마지막으로 네 얼굴을 보게 될 거야. 인생은 그런 식으로 공평한 거란다. 네 엄마의 삶에 너무 많은 고통과 너무 많은 눈물만 없다면 말이야. 그러니까 죽는 순간에 마지막으로 보게 될 얼굴이 평생 사랑한 사람의 얼굴이 아니라면 그 사람이 어떤 삶을 살았더라도 그건 불행하다고 할 수밖에 없어. 그러니 무조건 결혼을 하고, 그다음엔 아이를 낳아. 내가 하고 싶은 말은 그게 전부야."

"그럼 지금까지 하신 그 많은 말씀들은요?"
"죽을래?"

2년 뒤, 연차 휴가를 이용해 뉴욕에 갔을 때는 아내나 나나 피차 페로몬의 분비가 확실히 줄어들어 이제는 렌터카를 빌려 플로리다까지 폭풍의 질주를 할 여력 같은 건 남아 있지 않았다. 미국이 경상도는 아니지 않은가? 대신에 나는 바쁜 일정을 쪼개 항공편으로 혼자 세바스찬에 다녀왔는데, 그게 다 와인을 마시기 위해서였다고 말하면 그 이야기를 들은 엄마가 그랬듯이 다들 나를 갈데까지 간 알코올중독자 취급을 하겠지. 하지만 어쩌겠는가? 그게 사실인 것을. 우리가 다녀가고 1년 뒤, 폴의 암이 재발했다는 소식이 들렸다. 엄마에게 전화를 건 팸 이모는 폴의 흰자가 누렇게 바뀌었다고 말하며 엉엉 울었다고 한다. 세바스찬의 그 하얀 집에 찾아갔더니 이모는 다짜고짜 내 손을 잡고 지하저장고로 내려가서는 남은 와인 성지들을 보여주면서 "인생이 이렇게 짧다, 한 사람이 태어나 이 정도 와인을 다 못 마시고 죽는다"라며 탄식했다. 해서 그날, 나는 남은 와인을 모두 마실 작정이었는데, 남은 와인의 양으로 추측하건대 아마 그랬다면 내 인생은 정말 짧아졌을 것이다. 그날, 그 집을 사는 데 결정적인 역할을 했다는 포티코, 즉 돌기둥으로 세운 현관 주랑 아래 의자에 앉아 밤하늘을 바라보면서 와인을 마시는데, 술에 취한 이모가 갑자기 자리에서 일어나더니, "O dark dark

dark. They all go into the dark, the vacant interstellar spaces, the vacant into the vacant(오 어둠 어둠 어둠. 모두가 그 어둠 속으로 들어간다, 별들 사이의 텅 빈 공간으로, 텅 빈 공간 안의 텅 빈 공간으로)"라고, 배우의 발성으로 소리내어 낭송하기 시작했다. 그건 아주 기나긴, 게다가 놀라운 이야기의 프롤로그 격인 시라고나 할까. 그러니까 T. S. 엘리엇의 「네 개의 사중주」 중 일부였다.

>I said to my soul, be still, and wait without hope
>For hope would be hope for the wrong thing; wait without love
>For love would be love of the wrong thing; there is yet faith
>But the faith and the love and the hope are all in the waiting.
>Wait without thought, for you are not ready for thought:
>So the darkness shall be the light, and the stillness the dancing.

>나는 내 영혼에게 말했다, 고요하라, 그리고 기다려라 희망 없이
>희망이란 그릇된 것을 위한 희망일지니; 기다려라 사랑 없이
>사랑이란 그릇된 것을 위한 사랑일지니; 그럼에도 믿음은 있다

그러나 믿음과 사랑과 희망은 모두 기다림 안에 있다.
기다려라 생각 없이, 너는 아직 생각할 준비가 안 돼 있을지니:
그러므로 어둠은 빛이, 그리고 고요는 춤이 되리라.

이모는 하루하루 마약의 힘으로 버티던 폴에게 이 시를 읽어줬다고 했다. 그 말을 하면서 이모는 자신은 절대로 꿈을 이룬 사람이 아니라고 덧붙였다. 이모의 꿈은 '미국놈 마누라'가 되는 게 아니었으니까. 이모의 꿈은 소박했다. 사랑하는 사람의 얼굴을 보면서 죽는 일이었다. 하지만 이모가 사랑했던 사람들은 다들 이모보다 먼저 죽었다. 너무 너무 너무 많은 고통과 너무 너무 너무 많은 눈물로 범벅이 된 이모의 얼굴을 보면서. 이모가 병상의 폴에게 읽어준 그 시는 원래 이모가 출연한 영화를 만든 감독이 읽어달라고 했던 시였다. 제일 먼저 그 사람이 죽었고, 그다음에는 이모의 뱃속에 있던 아기가 이 세상에는 어둠만이 아니라 빛도 있다는 사실을 알지 못한 채 숨을 거뒀다. 그리고 마지막으로 폴이 죽음을 맞이했다. 이제 이모에게는 죽어가면서 봐야 할 얼굴이 하나도 남아 있지 않았다. 태어나자마자 거기에, 자기 삶에, 엄마의 얼굴이 없다는 걸 알게 된 아기처럼, 폴이 숨을 거뒀을 때, 이모는 처량하고 불쌍한, 말하자면 고아가 된 듯한 느낌을 받았다.

"번뇌 망상이 윤회를 낳는다는 불교의 가르침 정도는 너도 알겠지?"

폴의 마지막 순간을 한참 말한 뒤에 이모가 내게 물었다. 나는 고개를 끄덕였다. 나는 팔정도八正道도 알고 있었다.

"폴이 그 말을 철석같이 믿었는데, 부처님 말씀이니까 맞겠지?"

"왜요? 이모부가 불교 신자였나요?"

"죽기 전에는 약간 불교 신자였지."

"약간 불교 신자?"

"죽기 전에 폴이 자꾸 서귀포에 가자는 거야. 혼자서는 옆 병실도 못 가는 처지인데 말이야. 왜 그러냐고 물었더니만, 가서 어느 정도 크기의 도시이며, 어떻게 생긴 사람들이 살며, 지형의 형태는 어떤지 자세히 살펴보고, 또 도시의 전반적인 느낌은 어떤지 살펴봐야지 거기서 다시 태어날 수 있다는 거야. 응, 다시. 한번 더, 살겠다는 거야. 그래서 뭔가 봤더니 내가 읽던 책이 있었거든. 캄보디아 출신 스님이 쓴 불교 책. 그 책에 실린, 번뇌 망상이 윤회를 낳는다는 문장을 완전히 잘못 이해한 거지. 자기는 번뇌 망상이 많으니까 옳다구나 다시 태어날 수 있겠구나, 그럼 오늘부터 나는 불교신자 할란다, 이렇게 된 거야, 이 양반이. 내 여기 목구멍까지 그런 말들이, 이 육신의 삶은 단 한 번 그냥 지나가는 거다, 이 몸으로 절대 두 번 살 수 없다, 우리는 이 생에서 한 번 살고, 그다음에는 영원히 죽은 상태로 있을 거다, 뭐 그런 말들이 차올랐지만 내뱉지는 못하겠더라. 너도 눈 보니까 맞는 말이라도 남 듣기 싫어하는 소리는 절대 못 할 위인이다만. 그래서 내가 그랬지. 붓다 말씀이 그렇다. 맞다. 당신은 번뇌도 많고 망상도 많으니까 꼭 다시 태어날 거다. 내가 기다리고 있을 테니까 다시 태어나라. 웃긴 얘기 아니니, 이거. 그랬더니 폴이 꼭 다시 태어나겠대. 다시 젊고 건강한 몸으로 태어나서 나랑 섹스하겠대. 맙소사. 자기만 젊고 건강한 몸으로 다시 태어나면 뭘 해? 난 쭈그렁망태긴데."

"그런데 왜 하필이면 서귀포에서 다시 태어난다는 거죠?"

"재작년에 너하고 네 처 될 사람하고 하루에 열 시간씩 운전해서 뉴욕에서 여기까지 왔을 때, 나도 옛날 생각이 나서 폴에게 그 이야기를 했거든. 그러니까 옛날에 영화 찍고 나서 어느 날인가 극장에 영화가 걸리고 어쩌고 하는데 충무로 다방에서 만난 정감독님이 갑자기 내 손을 잡고는 갈 곳이 있다고 하는 거야. 그래서 따라나섰다가 그만 서귀포까지 가게 됐거든. 맞아, 사랑의 줄행랑이었던 거지. 요즘 같으면 어디 파타고니아나 마케도니아 같은 곳으로 도망쳤을 텐데, 그때는 외국으로 나갈 수가 없었던 시절이니까 나름 살 수 있는 한 가장 먼 곳까지 간 셈이지. 그렇게 서귀포시 정방동 136-2번지에서 바다 보면서 3개월 남짓 살았어. 함석지붕집이었는데, 빗소리가 얼마나 좋았는지 몰라. 우리가 살림을 차린 사월에는 미 정도였는데, 점점 높아지더니 칠월이 되니까 솔 정도까지 올라가더라. 그 사람 부인이 애 데리고 찾아오지만 않았어도 시 정도까진 올라가지 않았을까? 그 석 달 동안 밤이면 감독님 품안에서 빗소리를 들으면서 누워 있었지. 나야 원도 한도 없어서 그때 그 사람 부인한테 맞아 죽어도 좋았겠는데, 어찌나 점잖게 자기 남편 손목만 딱 붙들고 데려가던지. 그 부인이랑 애랑 감독님이랑 이렇게 넷이서, 덕성원이라고 둘이서 자주 가던 중국집에서 밥 먹고 헤어졌는데, 어찌나 평온한 작별이었던지 꼭 휴가 왔다가 돌아가는 일가족을 배웅하는 여인숙 주인이라도 된 것 같았어. 언니들한테 맞고 자라서 그런지 난 그런 게 더 서럽더라. 사람대접도 안 하는 것 같아서. 그렇게 그 사람 식구들하고 떠나는 거 보면서 미친년처럼 손 흔들고 나서 서귀포 집에 혼자 돌아가니까 세상에 나만 남은 것 같은 느낌이 들어서 얼마나 울었는지 몰라. 나중에야 그 사람 그때 병이 있었다는 걸 알았지. 어쩐지 눈이 노루 눈 같아서 겁도 많고 남 눈치도 잘 보는 사람이었는데 서귀포까지 도망가는 용기를 내더라니. 그게 다 자기 오래 못 살 거 알고 그런 거였어. 그렇다면 정을 주지 말 것이지."

나중에 팸 이모를 '그 미친년'이라고 부르며 들려준 엄마의 이야기와 엄마를 '팥쥐보다도 더 미운 팥쥐 엄마 같은 언니'라고 일컬으며 들려준 이모의 이야기를 서로 종합하면, 외할아버지의 명령으로 이모를 산부인과까지 데려간 사람이 엄마였다고 한다. 씩씩하게 병원 앞까지 간 이모는, 하지만 절대로 들어가지 않겠노라고 전신주를 붙들고 늘어져서 엄마를 당황하게 만들었다. 엄마가 말을 듣지 않는 이모를 주먹으로 때리지 않은 것은 그때가 처음이자 마지막이었다고 한다. 엄마는 땅바닥에 무릎을 꿇고 앉아서 이모에게 빌고 또 빌었다고 한다. 그러자 이모도 마찬가지로 무릎을 꿇고 앉아서는 빌었다. 두 자매가 산부인과 앞 전신주 아래에서 무릎을 꿇고 앉아서 서로 싹싹 비는 장면을 상상하면 마음이 짠하다. 어쨌든 버티다 버티다 먼저 마음을 놓아버린 쪽은 이모였고, 끝내 그런 이모를 일으켜세워 병원 안으로 데려간 사람은 엄마였다. 이모는 외할아버지와 엄마, 그리고 그냥 방조한 나머지 식구들 모두를 용서할 수 없었다. 은행에 취직한 이모는 마치 『오디세이아』에 나오는 페넬로페처럼 수많은 남자들의 구혼을 뿌리치면서 몇 년 동안 악착같이 돈을 모은 뒤, 브로커의 소개로 미국에서 초청장을 받았다. 차정신에서 파멜라 차로 변신한 건 그때였다. 파멜라 차가 되면서 이모는 자신의 과거와 완전히 결별했다. 그리고 오랫동안 이모는 한국에 들어오지도, 먼저 집에 연락하지도 않았다. 외할아버지가 돌아가셨을 때도 이모는 그냥 플로리다에서 명복을 빌겠노라고 말했다.

"그 미친년이 플로리다에서 명복을 빈다고, 하."

이게 엄마에게 들은 말이라면,

"누구 때문에 미국놈 마누라가 됐는데, 어따 대고 그게 내 꿈이었대니?"

이건 팸 이모에게 들은 말이다.

지난해 여름, 한국에 들어와 제주도에서 한 달 정도 지내더니 이모는 서귀포 중문관광단지 가까운 예래동에서 마음에 드는 집을 발견했다고 내게 말했다. 그해 가을에 이모는 플로리다 생활을 모두 정리하고 한국으로 영구 귀국했다. "그년 변덕에 내가 평생 개고생이다"라고 투덜거리는 엄마를 비롯한 외가 식구들이 번갈아 서귀포로 내려가 이모의 정착을 도왔다. 이따금 이모에게 전화를 걸면 다들 술에 취해서는 노래를 부르는 소리가 시끄럽게 들리곤 했다. 그럴 때면 나는 전화기에다 대고 필사적으로 외쳐야만 했다. "우리 엄마 좀 바꿔주세요! 집에 좀 오시라구요!" 이모는 두번째 인생을 사는 것 같다고 말했다. 목소리만 들어도 그런 것 같았다. 이모의 귀국은 성공적이랄 수 있었다. 예전 지인들을 만나는 과정에서 소식이 알려져 영화잡지에 이모가 한국으로 돌아왔다는 뉴스까지 실릴 정도였다. 그렇게 해가 바뀌고 겨울이 지나갔다. 이따금 서귀포의 겨울이 더 추울지, 세바스찬의 겨울이 더 추울지, 뭐 그런 게 궁금하기도 했지만, 그 이상 이모에게 관심을 둘 수는 없었다. 아내에게는 둘째가 생겼고, 나는 과장으로 승진했다. 서른다섯살이 지나자 회전목마처럼 목가적으로 돌아가던 인생이 롤러코스터처럼 달리기 시작했다. 그러던 어느 날, 이모가 내게 전화를 걸어 왜 나는 서귀포에 놀러 오지 않느냐고 물었다. 그 전해 가을, 아내와 함께 다녀온 뒤로는 겨우내 통화만 서너 번 한 게 다였다. 그런데 이모의 목소리가 하도 울적하게 들려서 나는 곧 가겠다거나 너무 바쁘다거나 하는 대답 대신에 무슨 일이라도 있느냐고 먼저 물었다.

"아무 일도 없다. 나는 여기서 밤마다 폴하고 잘 지내고 있다."

이모가 대답했다.

"그렇게 말씀하시면, 그건 엄청난 일이 벌어지고 있다는 소리잖아요. 도대체 그게 무슨 뜻이에요? 돌아가신 이모부하고 잘 지내고 있다구요?"

"으응. 뭐, 나만 아는 그런 게 있어. 내려오면 내가 보여줄게. 그건 그렇고 다음주 토요일에 내려올 수 있겠니? 누가 나를 찾아오기로 했는데, 혼자서 맞이하려니까 마음이 좀 힘들어서 말이야."

"아, 왜 이러세요, 이모. 또 누가 온다는 거예요? 제가 잘못했어요. 한번 내려갈게요."

"너도 잘 알 텐데…… 왜, 그 옛날에 정감독님 말이야……"

"이모! 서귀포가 무슨 하늘나라인가요?"

"그러니까 내 말이…… 이 좋은 곳에 왜 안 내려오니? 다음주 토요일에는 꼭 내려와라. 혼자서는 도저히 정감독을 못 만나겠으니까."

해서 그 다음주 토요일에 아내와 아들과 함께 예래동으로 내려가게 됐다. 그 집은 외지인을 위해서 지은 이층짜리 별장으로, 바다가 보이는 전망이나 마을 한쪽에 자리잡은 위치나, 뭐 하나 빠질게 없었는데, 지방 건축업자의 관념 속에나 존재할 무국적 건축양식이 참으로 눈에 거슬렸다. 현관 앞에 그리스 신전처럼 돌기둥을

네 개 세워놓아서 멀리서 보면 하얀 페인트를 칠한 마을회관처럼 보였다.

"이건 뭐, 그리스 이오네스코 양식의 돌기둥인가요?"

마감이 거친 시멘트 돌기둥을 가리키며 내가 물었다. 돌기둥 안쪽에는 하얀색 테이블보에 수선화가 든 꽃병과 과일바구니를 올려놓은 철제 테이블과 의자가 있었다.

"당신이 말하는 이오네스코가 프랑스 희곡 작가의 이름은 아니겠지? 돌기둥이라면 이오니아겠지."

진경이 내게 핀잔을 줬다. 그녀도 이제 우리 집안의 화법을 익힌 것이다.

"너희는 세바스찬 집에도 가봤으니까 알겠지만, 폴이 이런 포티코를 참 좋아했거든. 요 밑에 앉아서는 와인도 마시고 잡지도 읽고 꾸벅꾸벅 졸기도 하면서 여생을 보내는 게 평생 꿈이었지. 그렇게 플로리다에 포티코가 멋진 집 사자마자 병 걸릴 줄이야 상상도 못 하고 말이야. 진짜 우린 모른다. 우리는 한 치 앞도 몰라. 그 와인들 기억나지? 단골 와인상점에 다시 팔았는데, 한 트럭 싣고 갔어. 딱 한 상자만 놔두고 다 팔아버렸지."

그건 미국 화가 래리 리버스의 남자 스케치가 라벨에 그려진 도미누스 에스테이트 1984년산 와인이었다. 1984년은 이모와 폴이 결혼한 해였다. 그걸 기념해서 폴은 그해에 나온 포도주를 한 상자 구입했다. 겨우내 이모는 외로울 때마다 정원의 워싱턴야자수가 보이는 포티코 아래에 앉아서 그 포도주를 마셨다. 한 병을 다 마시면 너무 힘드니까 잔을 두 개 준비해서 폴 한 잔, 이모 한 잔, 그런 식으로. 겨우내 폴과 잘 지냈다는 건 그런 얘기였다. 그건 폴을 완전히 떠나보내는 절차와 같은 것이었다. 그리하여 이제 남은 건 두 병. 우리가 내려갔을 때, 이모는 그중 한 병을 땄다. 이모가 폴이 종이에 적어둔 빈티지 정보를 읽는 동안, 아내와 나는 그 포도주를 맛봤다.

"겨울 강수량은 35.68인치로 약간 부족했지만서도 11월과 12월에는 25인치가 내렸다. 5월, 6월, 8월은 기온이 적당했는데, 7월과 9월은 어찌나 무더웠는지 화씨 100도가 넘는 날이 스무 날이었다. 7월에는 엿새, 9월에는 여드레였다. 그러면 도합 14일로 나머지 엿새는 어디로 갔느냐? 그건 나도 모르겠다. 1984년 9월 2일에 수확을 시작해 1984년 9월 12일에 수확을 마쳤다."

더듬더듬 한국어로 번역해가며 이모가 1984년 미국 캘리포니아 나파밸리의 날씨 정보를 읽는 걸 들으니, 무더운 그해 여름의 햇살이 고스란히 목구멍으로 넘어가는 것 같았다. 이모 말로는 그해에 자기는 정말 눈이 부실 정도로 아름다워서 누구도 자신을 똑바로 쳐다보지 못했다고 한다. 그건 엄마에게 물어봐야지만 사실인지 아닌지 판단할 수 있는 이야기였지만, 이오네스코 양식인지 이오니아 양식인지 아무튼 뭔가 이국적인 돌기둥 아래에서 비싸고 귀하다는 빈티지 와인을 얻어마셔서 그런지 난생처음으로 이모의

'자뻑'이 진짜처럼 들렸다. 젊은 시절 이모의 모습은 김포공항에서 미국행 비행기에 오르기 전, 엄마와 외할머니 사이에 앉아서 몸을 앞으로 숙이며 뭔가 말하려는 모습의 사진을 본 게 다였지만, 또 그 사진에서 이모는 도널드 덕의 여자친구인 데이지 덕처럼 분홍색 핀을 머리에 꽂고는 입술을 앞으로 쭉 내밀고 있었지만, 그럼에도 이모가 얼마나 아름다웠을지 알 것 같았다.

금세 셋이서 한 병을 다 마시고 난 뒤, 마당에서 호스로 물을 뿌리며 제 엄마와 노는 아이를 둘이서 바라봤다. 아이는 이제 네 살이었다. 아이가 뿌리는 물줄기 위로 작은 무지개가 나타났다가 사라졌다. 내가 마지막 한 병의 마개를 마저 따려고 하니 이모가 내 손을 잡았다.

"아까우신 거예요?"

"아니, 이건 다른 사람 주려고 따로 챙겨놓은 거야."

"아까 우신 거냐구요?"

그러자 이모가 말을 참 재미있게 한다며 깔깔대고 웃었다. 팸 이모 앞이 아니라면 절대로 써먹을 수 없는 썰렁한 농담이었는데, 이모는 잘도 웃었다. 그래서 내가 이모를 좋아한다.

"이제 내가 안 울게. 우리 조카에게 약속할게."

"개를 한 마리 기르시는 게 어때요? 마당도 넓고, 또 집도 크고."

"글쎄, 어디 너처럼 재미있는 말도 잘하고, 무작정 뉴욕행 비행기에도 올라타고 그런 개가 있으면 한 마리 기르고 싶다마는."

"집이 커서 기르는 개가 꼭 저 같을 필요는 없잖아요."

내가 울부짖었다.

"기왕이면 다홍치마니까."

"집에서 기르는 개는 그냥 개면 되는 거예요. 그리고 이제 이모부는 보내드리세요. 설마 이모부가 다시 태어난다고 해서 서귀포까지 오신 건 아니겠지요?"

"넌 어떻게 생각하니? 그럴 것 같니?"

"엄마 말로는 이모는 충분히 그러고도 남을 사람이라고 하던데요."

"너도 이제 결혼했으니까 잘 알겠지만, 우린 살 만큼 살았잖니? 그러니 인생을 한번 더 살 수 있다면, 당연히 다른 사람하고 살아야지."

"그러니까 이모가 춘향이는 못 된다는 뜻?"

"내 나이가 춘향이 모친보다 많단다. 수절하고 어쩌구 할 시간이 없어."

인생을 한번 더 살 수 있다면, 아마도 이모는 정방동 136-2번지, 그 함석지붕집을 찾아가겠지. 미래가 없는 두 연인이 3개월 동안 살던 집. 말했다시피 그 집에서 살 때 뭐가 그렇게 좋았냐니까 빗소리가 좋았다고 이모는 대답했다. 자기들이 세를 얻어 들어가던 사월에는 미였다가 칠월에는 솥까지 올라갔다던 그 빗소리. 그날 저녁, '정감독'을 만나기 위해 서귀포로 나가는 길에 이모와 그 집에 들렀다. 이모는 지붕을 고치고 증축하긴 했지만, 원래 그 집의 형태가 바뀐 건 아니라고 했다. 다른 건 다 괜찮은데, 그 얇은 함석 지붕이 컬러 강판으로 바뀐 것만은 아쉽다고 이모가 말했다. 하지만 지구를 반 바퀴나 돌면서 반생을 보내고 다시 돌아온 이모에게는 그 집이 그 자리에 서 있다는 사실 자체가 기적과도 같았다. 이모에게 그게 진짜냐고, 빗소리가 정말로 사월에는 미 정도였다가 칠월에는 솥까지 올라갔느냐고 물어보자, 이모는 얼굴을 조금 들고 하늘을 올려다보며 잠시 생각에 잠기는가 싶더니 고개를 끄덕이며, 그랬다고, 정말 빗소리가 달라졌다고 대답했다. 그뒤로 이모는 한 번도 그런 빗소리를 들어본 적이 없었다. 매일 밤, 밤새 정감독의 팔을 베고 누워서는 혹시 날이 밝으면 이 사람이 감쪽같이 사라지는 게 아닐까 걱정이 되어 자다가 깨고, 또 자다가 깨서 얼굴을 들여다보고, 그러다가는 다시 잠들지 못하고, 또 움직이면 그가 깰까봐 꼼짝도 못하고 듣던, 그 빗소리 말이다. 바로 어제 내린 비처럼 아직도 생생한, 하지만 이제는 영영 다시 들을 수 없는 그 빗소리.

  거기서 우리는 덕성원이라는 중국집까지 걸어갔다. 거기에서 '정감독'이 기다리고 있다고 이모가 말했다. 그러니까 2주 전쯤의 일이라고 한다. 밤에 이모에게 전화가 걸려와 무심결에 받았더니 어떤 중년 남자가 "차정신씨 계십니까?"라고 물었다. 그 목소리에 이모는 심장이 멎는 줄 알았다. 그건 죽은 정감독의 음성이었다. 확실했다. 어떻게 이모가 그 음성을 잊겠는가. 얼마나 놀랐던지 이모는 전화를 그대로 끊어버리고 전원까지 꺼버렸다. 다음날 아침에 전원을 켰더니 거기 통화목록에 010으로 시작하는 번호가 찍혀 있었다. 그게 하늘나라에 있는 사람의 핸드폰 번호일 가능성은 거의 없었다. 하지만 전화를 걸어볼 엄두는 나지 않아 하루종일 전화를 기다렸다. 전화가 걸려온 건 다시 밤이 다 되어서였다. 받아보니 다시 "차정신씨 계십니까?" 예의 그 음성. 이모가 사랑했던 그 음성. "제가 차정신입니다." 이모의 목이 메었다. "저는 정길성 감독님의 아들인 정지운이라고 합니다. 예전에 서귀포에서 한번 뵌 적이 있는데, 기억나지 않으실 거예요. 한국에 돌아오신 건 잡지를 보다가 알았습니다." 그제야 이모는 자기가 완전히 미친 건 아니라는 걸 알게 됐다. 이모는 중국집에서 마지막 식사를 하던 일을 떠올렸다. 성감독 부부와 아들, 그리고 이모, 이렇게 넷이서 사각 테이블에 앉아서 짬뽕을 먹었다. 이모는 부인에게 미안하기도 하고, 헤어질 생각을 하니 눈물도 솟구쳐 고개를 숙이고는 면이 어디로 들어가는지도 모른 채 짬뽕을 먹었다. 두 부부가 외식이라도 나온 것처럼 와병중인 친척 어른의 건강에 대해 얘기하던 걸 이모는 아직도 기억하고 있었다.

정지운 감독이라면 나도 잘 안다. 지금까지 네 편 정도의 영화를 만들었는데, 모두 좋은 평가를 받았고 흥행에도 그럭저럭 성공했다. 언젠가 신작 영화를 소개하는 TV 프로그램에서 그를 인터뷰하는 걸 본 일이 있었다. 눈이 크고 얼굴이 곱상하게 생겨서 첫눈에도 섬세한 예술가 타입으로 보였다. 목소리는 낮고도 부드러웠다. 이모가 사랑했던 남자가 어떤 스타일이었는지 짐작할 수 있었다. 그는 아버지의 마지막 작품을 무척 아끼며, 거기에 나오는 이모의 연기도 참 좋아한다고 이모에게 말했다. 그래서 꼭 한 번 만나고 싶었으며, 또 드릴 물건도 있다고 덧붙였다. 무슨 물건이냐고 이모가 묻자, 정지운 감독은 아버지의 자료를 뒤지다가 이모와 관련한 영상과 사진을 발견했다고 설명했다. 그는 아버지의 삶을 객관적으로 기록하기 위해서 그 필름들을 잘 갈무리했는데, 그걸 전해주고 싶다는 것이었다. 그렇게 해서 만나기로 한 곳이 바로 덕성원. 그러니까 이모가 마지막으로 정감독과 밥을 먹은 그 중국집이었다. 정감독과 이모가 살던 함석지붕집에서 그 중국집까지는 도보로 10분 정도. 안으로 들어가려는데 이모가 내 팔을 잡아끌었다. 가슴이 떨리니 조금만 있다가 들어가자는 것이었다. 잠시 기다렸다가 이모가 괜찮아졌다고 해서 안으로 들어갔다. 우리가 들어가서 실내를 둘러보는데, 한쪽 구석에 앉아 있던 사십대 초반의 남자가 일어나 이모에게 인사했다. 그에게 다가가며 이모는 의연한 표정으로 그 인사를 받았지만, 목소리가 떨리는 게 표가 났다. 나도 그에게 인사하고는 함께 앉았다. 몇 마디 어색한 말들이 오고 간 뒤에 그가 가방에서 봉투를 하나 꺼냈다. 그 안에는 비디오테이프와 함께 사진들이 들어 있었다.

"이게 지금 섞여 있는 거예요. 영화 촬영할 때 찍은 것들하고, 아닐 때 찍은 것들하고요. 이건 촬영장이구요. 여기는 어딘지 잘 모르겠습니다."

"서귀포네요."

보자마자 이모가 말했다. 그가 가리키는 사진 속에는 단발머리를 하고 주먹을 쥔 두 손을 양옆으로 펼친 채 카메라를 향해 돌진하려는 듯한 자세를 취한, 이십대 초반 이모의 모습이 찍혀 있었다. 그다음 사진에서는 앉은뱅이책상에 턱을 괴고 앉아서 고개를 돌리고 카메라를 쳐다봤다. 사진 속의 이모는 놀라울 정도로 젊었고, 또 아무런 두려움도 모르는 얼굴이었다. 파멜라 차로 변신하기 이전, 차정신으로 살아가던 시절의 얼굴들. 인생을 통틀어 가장 행복한 시절을 보내고 있다는 것도 모르고, 팔베개를 베고 가만히 누워 밤을 지새우면서 빗소리를 듣던, 젊은 날들의 조각들. 이모는 그 사진들을 하나하나 자세히 들여다봤다. 한참 있다가 이모가 안경을 벗으면서 말했다.

"서귀포 시절의 나를 다시 볼 줄은 꿈에도 몰랐어요. 내가 이렇게 생긴 사람이었네요. 참 예뻤네. 이제 우리 조카가 믿겠네. 내가 얼마나 예뻤는지."

"젊은 시절에는 굉장히 미인이셨죠. 지금도 선생님 말씀하는 분들 많으세요."

조카라면서 그런 것도 모르냐는 듯이 그가 나를 쳐다보면서 말했다.

"아니, 이모는 워낙 서구적인 미인이신데, 제가 국문과를 나왔거든요."

그는 다시 한번 나를 쳐다보더니, 음식을 시키자고 말했다. 그가 메뉴판을 들고 이모에게 이런저런 요리들에 대해 설명했다. 그가 살갑게 굴자, 이모는 의자를 그쪽으로 옮겨가면서 함께 메뉴를 골랐다.

"국문과는 김치에 밥 먹을 거지?"

이모가 내게 말했다.

"국문과도 한자 공부는 많이 하거든요."

요리를 먹는 동안, 그는 27년 전 그날 그 중국집에서 나온 직후부터 병원에서 정감독이 죽을 때까지의 일들에 대해 얘기했다. 그 다음에는 시간을 거슬러 이모가 서귀포에 살던 시절과 처음 정감독을 만날 때의 일들에 대해서 얘기했다. 자기 아버지에 대한 자료를 모으는 게 목적이었으므로 그는 이모의 말을 모두 녹음하고, 필요한 경우에는 재차 물어보면서 확인했다. 모든 이야기가 끝났을 때, 나는 배가 불러서 터질 지경이었다. 하지만 두 사람은 짬뽕을 먹어야겠다는 것이었다. 그가 종업원에게 1인분을 두 그릇에 나누어 달라고 주문했다.

"그때 짬뽕 먹을 때, 저는 계속 선생님만 보고 있었는데, 선생님은 한 번도 고개를 들지 않으셨어요. 먹는 내내 선생님 정수리께를 보는데, 뭔지 제대로 설명할 수는 없는 어떤 슬픈 마음이 들더라구요. 얼마나 혼란스러웠는지 몰라요. 전 어머니를 사랑하고 있었으니까요. 영화든 소설이든 뭔가 만들고 싶다는 생각을 그때 처음 했어요. 선생님 그 정수리 보면서. 그때 그 짬뽕 맛이 나려나 모르겠어요."

그와 헤어져 예래동으로 돌아가는 길, 마지막 도미누스를 정지운 감독과 사이좋게 나눠 마신 팸 이모는 뒷좌석에 앉아서 아버지와 아들이 어쩜 그렇게 생김새나 말투나 행동거지까지 비슷하느냐는 둥, 그 사람을 보니 내가 참 사랑할 만한 사람을 사랑한 것 같아 다행이라는 둥, 내일 당장 정지운 감독의 영화를 봐야겠다는 둥 대꾸도 없는데 혼자서 중얼거리다가 이윽고 잠들었다. 이모가 중얼거리는 동안, 나는 헤드라이트가 비추는 아스팔트와, 가끔씩 가로등으로 밝아지는 도로와, 그 불빛들 바깥의 어두운 밤을 바라봤다. 그리고 그 어둠 속 어딘가에 있을 바다와 숲과 산을 생각했다. 그리고 호수와 안개와 구름을, 또 태풍과 소나기와 빗줄기를, 그리고 사월의 미와 칠월의 솔을 거쳐 짬뽕을 생각했다. 짬뽕, 그리고 "그러면 도합 14일로 나머지 엿새는 어디로 갔느냐? 그건 나도 모르겠다"고 말하던 이모의 음성을. 이모의 목소리를 흉내내어 나도 혼자서 중얼거려봤다.

"그러면 도합 14일로 나머지 엿새는 어디로 갔느냐? 그건 나도 모르겠다."

그러자, 자기한테 말을 거는 줄 알았던지 이모가 대답하듯 말했다.

"그러니 한국 영화의 앞날은 얼마나 밝은 거니?"

한국 영화의 앞날은 어떤지 모르겠지만, 우리가 가는 길이 밝은 건 확실했다. 밤의 도로는 바다를 따라 부드럽게 검은 언덕을 넘어 불빛이 환한 중문을 향해 이어졌다.

일기예보의 기법

그해 봄에서 여름 사이의 얼마 동안, 미경의 꿈에는 늑대로 변한 닥터 강이 등장하기 시작했다. 납량특집 심야 미니시리즈처럼, 며칠 간격으로 잊을 만하면 다시 나타나기를 여러 차례. 물론 우리를 볼 때마다 늘 인자한 표정으로 만원짜리 지폐를 한 장씩 건네던 닥터 강은 미경의 꿈에 자신이 그런 꼴로, 그러니까 두 개의 누런 어금니가 툭 튀어나온 흉악한 짐승의 몰골로 등장하리라고는 조금도 상상하지 못했을 것이다. 만약 닥터 강이 그 사실을 알았더라면 우리 가족의 삶이 달라졌을까? 혹시 나라도 여동생이 밤에 그런 꿈을 꾼다는 걸 알았더라면? 나라면 아마 그건 꿈속의 일일 뿐이며, 꿈과 현실 사이에는 결코 넘을 수 없는 높은 벽이 있으니 그 늑대가 현실에 나타날 리는 없으며, 늑대가 나오는 꿈은 좋은 일을 암시한다고 말해줬을 텐데. 그게 길몽이라는 근거는 적어도 개가 나오는 것은 아니지 않느냐는 것, 그러니까 개꿈은 아니지 않느냐는 것뿐이겠지만. 그러나 이번 대보름에 미경에게 들은 이야기를 떠올려보니, 그애는 개가 나오는 꿈이 재수없는 개꿈이라는 내 의견에 절대 동의하지 않을 것 같다. 지구를 내려다보며 밥을 먹는 개가 등장하는 이야기, 오늘은 그 이야기를 여러분에게 들려줄 작정이다.

 미경이 내게 그 꿈에 대해 얘기한 건 그로부터 반년이 흐른 뒤, 그러니까 닥터 강이 슬픈 표정으로 내게 "너희 엄마는 너희를 사랑한단다"라는, 말하나마나 한 진실을 들려주고는 더이상 우리집에 찾아오지 않게 된 이후의 일이었다. 꿈 이야기를 털어놓기까지 미경에게 그 반년 동안은 사람의 탈을 쓰고 돌아다니는 그 늑대인간의 정체를 폭로해 집에서 몰아낼 방법을 찾아내기 위한 개인적인 연구기간이었다. 그때 미경은 겨우 여덟 살이었고, 나는 열네 살이었다. 그 이야기를 들었을 때, 나는 미경이 진짜 닥터 강을 늑대라고 믿고 있다는 걸 알고는 여동생의 과학 상식이 그토록 부족하다는 사실에 좀 놀랐다. 그런 과거가 부끄러웠는지 아니면 열 살 언저리에는 레테의 강처럼 망각의 심연이 존재하는 것인지, 나중에 미경은 그런 꿈을 꿨다는 사실도, 늑대인간의 정체를 폭로할 방법을 연구했다는 사실도 다 잊어버렸다. 하지만 우리 인생의 다른 일들과 마찬가지로 어둠의 장막 저편으로 숨어들었을 뿐, 그 기억이 완전히 사라진 것은 아니었다.

언젠가 미경이 "이젠 돌이킬 수 없다는 게 분할 뿐이야"라고 말한 적이 있었다. 그러면서 그애는 글썽글썽 눈물이 맺힌 눈으로 자기 손등을 바라봤다. 푸르고도 힘차게 뻗들과, 그 뼈들 사이의 골을 지나 살 속으로, 몸속 어딘가로 흘러가는 혈관들의 모습을. 그날은 악전고투와 고군분투와 사생결단으로 점철된 미경의 연애사(이 세상에 그런 걸 전공하는 사학도 선발시험 같은 게 있다면 당연히 내가 최우수 성적으로 합격할 게 분명하다)에서도 첫 손에 꼽을 만한 대사건인 형식의 결혼식날이었다. 고교생 시절부터 미경과 사귀었던, 하지만 대학생이 되자마자 보기 좋게 차였던 형식은 미경이 아니어도 이 세상에는 뜨겁게 사랑할 만한 여자들은 너무나 많다는 사실을 몸소 증명이라도 해 보이겠다는 듯, 섭씨 30도를 가뿐하게 넘긴 7월 하순의 토요일을 결혼식 날짜로 선택했다. 그때 이미 둘의 관계는 미적분을 함께 풀던 고등학생 시절의 절친한 친구 사이로 돌아가 있었지만, 게다가 당시에는 결혼을 고려할 정도로 깊이 사귀던 레지던트가 있었고 또 자랑하듯 그 사실을 형식에게 알린 사람도 미경 자신이었지만, 형식이 결혼한다는 소식을 들은 그애는 마치 대량학살이나 인종청소를 무기력하게 지켜보는 종군 사진작가처럼 자신이 할 수 있는 일은 아무것도 없다는 사실에 큰 충격을 받았다.

그러다가 그애가 발견한 희망의 씨앗이 바로 추억이었다. 미경은 밤마다 형식에게 전화를 걸었다. "그때 나한테 팻 메스니 시디를 선물로 줬었잖아. 기억나? 왜 그 시디를 고르게 된 거였니?"라거나 "그렇게 네가 그 자리를 떠나고 나서도 나는 한참이나 거기 앉아 있었어. 어두운 느티나무 아래에 나 혼자. 그때 내가 무슨 생각을 했었는지 아니?" 같은 질문들을 던지기 위해. 딱히, 형식의 대답은 필요 없었다. 중요한 건 두 사람에게 결코 잊어서는 안 되는 소중한 시간들이 있었다는 사실을 확인하는 일이었으니까. 덕분에 번번이 형식과 통화할 기회를 놓친 그의 약혼녀가 낌새를 눈치채고 미친 듯이 날뛰기 전까지 날카로운 질문과 석연찮은 얼버무림으로 이어지는 통화가 매일 밤 계속됐다. 약혼녀가 울며불며 형식이 보는 앞에서 값비싼 식기세트를 부쉈다는 소리를 듣고서야 미경은 더이상 형식에게 전화하지 않았다. 그때쯤에는 미경의 남자친구로 살았던 때가 자기 인생에서 가장 행복한 시절이었다는 대답을 형식에게서 들은 뒤였다. 게다가 그 여사가 자기보다 먼저 바닥을 보여줘서 미경으로서는 고맙기까지 했다. 최종적으로 미경은 "독한 애 만나서 니가 좀 고생하겠네"라는, 위로인지 비아냥인지 구분되지 않는 말로 옛 애인의 결혼을 축하했다.

그러면 이제 속이 후련해야만 했을 텐데, 하지만 그게 또 그렇지 않았다. 형식이 결혼하는 그날까지 미경의 마음속에는 어떤 얼룩 같은 게 남아 있었다. 아무리 씻어내려고 해도 그건 사라지지 않았다. 처음에는 그런 걸 두고 사람들이 먹기는 싫지만 버리기엔 아깝다고 하는 것이구나 생각했다. 그러나 막상 당일이 되어 옛 애인의 결혼식에 가야 할 것인지 가지 말아야 할 것인지, 간다면 도대체 어떤 옷을 입고 가야 옛 애인을 후회하게 만들 수 있는 것인지, 결혼식이 시작되는 시간까지 고민하다가 그만 시계를 보고는 기절한 뒤에야 비로소 미경은 자신이 형식을 너무나 사랑한다는 걸 깨달았다(물론 나는 그때 미경이 쓰러진 건 오존주의보까지 발효된 무더운 날씨에도 불구하고 방안에서 허리에 꽉 끼는 원피스 따위를 입어보느라 몇 시간을 보냈기 때문에 더위를 먹어서라고 생각하지만). 미경의 말을 그대로 옮기자면, "그건 꼭 가위에 눌려서 꼼짝도 못한 채 어두운 천장을 올려다보며 누워 있는 것과 비슷한 느낌이었다". 그러면서 미경은 자기가 전생의 벌이라도 받는 모양이라고 말했다. 전생의 벌이기야 했겠나? 그게 벌이라면 아마도 닥터 강의 저주였겠지. 삶이란 대개 그런 것이라는 걸 가르쳐주기 위한.

사실 미경이 엄마 생일에 찾아오지 않은 건 천문기상학과를 졸업하고 기상대에서 근무하면서부터니까 꽤 오래된 일이었다. 워낙 순환근무가 잦은 직업이라 서너 군데의 기상대를 거져서 지금 미경은 서해의 한 항구도시에서 근무중이다. 거기서 고향까지는 자동차로 네 시간 거리였으므로 올해에도 그애가 엄마 생일에 나타나지 않을 것이라는 데에 나는 두 딸의 돼지저금통이라도 걸 수 있었다. 엄마는 정월 대보름에 태어났는데, 해마다 일주일 전이면 딸덕을 보겠노라며 미경에게 전화를 걸어 정월 대보름의 날씨는 어떨지 물어보곤 했다. 미경이 얼마나 잘 맞혔냐고? 몇 번 물어보고 나서 엄마는 그애가 뭐라고 떠들어대건 간에 당일 아침에 일어나 보면 알 수 있다는 결론에 이르렀다. 과연 올해는 딸이 자기 생일에 찾아올지 안 올지 알 수 없어서 일주일 전이면 일기예보를 묻는 척 전화를 걸어 딸의 의중을 떠봐야만 하는 게 우리의 인생인데, 제아무리 2009년 올해의 최우수예보관이라지만, 무슨 수로 일주일 뒤의 날씨를 족집게처럼 맞힌다는 소리인가? 미경이 이 글을 읽으면 경을 칠 일이지만, 농담도 그런 심심한 농담이 다 있을까.

그럼에도 매년 딸에게 당당하게 전화를 걸어 대보름의 저녁 날씨를 물어볼 수 있는 건, 엄마 생일날 저녁이면 식구들이 다 함께 뒷산에 올라 달을 바라보면서 소원을 빌던 아름다운 추억을 모녀가 공유했기 때문이었다. 어렸을 때, 엄마의 생일날 아침이면 우리는 아빠(내가 나이를 덜 먹어 아빠라고 말하는 건 결코 아니다)가 건네는 귀밝이술을 마신 뒤 미역국에 오곡밥을 말아 먹었다. 원래 그 술은 남자들만 마셨는데, 어느 해인가 마침내 말하는 법을 익힌 미경이 울며불며 우겨서 그애도 더불어 마시게 됐다. 그런데 우리는 귀밝이술을 마셨지만, 그애가 마신 건 목청터지기술이었는지 일단 말을 하기 시작하자 시끄러워서 견딜 수가 없을 지경이었다. 목청이 얼마나 큰지 사내로 태어났으면 장군감이었을 거라고들 얘기했다. 그래서 명절이면 부엌에서 엄마를 도와 전을 지지고 과일 깎는 걸 좋아했던 터라 "앤 살림밑천이네"라는 칭찬을 듣던 나와 늘 비교되곤 했다.

　귀밝이술로 마신 청주의, 텁텁하면서도 씁쓸한 뒷맛이 아직 입 안에 맴도는 저녁답에 우리는 빨간색 플라스틱 랜턴을 앞세운 아빠를 따라서 산길을 올라갔다. 그 시절 숱하게 들었던 이야기에 따르면, 엄마와 아빠를 연결시켜준 것도 달이라고 한다. 외삼촌이 간호대학 졸업반이던 엄마와 중학교 물리선생이던 아빠 사이에 다리를 놓아 둘은 선을 보게 됐다. 아빠는 달, 그중에서도 암스트롱이 첫발을 내디뎠다던 고요의 바다를 바라보는 걸 무척 좋아했다고 한다. 아빠는 학교 수업을 마치면 인근 도시까지 완행열차를 타고 찾아갔다. 엄마는 그 도시의 도립병원에서 실습생으로 일했다. 차창을 열고 담배를 피우며 맹렬한 기세로 기차를 따라오는 달을 바라보는 젊은 아빠의 모습을 나는 충분히 상상할 수 있었다. 달을 좋아하는 남자를 사귀었으므로 엄마도 어두운 다방이나 제과점 같은 곳에서 하는 데이트보다는 밤산책을 즐기기 시작했다. 빨간색 플라스틱 랜턴은 첫 데이트에서 어두운 건 싫다는 엄마를 안심시키기 위해 동네 전업사에서 산 것이었다. 그 달빛 아래에서 두 사람은 많은 이야기를 나눴다. 밤의 어둠 속에서는 또 많은 일들이 일어났을 것이다. 그 많은 일들 중에는 당연히 사랑도 포함됐을 텐데, 말하자면 첫째인 나는 그 달빛을 먹고 자란 달의 유산인 셈이다. 그러니 본디 내가 은은하고 다정한 성품인 것은 당연했다.

　열 살이 넘으면서부터는 아빠 대신에 내가 그 랜턴을 들고 앞장

섰다. 막상 랜턴으로 길을 비추며 걸어보니 대보름 달빛 아래에서는 비추나마나 한 불빛이었다. 나중에 아빠가 없어 엄마가 힘들어하는 걸 볼 때마다 나는 정월 대보름에 산길을 비추던 그 랜턴의 희미한 불빛을 떠올렸다. 우리에게 아빠란 그 불빛과 같았다. 우리 인생에서 아빠는 너무 일찍 사라졌다. 아빠가 없는 첫해의 정월 대보름에도 우리는 뒷산에 올라가 소원을 빌었다. 그때 나는 무슨 소원을 빌었더라? 그토록 달을 좋아했다면 아마도 이젠 높고 환한 곳에 가셨을 테니, 우리 가족이 잘되도록 늘 지켜봐달라고 빌었을 것이다. 아빠가 돌아가신 뒤로 나는 늘 엄마 걱정, 동생 걱정뿐이었다. 그런 내 옆에서 미경은 눈물을 뚝뚝 흘리며 고래고래 소리를 지르고 있었다. 자신은 우주비행사가 되어 우주로 나가서 라이카도 만나고 아빠도 만나서 다 같이 식사하겠노라고. 이렇게 말하면 아마 그애한테 박살이 나겠지만, 마치 그 꿈에 나왔다던 늑대처럼, 달을 보면서, 고래고래. 결국 소원의 세계에서도 목청이 큰 사람이 이기는 것일까? 어쨌든 미경은 천문기상학과에 진학했으니 말이다. 아직 한국의 우주과학기술이 발달하지 않아서 우주비행은 여의치 않지만, 그애의 오묘한 정신상태로 봐서는 평상시에도 지구에 사는 사람으로 보이진 않는다. 반면에 말없이 속으로만 기도했기 때문인지 내 소원은 죄다 이뤄지지 않았다. 그 몇 년 뒤, 사랑하는 사람이 생겼음에도 엄마는 그 사랑에 애써 눈을 감았고, 미경은 사랑하는 남자와 결혼한 뒤에야 그게 사랑이 아니라 연민이었다는 걸 깨닫고 이혼했으니까. 내가 정월 대보름달을 쳐다볼 면목이 없는 것인지, 정월 대보름달이 나를 내려다볼 면목이 없는 것인지.

당신이 전화했을 때, 미경은 술에 취한 것 같았다고 엄마가 내게 말했다.
"술? 설날 아침에?"
내가 인상을 찌푸리며 물었다. 엄마는 고개를 끄덕였다.
"식전부터 웬 술이냐고 물었더니 그년이 이건 코뚫이술이얌, 이렇게 소리치더라."
"소가 될 생각인가?"
"그따위 소를 누가 키워?"
"하긴……"
우린 어이가 없어서 말없이 가만히 식탁에 앉아 있었다.
"올해에는 대보름날 날씨가 어떻겠느냐고 물었더니만……"
한참 만에 엄마가 말했다. 말했다시피 그건 엄마 생일에 내려올 수 있느냐고 떠보는 관용구랄까?
"자기는 일기예보 잘못 말해서 전국적으로 망신을 당한 사람이니까 그런 거 묻지 말라더라. 대신에 그동안 기상대에서 일기예보 오보한 것들, 자기가 다 짊어지겠다고. 자기 앞가림도 못하는 처지에 몇 주 뒤 기온과 구름의 양까지 딱 꼬집어서 말한 죄까지 다 뒤집어쓰겠다더라."

일기예보의 기법 107

"걔가 웬일이래? 정말 코 뚫고 소가 되어 인류를 이끌 작정인가? 별일이네. 지 좋은 일만 하고 살던 애가……"

"미친 거지, 그년이. 서방 없이 혼자 살다보니까 드디어 돌아버린 거야."

내가 엄마를 쳐다봤다.

"그럼 엄마는 일찌감치 돈 셈인가?"

"그년하고 나하고 같냐? 인품이 다른데."

그러더니 엄마는 뭐가 웃긴지 낄낄거리고 한참 웃었다.

"하긴 돌긴 돌겠더라만, 그때. 하지만 미경이야 혼자 놔둬도 잡초처럼 잘살 것 같은데 너는 워낙 순둥이라 너 때문에라도 돌아서는 안 되겠더라고. 그래서 정신 차렸지."

"내 덕을 보기도 하셨구먼, 우리 엄마가."

"어쨌거나 올해도 야근 때문에 생일에 못 내려온다고 딱 잡아떼던 애가 그날 저녁이 되니까 술이 다 깬 목소리로 전화해서는 내려온다고 하더라. 왜 마음을 바꿨냐고 물었더니 이번 대보름에는 유난히 큰 보름달을 볼 수 있는데, 자기에게도 빌어야 할 소원이 생겼다는 둥, 시끄럽게 떠들어대더니만, 결국에는 개 때문이라고 하던데, 그게 뭔 소리인지 몰라서 한참 생각했네. 전화 끊고 가만히 생각해보니까, 그날 아침에 전화하면서 얼마 전에 우리가 키우던 초롱이 죽었다는 이야기를 했지. 그랬더니 술에 취해서 제 설움에 복받쳤는지 대성통곡을 하더라고. 근데 개가 언제 초롱이하고 그렇게 애틋해질 시간이나 있었니? 암튼 개가 불쌍해서 이번 생일에는 내려오겠다니. 딸 얼굴이라도 한번 보려면 해마다 개를 죽여야 하나, 어쩌나."

"끔찍한 말씀."

내가 낯을 찌푸렸다.

"아무튼 우주비행사 되어서 돌아오겠다며 대학교에 입학하고 나서부터는 우주를 떠도는지 어쩌는지 통 집에 코빼기도 보이질 않더니만, 언제 초롱이랑 정 붙일 시간이 있었다고 그렇게 눈물을 쏟을까? 아무튼 내 배로 낳은 자식이지만, 그 속까지 내가 낳은 건 아닌 모양이야."

엄마가 말했다. 초롱이는 13년간 우리가 집에서 기르던 푸들이었다. 나도 군에 입대하고 미경이도 대학교에 진학하기 위해 서울로 떠나면서 마음이 허전해진 엄마가 시내 애견센터에서 돈을 주고 분양받은, 나름 족보 있는 강아지였다. 그때 일병 말호봉으로 휴가를 나온 내가 엄마와 함께 강아지를 사러 갔었다. 눈만 보면 자동적으로 눈가래가 떠오르던 때라 골목에 쌓인 눈을 그냥 풍경으로 두고 보는 게 얼마나 인간적인지 깨달았던 기억이 난다. 아마도 그 눈 때문이겠지만, 엄마와 나는 손을 잡고 걸었다. 언제부터인가 휘청휘청 넘어질 듯 흔들려야만 다른 사람의 손을 잡게 됐는데, 그래서인지 이제는 누군가 다른 사람 손만 잡아도 휘청휘청 넘어질 듯 어지러워지더라. 내 손을 잡고 걸어가던 엄마가 그런 말씀을 했다. 이제 어느 정도 살아보니 그 말씀이 모두 사실이라는 걸 알겠다. 이제 나도 더이상 아빠의 갑작스런 죽음이라는, 달빛으로도 랜턴으로도 밝힐 수 없는 인생의 어둠 앞에서 눈물만 흘리던 열 살 소년이 아니니, 이제 나도 불혹이 됐다 하니, 작년을 기점으로 아빠가 살아보지 못한 나이를 살게 됐다 하니.

뭔가 석연찮다고 여기면서도 엄마는 초롱이를 잃은 자신의 슬픔에 공감해서 미경이가 그렇게 눈물을 펑펑 쏟았다고, 또 그래서 자신을 위로하려고 이번에는 생일에 찾아오겠다고 말한 것으로 믿고 싶어하는 눈치던데, 나로 말할 것 같으면 절대로 그렇게는 생각하지 못하겠다. 그래서 내가 미경이에게 전화해 대뜸 "너 요즘 연애하냐?"라고 물었더니 "오빠는 돗자리 깔아야 되겠다"며 깔깔거렸다. 중요한 건 돗자리가 아니라 관찰이었다. 지금까지 미경이가 언제 눈물을 펑펑 쏟았는지 눈여겨 관찰한 사람이라면 그애가 생전에 제대로 한번 안아준 적도 없는 애완견 때문에 울 수는 없다는 것쯤은 뻔히 알 수 있는 법이다. 그랬더니 2009년 올해의 최우수 예보관은 자기가 아니라 내가 됐어야 했다며 또 "세상에, 세상에, 우리 오빠는 나만 연구하며 사나봐. 하긴 오빠말고도 남자들이 다들 그러긴 하지"라며 호들갑을 떨었다. 다른 소리는 다 시끄럽고, 이번에는 또 어떤 사내한테 마음이 꽂혔는지 이실직고하라니까, 그렇고 저런 시시껄렁한 연애가 아니라 순애보란다. 뭐? 순애보?

수우내애보? 믿거나 말거나 미경이 전화로 들려준 그 순애보의 전말은 다음과 같았다.

미경이 세진이라는 이름의 청년을 눈여겨보게 된 건 신규자들을 환영하는 회식 자리에서였다. 자기소개를 하면서 그는 자기가 기상청에 들어오게 된 전적으로 그 전해 12월의 안개 덕분이라고 말했다. 얘기인즉슨, 공채시험을 준비하던 중, 고등학생 시절부터 사귀던 여자친구와 헤어지게 되어 시험을 포기할 정도로 방황했다고 한다. 그러던 어느 밤, 그를 위로하기 위해 찾아온 한 친구와 술을 마시고 밖으로 나왔는데, 거기서 그들을 기다리던 건 시정거리가 3미터도 안 될 정도로 짙은 안개였다. 그건 단순한 기상현상이 아니라 부유하는 상실의 덩어리와 같았다고 세진은 회상했다. 술집에서 친구가 들려준 위로의 말들은 헛되이 사라졌는데, 안개 속을 걸어가는 일만은 무엇보다 위안이 됐다고. 대기 속에서 순환하는 바람들과 물방울들과 따뜻하고 차가운 공기들이 그를 감싸고 '괜찮아, 다 괜찮아' 속삭이는 느낌이었다고. 그리하여 안개 속을 걸어가는 동안 그를 둘러싸고 있던 고통과 불안은 서서히 사라졌고, 마침내 집 앞에 이르렀을 때 세진은 마음의 평안을 얻었다고. 그래서 다시 시험 준비에 몰두할 수 있어 결국 기상청에 들어오게 됐다고. 그러면서 그는 첫눈이 내리는 날 여자친구와 재회하기로 약속했는데 그때까지는 멋진 예보관이 되어 사랑을 되찾겠노라고 다짐했다.

미경이 그 청년에게 마음을 빼앗긴 주된 이유는 물론 잡티가 하나도 없는 잘생긴 얼굴과 더없이 순수해 보이는 눈망울 때문이었지만, 신앙고백과도 같은 그 안개 이야기도 한몫했다. 오랫동안 사귀던 남자친구를 발로 차버린 건 자신이면서 미경은 세진이 잘생겼다는 이유만으로 자기 역시 이기적인 사랑의 희생양이었다는 듯 동병상련을 느꼈다. 해서 나중에 기상대장이 미경에게 세진의 교육을 담당하라고 명령했을 때, 미경은 그의 볼에 뽀뽀라도 하고 싶었다. 두 사람이 함께 근무하던 첫날, 정시가 되어 컴퓨터에서 관측 시보를 알리는 알람이 울리면 미경은 건물 바깥 관측 노장으로 세진을 데리고 나가 구름의 형태, 가시거리, 강수량 등을 살펴본 뒤 지상기상관측야장에 관측 결과를 기록하는 방법을 교육했다. 오전에는 미경이 시범을 보이고 오후에는 세진이 배운 대로 기록했다. 야장을 기록하려면 제일 먼저 페이지 위쪽 관측자란에 이름을 기입해야 하는데, 또박또박 세 글자를 적는 그의 오른손을 바라보면서 미경은 손뼈가 참 가지런하다고 생각했다(발뼈인들 가지런하지 않았겠는가!). 햇살을 받은 손가락은 수수깡처럼 가느다랗고 사기처럼 반짝였다.

청년에게서 야장을 건네받은 미경은 잘못 기재한 부분들을 일일이 지적하며 세진의 기록을 꼼꼼하게 검토했다. 미경이 말하는 동안, 세진의 짙은 눈썹은, 거기 그가 적은 바를 그대로 옮기자면 초속 3미터로 부는 남서풍에 미세하게 떨렸다(초속 3미터라면 뭔들

안 떨렸겠는가!). 설명을 다 마친 뒤, 미경은 점검자란에 이름을 적으며 말했다.

"지난번에 회식 자리에서 작년 12월에 시정거리 3미터도 안 되는 안개를 관측한 적이 있다고 말했잖아요."

세진이 미경을 바라봤다.

"그게 좀 이상하게 들려서 작년 12월의 특보사항들을 쭉 살펴봤어요. 그랬더니 시정거리 3미터도 안 되는 심한 안개가 발생한 적은 하루도 없었더라구요. 제일 심한 날이 시정거리 300미터였는데, 그나마도 11월 27일이었어요. 그 안개 속을 걸었다는 날이 몇 월 몇 일인가요?"

"12월의 럭키 세븐, 7일이에요. 12월 7일."

세진이 말했다.

미경은 고개를 끄덕였다.

"그날도 안개주의보가 발령되긴 했어요. 아시다시피 여긴 항구도시니 초겨울이면 안개 끼는 날이 많으니까. 안개 속에서 위안을 얻었다는 날도 그런 날들 중의 하루였을 거예요."

"예, 그렇겠죠."

신규자로서 본청에서 교육을 마친 그가 1개월짜리 직무현장교육을 받으러 미경이 근무하는 기상대에 온 건 거주지에서 가까운 곳 우선 배치 원칙 때문이었다. 해서 그게 어떤 종류의 안개든 세진은 안개에 익숙했다.

"그렇지만 그게 시정거리 3미터도 안 되는 안개일 수는 없는 거예요. 멋진 예보관이 되고 싶다면, 그렇게 말해서는 안 됩니다. 확실하게 관측한 결과로만 말해야만 해요. 정확한 관측에서 정확한 예보가 나와요. 데이터를 조금만 다르게 입력해도 그 결과는 상상할 수 없을 정도로 달라집니다."

"나비효과 말씀이군요. 저도 알아요. 며칠 전 대장님 면담시간에 듣긴 들었어요."

세진이 말했다.

"나비효과를?"

"아니, 최주임님이 올해의 최우수예보관으로 뽑히셨다는 거요. 그래서 제가 꼭 최주임님한테 배우고 싶다고 자청했습니다."

"이럴 때는 제가 참 잘했다고 말해야 하는 거죠?"

"그렇게 말씀하시면 제가 기쁘겠죠."

세진이 미경을 쳐다봤다.

"앞으로 가르쳐주시는 거 하나도 빼먹지 않고 다 기억하겠습니다. 열심히 배우겠습니다. 반드시 멋진 예보관이 되어 여자친구 앞에 당당히 서겠습니다. 하지만 그날의 안개만은 그냥 제가 본 게 맞다고 해주세요. 그 안개가 아니었다면 전 여기까지 오지도 못했을 겁니다."

세진이 말했다. 잘생긴 젊은 남자가 그런 식으로 말한다면 미경은 재작년 12월 7일의 일별 자료를 수정하고도 남을 애였다. 그런 애가 이럴 때는 제가 참 잘했다고 말해야 하는 거죠, 라니. 닭살이 돋고 손발이 오그라들지 않을 수 없으니, 오빠로서 하나뿐인 여동생의 행태에 남모르게 치를 떨어야 하는 이 운명이 한스럽달까. 그러거나 말거나 미경의 이야기는 이어져, 그 며칠 뒤, 연거푸 커피를 마셨는데도 거의 졸면서 첫 야근을 힘겹게 마친 세진이 퇴근하는 길에 푸석푸석한 얼굴로 조수석에 앉아 미경에게 "주임님은 왜 기상대에서 일할 마음을 먹었나요?"라고 물었다. 미경은 세진과 눈을 한번 맞춘 뒤, 회상에 잠긴 눈에 촉촉한 음성으로 말하기 시작했다.

"어렸을 때, 스푸트니크2호를 타고 우주를 비행한 우주견 라이카에 대한 이야기를 아빠한테 들은 적이 있거든. 어린 마음에 여전히 그 개가 우주선을 타고 지구를 돌고 있다고 생각했어. 그래서 우주선을 발견하기 위해 밤낮없이 하늘을 올려다봤지. 뭔가 보이면 손이라도 흔들어줄 생각으로. 그러다가 하늘을 올려다보는 일이 습관이 되어서……"

"그런데 그 라이카는 바로 죽었잖아요."

세진이 하품을 하면서 말했다. 맞는 말이었다. 우주로 올라간 지 몇 시간이 지나지 않아 스푸트니크2호의 온도장치가 고장나면서 인류 최초의 우주견 라이카는 이름만 남기고 허공 속으로 사라졌다.

"내가 감수성이 좀 예민하거든. 그래서 그 사실을 알고 얼마나 많이 울었던지 이 예쁜 눈이 쑥 들어갔었어. 나는 우주비행사 헬멧을 쓴 강아지가 우주선 창에 고개를 들이밀고 지구를 내려다보는 장면을 상상했는데, 사실은 통조림처럼 꽉 끼어서 몸을 돌릴 공간도 없었다네. 뭐, 잘 알 거 아니야. 옛날에는 그런 식이었다는 거. 불쌍한 라이카는 우주까지 확장된 미국과 소련의 군비경쟁의 희생물이라는 거. 그런데 내가 막 우니까 우리 아빠가 그러시더라. 온도장치가 고장나기 전, 스푸트니크2호가 제 궤도에 올라가고 심장박동이 정상수치로 돌아왔을 때 라이카가 제일 먼저 한 일은 밥을 먹는 것이었다고. 지구를 내려다보며 밥을 먹는 건 정말 근사하지 않니? 근사할 것 같아, 그치? 그때 병원에 누워 우리 아빠가 말씀하셨지. 라이카가 불쌍하다는 건 지구에서만 살아본 우리 생각일 뿐일지도 모른다고. 왜냐하면 우린 한 번도 라이카처럼 우주여행을 해본 일이 없으니까. 나중에 난 아빠도 그렇게 우주여행을 하러 간 것이라고 생각했어. 그래서 나도 우주비행사가 되고 싶었는데……"

잔뜩 감상에 젖어 목소리를 깔면서 말하는데도 반응이 없어서 미경이 돌아보니 세진은 조수석에서 잠들어 있었다. 오 마이 갓! 미경은 세진의 얼굴을 가만히 바라봤다. 그토록 잘생긴 얼굴이라니. 미경은 더이상 참을 수가 없어서…… 그래서…… 나머지는 엄마 생일에 직접 만나서 들려줄게, 라고 미경이 말했다. 지금 여러분의 심정도 마찬가지겠지만, 나 역시 소리쳤다. 끊지 말고 계속 얘기해. 어서. 하지만 전화는 그렇게 끊겼다.

"빨리 얘기해. 그래서 그 청년을 어떻게 한 거야? 여태 가만두진 않았겠지?"

오랜만에 와서는 엄마에게 갖은 애교를 다 떠는 등 마치 아침에 학교에 갔다가 저녁에 귀가한 여학생처럼 구는 미경의 손목을 잡아끌면서 내가 물었다.

"그것보다도 오빠. 그러니까 옛날에 닥터 강이라고 있었잖아. 설날 누워 있다가 보니까 갑자기 그 사람 생각이 나던데 말이야. 그러니까 그때 닥터 강과 엄마가 결혼하려고 했었지? 어떻게 된 건지 오빠는 기억나?"

"갑자기 그 사람 생각은 왜? 기억하지. 너한테 저주를 내린 고마운 분인데."

내 말에 미경이 눈을 동그랗게 떴다.

"뭐? 왜? 왜 나를?"

"네가 닥터 강을 얼마나 싫어했게. 그러니까 그랬지. 그 사람, 그냥 주말이면 혼자서 벽 보고 테니스 치는 외로운 사람이었을 뿐인데."

"정말? 내가?"

미경은 그런 이야기 금시초문이라는 듯 깜짝 놀라는 표정이었다.

"뭐야, 계속 얘기해봐."

뭐, 암튼 매번 이런 식이었다. 순애보 듣겠다고 한 사람은 나인데, 결국에는 내가 떠들어대고 있는 것이다. 어쨌거나 내가 아는 것과 나중에 이모들에게서 들은 이야기와 엄마가 은근슬쩍 한 말들을 서로 종합해 이야기를 계속하자면…… 그러니까 닥터 강이 우리의 삶에 등장한 것은 아빠가 돌아가시고 4년이 지나서였다. 그 4년 동안 아빠를 잃은 우리집은 돛대가 부러진 채 가라앉는 난파선처럼 서서히 가난의 구렁텅이로 빠져들고 있었다. 한동안 아빠의 퇴직금으로 살아가던 엄마가 더이상 돈을 까먹고 있을 수만은 없다고 생각해서 알음알음으로 동네 개인병원에 간호사로 취직했으니 거기가 바로 닥터 강이 원장으로 있던 강외과였다.

병원 대기실 벽에 붙은 액자 속 졸업증서를 보면 서울의 명문대학교 의과대학을 졸업한 사람이 분명했는데, 웬일인지 그때까지 닥터 강은 독신이어서 그 이유를 놓고 동네에 이런저런 소문이 돌았다. 일찍 결혼했으나 곧바로 상처하는 바람에 그뒤로는 죽은 아내를 그리워하며 여자에게 관심을 끊고 병원 일에만 몰두한다는 식의, 뭔가 애절한 사연이 숨어 있을 법한 소문들은 나오자마자 자취를 감췄고, 대개 고자라서, 처럼 한마디로 끝낼 수 있는 소문만 살아남아 오래오래 닥터 강을 따라다녔다. 그런 소문 때문에 엄마가 그 병원을 택한 건 아닐 테고, 그때는 이런저런 걸 재볼 여유가 시간적으로나 정신적으로 없었을 것이다. 그렇게 6개월 정도 병원에서 근무한 뒤에야 엄마는 서른여덟 살이던 닥터 강이 그때까지 연애를 한 번도 해본 적이 없는 숙맥이라는 사실을 알았다. 이 말은 곧 닥터 강이 그 사실을 엄마에게 털어놓을 만큼 두 사람이 감정적으로 가까워졌다는 뜻이었다. 말했다시피 이제는 나도 마흔 살이다. 삶이 얼마나 고단한지 이제는 나도 안다. 그때 사십대 초반으로 젊다면 젊다고 말할 수 있는 엄마가 연정을 토로하는 서른여덟 살의 외과의사에게 어떤 마음을 가졌을지도 이제는 알겠다.

하지만 당시의 나는 보통 사이가 아니니까 닥터 강이 자꾸 집에 찾아오는 게 아니겠느냐고 막연하게 생각했을 뿐, 그에게 용돈 받는 재미에 푹 빠져서 그 일이 우리의 미래를 어떻게 바꿔놓을지에 대해서는 크게 신경쓰지 않았다. 하지만 미경은 나와는 좀 달라서 용돈을 받을 때는 마찬가지로 인형처럼 웃으며 좋아라 했지만, 밤의 어둠 속에서는 양쪽 어금니를 드러내고 자신을 노려보는 흉측한 모습의 늑대를 보고 있었던 것이다. 요컨대 사람이 어느 정도 정상적이어야 돈으로도 매수할 수 있는 것이지, 미경처럼 어릴 때부터 4차원을 오가던 애에게는 돈만 허비할 뿐이라는 뜻이다. 어쨌거나 그럼에도 불구하고 그 다음해인가 엄마의 생일에 닥터 강이 집으로 찾아와 함께 밥을 먹은 일은 내게도 큰 충격이었다. 원장님 혼자 명절을 쇠는 게 안쓰러워서 식사나 함께하자고 불렀다는 게 엄마의 설명이었지만, 그렇다면 밥만 먹고 가야 할 게 아닌가? 내 말에 그럼 술이라도 마셨다는 소리냐고 미경이 되물었다. 닥터 강에게서 받은 초록색 지폐가 몇 장인데 술 좀 마신다고 내가 뭐라겠는가? 셋이서 달 보러 뒷산으로 올라가는데, 자기가 앞장서겠다며 닥터 강이 부득불 내가 든 빨간 랜턴을 뺏으려고 했으니 말이지.

"그래? 뭐야? 아빠의 빨간 랜턴을?"

미경은 눈을 동그랗게 뜨고는 놀란 표정으로 나를 바라봤다.

"뭐야, 뭐야? 오빠는 그걸 그냥 놔둔 거야? 그때 나는 뭘 하고 있었기에 그 사람이 아빠 랜턴을 뺏으려는 걸 보고만 있었던 거야?"

하도 어이가 없어서 내가 미경을 쳐다봤다.

"정말 하나도 기억이 안 나니?"

"무슨 기억?"

"그날, 밥 먹는 자리에서 네가 울며불며 숟가락 던지고 난리였어. 닥터 강 보고 늑대라는 거 다 안다고, 꺼지라고. 너 때문에 닥터 강은 오곡밥이고 뭐고 코로 들어가는지 눈으로 들어가는지 제대로 먹지도 못했어. 아마 엄마를 좋아하긴 했지만, 그때 너 보고서 마음을 접었을 거야."

"하하하, 그렇지. 내가 그랬겠지."

미경이 허탈하게 웃었다.

"그렇게 내가 엄마 앞길을 막았구나."

그건 미경의 생각일 뿐이고. 엄마가 미경을 방으로 데려가 달래는 동안, 닥터 강과 나는 둘이서 밥을 먹었다. 닥터 강이 청주를 한 잔 주기에 나는 마셨다. 내가 단숨에 마시자, 닥터 강이 술 잘 마신다며 또 한 잔을 내밀었다. 나는 그것도 받아 마셨다. 그때 나는 혼란스러웠다. 그제야 닥터 강의 존재를 진지하게 생각했던 것이다. 엄마에게는 엄마의 인생이 있다고 생각했다. 하지만 그 인생 때문에 내 인생이 바뀌는 것은 또 싫었다. 착잡하게 앉아 있는데, 닥터 강이 "나한테는 정말 이상한 힘이 있다. 누굴 싫어하면 그 사람, 평생 되는 일이 없다. 그래서 되도록 누구도 미워하지 않으려고 노력한다"라고 말했다. 아마 그래서 그때까지 그는 연애를 한 번도 못한 모양이었다. 대꾸가 필요한 말은 아니어서 나는 가만히 앉아 있었다. "분위기 바꾸려고 한 농담이었는데, 엄마 닮아서 잘 안 웃는구나." 분위기는 더 나빠졌다, 의심의 여지 없이. "넌 가장 좋아하는 스포츠가 뭐냐?"라고 닥터 강이 또 물었다. 그건 대답해야만 할 것 같아서 "농구요"라고 말했다. 그러자 닥터 강은 "나는 벽치기다"라고 말했다. 그건 성행위의 특정 체위를 뜻하는 은어였기 때문에 나도 모르게 웃음이 나왔다. 내가 웃으니 닥터 강은 좋아했다. 그러나 서로 오해가 있었다. 닥터 강이 말하는 벽치기란 혼자서 벽에다 테니스 공을 치는 걸 뜻했다. 벽치기를 가장 좋아하는 닥터 강이라고 혼자 중얼거리면 지금도 어딘지 모르게 슬픔 같은 게 고이는 느낌이다. 그날의 달맞이는 엄마와 닥터 강과 나, 이렇게 셋이서 했다. 언제나 그렇듯 막 떠오르는 달은 거대한 호박엿마냥 누르스름한 것이 크고도 둥글었다. 술기운 때문이었는지 그 달을 보는데 기분이 좋아졌다. 하지만 어쩌면 그건 술기운 때문이 아니라

대문 앞에서 엄마가 나오기를 기다리는 동안, 닥터 강이 내게 한 말 때문이었는지도 몰랐다. 술기운으로 얼굴이 불콰해진 닥터 강, 벽치기를 가장 좋아하는 닥터 강은 내게 "나는 너희 엄마를 사랑하는데, 너희 엄마는 너희를 사랑한단다"라고 말했다. 그러더니 닥터 강이 덧붙였다. "대개 그런 것이다."

직무현장교육이 진행되던 그 한 달 동안 둘이 얼마나 붙어다녔는지, 기상대에는 둘을 둘러싸고 이러쿵저러쿵 말이 많았다. 하지만 미경의 성질을 아니 누구 하나 듣는 데서는 입도 뻥긋하지 않고, 기상대를 밤새 경비하는 청원경찰만이 으슥한 곳에 앉아서 사람 놀라게 좀 하지 말라고 간신히 말했을 뿐이었다. 미경이 근무하는 기상대는 시내 외곽 서해를 굽어보는 언덕 정상에 있어 사시사철 해풍이 끊이지 않았다. 해서 봄이면 눈처럼 지는 벚꽃을, 여름이면 다채로운 빛깔로 끊이지 않고 피어나는 꽃들을, 가을이면 낙조처럼 바다에 깔리는 낙엽을, 겨울이면 습기 많은 솜 같은 눈송이를, 놓치지 않고 볼 수 있었다. 그래서 교육을 마치고 본청으로 복귀할 날이 머지않은 어느 날, 세진이 빨리 첫눈이 내리는 걸 봤으면 좋겠다며 혼잣말을 할 때, 미경은 그게 자기와 함께 내리는 눈을 보고 싶어서 하는 말인 줄 알았단다.

물론 그건 미경이 하는 수천만 가지 착각 중의 하나였다. 세진의 여자친구는 헤어지자는 말을 단호하게 하지 못하는 성격 때문에 잠시 떨어져 지내면서 두 사람의 관계에 대해 생각해보자고 말했을 것이다. 그게 다시는 만나지 말자는 말이라는 것도 모르고 세진은 그럼 언제까지 생각하면 되느냐고 물었을 테고, 그 여자는 별 뜻 없이 다음해 첫눈이 올 때까지라고 말했을 것이다. 그 여자 마음을 어떻게 그렇게 잘 아느냐고? 대개 그런 것이니까. 하지만 직무현장교육이 끝나기 얼마 전 세진은 헤어진 여자친구가 선으로 만난 남자와 약혼한 뒤 미국으로 함께 유학을 떠난다는 소식을 친구에게서 전해들었다. 그 소식을 듣고도 세진이 할 수 있는 일은 하나도 없었다. 할 수 있는 일이라고는 항구도시의 언덕 위에서 매시 정각 하늘을 올려다보며 바람의 방향과 세기, 구름의 양이나 관측하는 것뿐.

"하지만 이런 게 다 무슨 소용이죠? 이제 며칠 있으면 걔는 미국으로 떠나는데. 우린 다시 만나지 못할 수도 있는데."

지상기상관측야장을 가리키며 세진이 말했다. 미경도 할말이 없었다. 풀이 죽은 세진을 보고 있노라니, 착각이라는 걸 깨닫고 제 속 쓰라렸던 건 하나도 기억나지 않았다.

그날 오후, 5시 예보문을 작성하려다가 미경이 소리쳤다.

"이리 와봐! 지금 구름이 몰려오고 있어. 내일 뭐가 내리는 건 분명해. 그게 눈일지 비일지 맞혀볼 테니까 이리 와봐. 그러자면 제일 먼저 지상 기온을 예측해야 해. 지난 3년간 우리 지역의 기온 통계를 분석하면 지상 기온이 6도를 넘을 때는 눈이 내린 경우가 0.03퍼센트, 영하 2도 아래일 때는 비가 내린 경우가 0.02퍼센트라는 걸 알 수 있어. 그러니까 6도가 넘으면 무조건 비, 영하 2도 아래면 무조건 눈이라고 생각하면 되는 거야."

"영하 2도에서 영상 6도 사이라면은요?"

"그럼 뭐, 눈 또는 비지. 대개 예보문에는 그렇게 쓰지."

미경의 말에 세진은 약간 실망한 표정이었다.

"결국 모른다는 얘기군요. 첫눈이 올지 안 올지."

"모른다고 말한 적 없어. 지상 기온이 그 구간에 있을 때는 925hPa의 기온을 보면 돼. 925hPa의 기온 분석 자료를 보면 이 지점의 기온이 영하 5도 아래면 눈, 영상 4도 이상이면 비라는 걸 알 수 있지."

"역시 또 그 사이라면?"

"그럴 때는 다시 850hPa 기온을 확인하는 거야. 그 지점의 기온이 영하 10도 아래면 눈, 영상 2도 이상이면 비. 이런 식으로 계속해보는 거야. 700hPa 기온 분석, 고층자료, 빙결고도, 영하 10도 구름고도 등 눈인지 비인지 판단할 수 있는 모든 통계 자료를 하나씩 다 대입해보는 거지. 그러면 우리는 결국 알 수 있어. 비가 내릴지, 눈이 내릴지. 그 여자를 만날지 못 만날지. 자, 보자구, 내일 날씨를. 그러면 고기압 전면에 위치한 기압골의 영향을 받는 내일은 최고기온 11도, 최저기온 6도를 예상하니까……"

당연히 비가 내린다고 써야 할 텐데, 미경이 적은 예보문에는 첫

눈 예상. 예상 기온이 높든 낮든 간에 첫눈 예상. 같은 시각, 전국의 모든 동네예보관들이 포근해진 날씨로 한두 차례 비가 내릴 전망이라고 예보문을 작성하는데도 미경만은 첫눈 예상. 너희 기상대만 날씨가 미친 거냐고 항의전화가 쇄도하리라는 게 불을 보듯 뻔한데도 미경만은 무조건 첫눈 예상. 무슨 일이 있어도 첫눈 예상. 처음 기상대 일을 시작하면서 예보문을 작성할 때처럼 미경의 가슴이 떨렸다. 미경은 그 예보문을 방송사와 신문사에 전송했다. 그뒤의 일에 대해서는 더 말할 필요가 없을 것이다. 첫눈이 내린다는 예보가 나간 뒤 세진은 여자친구에게 전화를 걸어 뉴스를 봤느냐고 물었다. 오늘 첫눈이 내린다니까 만나야 하지 않겠느냐고 말했다. 그 말에 여자친구는 너무 늦게 전화한 것이라고 말했다. 늦은 게 아니라 오히려 예년보다 2주일이나 빨리 전화한 것이라고 세진이 말했지만, 여자친구는 "예년보다 2주일이나 빨리"라는 말을 이해하지 못했다. 전화가 끊어진 뒤 세진은 따뜻한 가을비가 떨어지는 거리를 하염없이 걸었고, 미경은 사무실에 앉아서 세상에 존재하는 모든 종류의 욕설과 조롱을 다 듣고 있었다.

앞에서 우리 부부가 미경의 순애보를 들으며 산길을 걸어가노라니 뒤에서 아이들과 손을 잡고 걸어오던 엄마가 말했다.

"이것저것 재지 말고 너 좋다는 사람 있으면 무조건 너도 좋다고 그래. 혼자서 나이들면 뼈마디까지 외로워, 이것아."

그 말에 우리는 좀 웃었다.

"아, 이제 나 좋다는 청년은 세상 천지에 하나도 없으니 평생 외롭겠네."

미경이 중얼거렸다.

"그래서 엄마도 외로웠다는 말씀을 하고 싶은 거야?"

내가 엄마에게 물었다.

"얘네들 내 손 잡은 거 봐라."

엄마가 손녀들의 손을 잡은 양손을 살짝 들어 보였다.

"니들도 어릴 때는 이렇게 내 손을 잘도 잡았었는데. 그런데 내가 외로울 틈이 어디 있었겠냐? 하지만 미경이 쟤는 이렇게 손 잡아줄 자식도 하나 없으니."

"오빠 말로는 엄마가 퇴짜놓는 바람에 나만 닥터 강의 저주를……"

내가 그 입을 틀어막았다. 그러는 통에 랜턴 불빛이 검은 나무들의 실루엣 위에서 제멋대로 춤을 췄다. 보름달을 보러 갈 때면 별 소용도 없는 랜턴 불빛이라고 생각했는데, 그날 저녁만은 우리에게 큰 도움이 됐다. 산 꼭대기까지 올라갔더니 낮은 구름만 잔뜩 깔려 달빛이라고는 조금도 보이지 않았으니까. 오전부터 흐리고 비가 내릴 것이라는 일기예보가 있었는데도 모처럼 내려왔으니까 달 보며 소원 빌러 가자며 미경이 우겨서 올라간 길이었다. 마음을 모으면 짙은 먹구름도 걷힌대나 어쩐대나.

"기상대는 비 오는 날 골라서 야유회를 간다더니, 몇 년 만에 엄마 생일이라고 내려오면서 꼭 달도 없는 보름날을 골라서 왔구나."

엄마가 중얼거렸다.

"뭐 어때, 눈 내리는 것도 아닌데."

미경이 말했다.

"어쨌거나 저 구름 뒤에 달이 있는 건 분명하니까 소원을 빌어도 괜찮아. 애들아, 저쪽 보면서 소원 빌어라."

그러더니 미경이 엄마에게 물었다.

"엄마는 대보름에 태어났으니 생일 때마다 달 보면서 소원을 빌었을 거 아니야?"

"그런데?"

"그 소원 중에 몇 개나 맞았어? 이뤄진 확률이 얼마나 돼?"

그 말에 엄마는 조금 생각해보는가 싶더니 이렇게 말했다.

"글쎄, 될 일은 가만히 둬도 되고…… 안 될 일은 아무리 해도 안 되었으니까…… 반반?"

"반반이면 대단하네. 난 열 개 중에 하나 될까 말까던데. 진짜 저주받았나봐."

미경이 말했다.

"진짜 그런 모양이다, 애."

내가 손바닥을 펼쳤다.

"니 말로는 이번 대보름에는 유난히 큰 보름달을 볼 수 있다더니,

이거 눈 내리는 거 봐라. 소원 다 빌었으면 다들 빨리 내려가자."

랜턴 불빛으로 내려가는 산길 쪽을 밝히며 내가 말했다. 랜턴 불빛 속으로 작고 하얀 것들이 떨어지고 있었다. 그것도 첫눈이라면 첫눈, 올해 들어 처음 내린 눈이었다.

주쌩뚜디피니를 듣던
터널의 밤

심장이 뻥 뚫린 남자처럼 상록수역 앞에 서서 검은 밤하늘을 올려다보던 기억. 일요일 자정 무렵, 집 근처 24시간 영업하는 대형 할인마트에서 큰누나를 만날 때까지 안산에 대해 내가 아는 건 그 정도뿐이었다. 거기에 무슨 터널이 있는지 없는지 그런 건 짐작조차 할 수 없었다. 왼손에 비닐봉지를 들고 할인마트 입구에 서 있던 큰누나는 내 차를 발견하더니 반갑게 손을 흔들고는 냉큼 조수석에 올라탔다. 자기 차는 5층 주차장에 세워뒀다고 큰누나는 말했다. 그때까지도 나는 안산, 안산에 대한 생각뿐이었다.

"엄마한테 안산 쪽에 무슨 연고가 있었나?"

내비게이션에 그 터널 이름을 입력하며 짐짓 모르는 척 큰누나에게 물었다.

"연고는커녕 반창고도 없지. 너도 엄마 잘 알잖아?"

안전벨트를 매면서 큰누나가 대꾸했다.

"무시무시한 이야기는 혼자 다 해놓고는 말은 참 태평해서. 손에 든 건 뭐야?"

"응, 이거? 가는 동안 먹을 거. 캔커피랑 사탕이야. 내려오다가 샀어."

"그건 또 뭐야? 위스키는 왜 사왔어?"

"맨정신에 그 소리를 어떻게 듣냐? 맥주는 오줌 마려울 것 같아서 위스키로 결정했어."

"오줌이 마려울 만큼 술을 마시겠다는 거야, 지금?"

그때, 내비게이션에서 목적지까지의 거리는 63.1킬로미터이고 소요시간은 52분이라는 목소리가 흘러나왔다. 같은 수도권이고 세 개의 고속도로로 곧장 연결된다는 사실을 감안하면, 생각보다는 긴 시간이었다. 고개를 돌려 이렇게 시간이 걸리는데도 꼭 가야겠느냐는 눈빛으로 쳐다보니 작전을 앞둔 군인처럼 큰누나의 표정은 굳어 있었다. 이 사람은 진짜 거기에 엄마가 있다고 믿는구나, 그런 생각이 들었다. 하지만 나는 큰누나의 말을 잘 듣지 않는 막내라는 것, 바로 그게 문제랄까. 터널까지 가는 데 52분이 걸린다면, 104분 만에 다시 할인마트 앞으로 돌아오리라, 그런 각오를 담아 핸드브레이크를 내린 뒤, 나는 가속 페달을 밟았다.

가는 길은 복잡할 게 없었다. 자유로에 올라타서 성산대교 쪽으로 가다가 인터체인지가 나오면 100번, 15번, 50번의 순서로 고속도로를 갈아타면 되는 일이었다. 내비게이션의 안내를 받는 게 성가실 정도로 간단한 경로였다. 아니나 다를까 외곽순환도로로 올라가 김포 톨게이트를 지나자 내비게이션은 다음 안내시까지 직진하라는 말만 툭 던지고는 입을 다물었다. 안내 목소리가 없으니 실내가 적막했다. 그렇다고 둘이서 딱히 할말도 없었다. 나는 라디오를 틀었다. 스피커에서는 아이돌 가수가 진행하는 심야 프로그램이 흘러나왔다. 일요일 새벽이라 어쩐지 고즈넉하고 비일상적인 분위기였다. 이상하게도 밤의 고속도로가 낮보다 환한 것 같았다. 줄줄이 휘어지는 가로등 불빛으로 우리가 향하는 길의 모양을 짐작할 수 있었다. 그 밤의 광경은 여전히 생생하다. 자정 넘어 스멀스멀 기어나온 안개에 가려 흐릿해지던 반달이며 드문드문 창문에 불을 밝힌 아파트 건물의 육중한 몸피 같은 것들이. 조금씩 속도를 높이기 시작하자, 내비게이션의 여자도 이동식 카메라가 있으니 속도에 주의하라는 말 따위를 꺼내기 시작했고, 그게 신호인 양 큰누나도 입을 열었다. 하지만 대부분 시답잖은 이야기였을 뿐, 터널에 가는 일과 관련해서는 어떤 말도 하지 않았다.

"우리가 이렇게 깊은 밤에 둘이서 차를 타고 어딘가에 가는 건 처음 아닌가 몰라."

큰누나가 말했다.

"그동안에는 우리가 제정신으로 살았던 모양이네."

"얘, 말하는 거 봐라. 정신없이 살았으니까 남매간에 이런 오붓한 시간도 못 가진 거지."

"자정에, 태어나서 한 번밖에 못 가본 안산이라는 곳에 가는데, 큰누나 눈에는 이게 오붓한 시간으로 보이서?"

"한 번? 넌 그래도 안산에 가보기라도 했었네. 난 텔레비전에서 보기 전까지 어디에 박혀 있는 곳인지도 몰랐는데."

"안산 시민들이 들으면 통곡할 말씀이군. 내가 지금 나이가 몇 인데, 안산이라고 한 번도 못 가봤을까봐."

"거기 뜨겁냐?"

"거기 뜨겁냐?"

내가 큰누나의 말을 따라 했다.

"거기가 왜 뜨거워? 거기나 여기나. 한국 땅덩어리가 무슨 중국 정도 된다고 생각하는 거야?"

"그러길래 내가 어디에 박혔는지도 몰랐다고 했잖아. 그런데 넌 거길 왜 간 거니?"

"일이 있으니까 갔지."

"일? 무슨 일?"

그때 내비게이션에서 인터체인지로 진입할 테니 우측 차선을 유지하라는 목소리가 흘러나왔다.

"다 왔어, 이제. 조금 더 가다가 인터체인지를 거쳐 영동고속도로로 갈아타면 바로 그 터널이야. 귀 쫑긋 세우고 잘 들을 준비나 하셔."

감속차로로 들어가려고 우측 백미러를 보는데, 조수석에서 큰누나가 부스럭거리는 소리를 냈다.

"무슨 위스키를 그렇게 들이붓듯이 마시는 거야?"

"살 떨려서 이거라도 마셔야 돼. 근데 넌, 귀 좋지? 아직 안 늙었지?"

막상 터널이 가까워지자, 큰누나가 다급한 목소리로 물었다.

"아직은 쓸 만해."

"그럼 됐어. 내가 최대한 귀를 기울여서 듣겠지만, 혹시 저주파 같은 게 나올 수도 있어. 그러니까 너도 놓치지 말고 꼭 들어야만 해. 알았지?"

"저주파라는 건 저주의 음성을 뜻하는 건가?"

"뭐, 알고 그러는 거니, 너? 내가 말하는 긴 저주파 고주파 할 때의 저주파야. 특히 낮은 소리를 주의 깊게 들어야만 해."

나는 브레이크 페달을 밟으며 감속차로로 접어들었다. 램프웨이를 따라 자동차가 크게 반원을 그리며 회전하자, 지평선까지 바짝 내려온 달이 앞 유리창을 횡단하면서 오른쪽으로 사라졌고, 우리 앞으로는 또다른 고속도로가 펼쳐졌다. 나는 다시 가속 페달을 밟았다. 내 오른발의 강약에 따라 엔진은 그르렁대며 울부짖기도 하고, 흥얼흥얼 낮게 속삭이기도 했다. 귀를 기울여 들어보니, 거기에는 엔진 소리만 있는 게 아니었다. 자동차 안에는 다른 소리들도 많았다. 바람이 차 안으로 스미는 소리나 타이어가 도로를 구르는 소리, 혹은 차체가 떨리는 소리 같은 것도 있었다. 큰누나의 말처럼 거기에는 우리가 잘 듣지 못하는 저주파나 고주파도 있었겠지. 그렇다면 어디 한번, 그런 심정으로 낮은 소리, 더 낮은 소리에 집중했다가 그다음에는 높은 소리에 귀를 기울여봤다. 결국 우리가 잘 듣지 못하는 소리라면, 잘 들리지 않는 게 당연하다는, 그러니까 하나마나한 결론에 도달할 즈음, 내비게이션 화면에 곧 그 터널이 나온다는 게 표시됐다.

"이 터널이 그 터널이 맞아?"

내비게이션을 가리키며 내가 물었다. 큰누나는 고개만 끄덕이더니 또 위스키를 들이켰다. 큰누나가 창문을 내렸다. 나도 창문을 내렸다. 양쪽 창문이 열리자, 밤의 공기들이 매끄러운 질감으로 내 귀를 스치며 차 안으로 밀려들었다. 여름밤이라 바람이 시원했다. 마치 돛단배를 타고 바다 위를 질주하는 듯한 기분이었다. 터널에 진입할 즈음 내가 큰누나에게 물었다.

"속도는? 속도를 좀 늦춰야 하나? 응? 어떻게 해?"

내가 큰누나 쪽을 힐끔거리며 물었다.

하지만 이내 자동차가 터널로 들어가자 내 목소리는 온갖 시끄러운 소음들에 파묻혔다. 큰누나는 내 목소리를 듣지 못하는 것 같았다.

"응? 속도는 어떻게 해?"

내가 소리를 질렀다. 그러자 큰누나는 "조용히! 조용히 해!"라고 말하면서 왼손으로 내 턱을 때렸다. 고개를 돌려보니 큰누나는 차창 밖으로 반쯤 얼굴을 내민 채 눈을 감고 터널에서 들리는 소리에 귀를 기울이고 있었다. 두 개에 하나씩, 양쪽이 서로 교차하도록 번갈아가며 켜둔 터널 안 두 줄의 조명이 우리 머리 위로 지나갔다. 터널 안에는 다른 차들도 있었으므로 여러 차량들이 내는 타이어 마찰음과 엔진 소음과 바람소리가 제멋대로 뒤섞여 터널 안을 맴돌았다. 터널을 통과하는 데 걸린 시간은 그다지 길지 않았다. 한 20초 정도였을까?

"들었어? 뭐 들었어?"

터널을 완전히 빠져나온 뒤, 내가 큰누나에게 물었다.

"들리는 게 있는 것 같기도 했는데, 터널이 너무 빨리 끝나버렸어. 넌 어때?"

"내가 너무 빠르게 달린 건가?"

"넌, 아직은 쓸 만하다며?"

"운전하는 게 신경쓰여 제대로 듣지 못한 거야."

큰누나는 다시 위스키를 한 모금 마셨다.

"다 지나왔는데, 왜 또 마셔?"

"긴장이 풀려 그래."

그러더니 큰누나가 왼손으로 내 어깨를 잡았다.

"우리 한 번만 더 들어볼까?"

"또 지나가자고?"

그때까지도 나는 그게 다 미친 짓이라고 생각하고 있었다. 하지만 터널이 너무 빨리 끝난 게 조금 아쉽기는 했다. 그래서 한 번만 더, 이번에는 천천히 그 터널을 지나가보자고 생각했다. 우리는 3킬로미터 정도 떨어진 요금소에서 고속도로를 빠져나갔다가 차를 돌려 반대방향으로 다시 진입했다. 거기서 그 터널을 지나 6킬로미터를 더 가야 다시 차를 돌릴 수 있는 요금소가 나왔다. 그 소리는 강릉 방향으로 가는 터널에서만 들린다고 했으니 한번 더 지나가자면 그렇게 하는 수밖에 없었다. 그때가 새벽 1시를 지나고 있을 무렵이었다.

그리고 그날 새벽, 큰누나가 챙겨온 위스키를 모두 마셔버리는 동안, 나는 그 길을 네 번 왕복했다.

*

안산에 가야겠으니 운전을 부탁한다며 큰누나가 내게 전화한 건 사흘 전의 일이었다. 정확하게 안산 어디를 가려는지 물었더니 무슨 터널이라고 말해서 내가 좀 웃었다. 하지만 반드시 자정을 넘긴 뒤에 가야 한다는 말을 들었을 때는 더이상 웃을 수가 없었다. 나는 큰누나가 쓰고 있다던 소설을 떠올렸다. 연쇄 살인마인 소아정신과 의사가 등장하는 스릴러물을 쓰겠다는 이야기를 벌써 몇 년 전부터 들었는데, 큰누나는 아직 그 소설을 붙들고 있었다. 내심

나는 큰누나가 그 소설을 쓰기는 하는 것인지 의심스러웠지만, 어쨌거나 병원 일만으로는 부족한지 가외로 살인까지, 그것도 완전범죄를 꿈꾸며 치밀하게 연쇄 살인을 계획하면서 살아야만 하는 그 고단한 일 중독자에게 사체를 유기할 장소가 필요한 모양이라고 혼자 짐작해버렸다.

"출근을 방해할 마음은 없으니까 이번주 일요일 자정에 니네 동네에서 출발하면 될 것 같아."

"자정에 큰누나 얼굴을 본다고? 무슨 공포영화 찍을 일 있어? 난 밤에 잠 안 자고 터널 같은 데 가는 사람 아니야!"

"너도 일단 가보면 생각이 바뀔 거야. 그리고 가족끼리 뭐가 무섭다고 그러니?"

"가족이니까 더 무섭지. 혹시 나한테도 무슨 원한 있는 거 아니야? 그 소아정신과 살인마 소설도 어떤 의사가 미워서 쓰기 시작했다며?"

"원한이 아주 없다고는 말할 수 없지만, 미우나 고우나 막냇동생이잖아. 너를 사이코로 만들 수는 없지 않겠니? 좋아, 솔직히 말할게. 사실은 그 터널에 엄마가 있어서 그래."

"그게 무슨 소리야! 그러려면 차라리 솔직하게 말하지 마!"

"네가 놀라는 것도 이해가 가. 처음에는 나도 내 귀를 의심했으니까. 하지만 어떡해? 그건 분명 엄마의 노랫소리가 맞는데. 확실해."

"연쇄 살인범 이야기를 쓴다더니 드디어 돌아버렸구나! 내 말

맞지?"

 진심으로 내가 물었다. 그러자 큰누나도 애절하게 대답했다. 절대로 돌지 않았다고. 이야기를 들어보면 나도 납득할 것이라고. 그러면서 하는 이야기는 다음과 같았다. 어느 날, 큰누나는 케이블 채널을 이리저리 돌리다가 〈미스터리 세상 속으로〉라는 프로그램을 발견했다. 순둥이처럼 생긴 얼굴에 유들유들한 성격과 달리 어려서부터 세상의 온갖 괴담과 공포담과 추리물과 귀신 이야기를 섭렵한 사람답게 그런 제목의 프로그램을 놓칠 리가 없었다. 그래서 냉장고에서 사과 한 알을 꺼내와 과도로 천천히 껍질을 깎으면서 텔레비전을 보는데 죽은 딸이 10년 만에 집으로 돌아와 초인종을 눌렀다는 식상한 환생담이 끝나더니 '터널의 괴성'이라는 제목의 에피소드가 시작됐다. 그건 강릉과 인천을 오가며 오징어를 배달하는 한 중년 남자의 제보를 극화한 것이었다. 자정을 넘긴 어느 깊은 밤, 그는 강릉 방면으로 트럭을 몰고 가고 있었다. 그날따라 좀체 졸음이 달아나지 않아 차창을 활짝 열고 달렸건만, 그 터널에 이를 때쯤에는 저도 모르게 그만 눈을 감아버렸다고 한다. 가보면 알겠지만, 그 터널은 완만하게 왼쪽으로 굽어 있어 핸들을 조작하지 않고 그대로 달린다면 곧장 벽에 부딪혀 전복할 수밖에 없었다. 그런데, 어느 순간 창 바깥에서 누군가 "이 양반아, 정신 차려!"라고 외치는 소리가 들렸다고 한다. 그 소리에 눈을 뜬 남자는 트럭이 터널로 진입했다는 사실을 알고 황급히 핸들을 돌려 화를 면했다. 통행 차량이 줄어드는 새벽에 그 터널에서 이상한 소리를 들은 사람은 그 남자만이 아니었다. 터널에서 이상한 소리가 들리는 이유를 찾아서 주변 마을을 탐문하던 취재팀, 그 터널의 위쪽 언덕이 공동묘지라는 사실을 발견했다. 그러면서 그 공동묘지에서 귀신을 봤다고 하는 마을 사람들의 증언을 몇 개 더 소개했다. 거기서부터 이야기가 식상해지는 감이 없지 않아 큰누나는 슬라이스처럼 얇게 저민 사과를 하나씩 입에 넣고 있는데, 갑자기 화면에 "그런데!!!"라는 노란색 자막이 나왔다. "그런데 터널에서 이상한 목소리를 들었다는 사람들의 증언에는 공통되는 점이 한 가지 있으니……"라고 내레이터가 말했다.

"다들 어떤 노랫소리를 들었다는 거지."

큰누나가 속삭이듯이 말했다.

"애기 목소리 내지 마! 안 그래도 소름 돋으니까."

내가 외쳤다.

"넌 놀래키려는 게 아니고 내레이터 목소리를 흉내낸 것뿐이야."

큰누나가 다시 제 목소리로 말했다. 취재진은 그 며칠 뒤의 우리처럼 몇 번이고 그 터널을 통과하면서 소리들을 마이크로 녹음했다. 녹음 파일을 재생해보았으나, 바람소리 외에도 정체불명의 갖가지 잡음이 들렸지만, 노랫소리는 물론이거니와 사람의 목소리 비슷한 것도 확인할 수 없었다. 그래서 좀더 정확한 분석을 위해서 파일을 음향학자에게 보냈더니……

"보냈더니?"

내가 물었다.

"그다음 이야기는 같이 그 터널에 가면서 얘기해줄게. 그건 그렇고, 너, 초등학교 졸업식 때 엄마한테 학교에 오지 말라고 했던 거 기억나니?"

큰누나가 갑자기 딴소리를 했다.

"응? 내가 왜? 그리고 엄마 학교에 왔거든. 기념사진도 있어."

"가긴 갔지. 아무리 창피하다고 해도 외동아들 졸업식에 안 갈 엄마는 없으니까."

"내 졸업식이 창피하다니, 어째서 그래?"

"어째서 그렇기는? 네가 엄마더러 할머니 같으니까 학교에 오지 말라고 했잖아."

"그때 엄마가 할머니였다고? 지금 큰누나보다 젊었을 텐데?"

"내 말이…… 그러니까 넌 꼭 가야 돼. 가서 그 노랫소리를 들어야 해."

큰누나가 말했다. 그게 내가 꼭 가야만 하는 이유가 되는지 아닌지는 모르겠지만, 큰누나가 어딜 가자고 한다면 그게 자정이든 언제든, 또 거기가 공동묘지이든 화장터이든 꼭 한 번은 가줘야만 한다고 생각했다. 그건 큰누나에게 미안한 마음이 아직 남아 있기 때문이었다.

이태 전, 종합병원 소아과에서 간호사로 근무하던 큰누나는 평생의 꿈이던 소설가가 되겠다며 병원에 사직서를 냈다. 남편도 없는 주제에 번듯한 직장을 그만두고 글을 쓰겠다니 다들 걱정이 많았다. 나로 말할 것 같으면 큰누나의 사직을 결사반대해서 만약 병원을 그만둔다면 남매의 연을 끊겠다고 호언할 정도였다. 남들에게는 큰누나가 소설을 쓰기 위해서 사직한다고 말했지만, 실제로는 엄마 때문이라는 걸 잘 알고 있었으니까. 20년 가까이, 비가 오나 눈이 오나, 데이나 나이트나 병원에 출퇴근하던 큰누나가 직장을 그만두고 집에 있으면서 한 일은 펜대를 굴리거나 키보드를 두들기는 게 아니었다. 그즈음, 큰누나가 우리집으로 찾아와 엄마를 차에 태우고 나갔다는 전화를 아내에게서 몇 번 받은 적이 있었지만, 그저 바람 쐬러 나가는 줄 알았지, 엄마와 살 집을 보러 다니는 줄은 꿈에도 몰랐다. 나중에 둘이서 본 집들 중에서 공원이 내다보이고 볕이 잘 들어오는 아파트를 계약한 뒤, 큰누나는 자기가 엄마를 모시겠다고 우리에게 말했다. 우리는 좀 난처했다.

큰누나에게 엄마를 모실 게 아니라 늦기 전에 남편을 구해서 모시는 게 낫지 않겠느냐고 내가 말했을 때도 큰누나는 "그래도 내가 어디 가서 니 처 자랑 많이 해"라며 딴소리를 했다. 큰누나의 말이 무슨 뜻인지 알려면 한참 들어봐야만 한다. 이어서 하는 말인즉슨, 보통은 병든 시어머니 수발이라면 혼자 사는 시누이한테 떠넘길 텐데 불평불만 하나 없이 엄마를 잘 모시는 걸 보니까 참 좋다며, 그럼에도 이제 직장을 그만둬 시간이 한가하니 환자 돌보는 일은 전문가인 자신에게 맡겨달라는 것이었다. 생긴 건 물러 보여도 큰누나의 말 속에는 뼈도 있고 가시도 있었다. 입으로야 내가 얼마든지 생색낼 수 있겠지만, 정작 엄마 수발을 들어야만 하는 사람은 아내니까 이 문제에서 나는 좀 빠져달라는 뜻이었다. 그러니 나라고 더 만류할 방법은 없었다. 그렇게 해서 큰누나는 우리집에 있던 엄마를 모시고 새로 구한 아파트로 들어갔다.

그 아파트는 감옥 터에 조성한 공원 옆에 있었다. 일제시대 때부터 사형수들을 처형한 곳으로 악명 높았던 곳이라 나로서는 내심 좀 께름칙했지만, 내색하지는 않았다. 엄마가 그 전망을 너무 좋아했기 때문이었다. 문을 열고 들어가면, 베란다 가득 공원의 나무들이 눈에 들어와 꼭 서울이 아닌 것만 같았다. 안부전화를 할 때마다 엄마는 거기 베란다에 앉아 있으면 세상이 너무 예뻐서 하루종일 있어도 시간 가는 줄을 모르겠다고 했다. 암이 재발하기 전, 우리집에서 지낼 때도 그런 말씀을 많이 했지만 그 집의 풍경을 떠올리니 왠지 더 설득력 있게 들렸다. 다행이라고 나는 생각했다. 그러나 엄마는 이듬해 2월을 넘기지 못하고 돌아가셨다. 병환이 깊어져서 호스피스 병동으로 들어가기 전까지 두 사람이 그 아파트에서 어떤 심정으로 매일 밤을 보냈을지 나로서는 짐작조차 못하겠다. 엄마는 많이 울었다고 했다. 엄마가 돌아가신 뒤, 나는 큰누나에게 그 집에서 나오는 게 어떠냐고 심각하게 권유했는데, 큰누나의 대답인즉슨 소설을 다 쓰기 전에는 못 나간다는 것이었다. 무슨 소설? 그 일 중독자 소아정신과 의사가 나오는 소설 말이다. 그리고 49일이 지난 뒤, 그 공원으로는 봄이 찾아왔다. 이렇게 말하면 안 되겠지만, 봄의 공원은 엄마가 세상이 너무나 아름답다고 말하던 그 겨울의 풍경과는 비교가 안 될 정도로 예뻤다.

*

터널을 두번째 통과할 때도, 한번 더 듣자고 우기고 또 우겨서 세번째 통과할 때도 여전히 우리 귀에는 자동차의 굉음만 요란할 뿐, 사람의 목소리 같은 건, 더군다나 엄마의 목소리 같은 건 들리지 않았다. 그즈음엔 점점 혀가 꼬이기 시작하던 큰누나의 설명에 따르면, 내가 들어야만 하는 저주파(인지 고주파인지)는 '주쌩뚜디피니'였다. 그건 취재진에게 파일을 넘겨받은 음향학자가 재생 속도를 달리하거나 거꾸로 재생하면서, 혹은 뭔가가 들릴 때까지 여기저기를 자르고 이어붙인 끝에 찾아낸 소리였다. 글로 쓰자니 '주쌩뚜디피니'지만, 텔레비전에서는 무슨 괴물의 목소리처럼 들렸으리라. 왜 있잖은가, 녹음된 테이프를 천천히, 혹은 빨리 돌릴 때 왜곡되어서 들리는 목소리 같은 거 말이다. 그런데 큰누나는 그게 돌아가신 엄마의 목소리였다고 우기니 미칠 지경이었다. 나는, 이제 네 번은 없다, 태어나서 안산의 터널을 하룻밤에 네 번이나 통과하는 일은 결코 일어나지 않을 것이다. 스스로에게 다짐하면서 다음 나들목을 향해서 차를 몰았다.

"주쌩뚜디피니? 그건 어디 아프리카 말인가? 도대체 무슨 소리지? 도대체 왜 엄마가 그런 노래를 부른다는 거야?"

내가 큰누나에게 물었다.

"얘는 차암! 아프리카는 무슨 아프리카냐? 하하하, 아프리카 청춘이다냐? 아프리카가 아니라 주쌩뚜디피니라니까, 얘는! 주! 쌩! 뚜! 디! 피! 니!"

알코올중독자처럼 싸구려 국산 위스키에 취해가지고는 횡설수설, 한참 잘 나가던 베스트셀러 제목을 이용해서 재미없는 농담을 하고는 혼자서 신이 나 낄낄대고 있었으니 큰누나가 말한 그 '주! 쌩! 뚜! 디! 피! 니!'가 프랑스어인 'Je sais tout est fini', 즉 '모든 게 끝났다는 걸 나는 안다'라는 뜻이라는 걸 내가 무슨 수로 알아차릴 수 있었겠는가? 그러니 내가 오밤중에 안산의 터널을 세 번이나 지나가다니 이게 다 무슨 미친 짓이냐고 생각한 것도 당연하다면 당연한 일이었다. 그때가 이미 새벽 2시가 가까운 시간이었으니까. 차 안은 이제 창문을 열지 않으면 나마저도 취할 정도로 위스키 냄새가 가득했으니까. 나는 슬슬 졸리기 시작했으니까. 그런데도 알코올이 들어가서 그런지, 아니면 어둠 속에서 연쇄 살인범 이야기를 궁리하느라 낮밤이 바뀌어서 그런지, 큰누나는 쌩쌩했다. 그 쌩쌩한 얼굴로, 하지만 혀가 꼬인 목소리로 큰누나가 소리쳤다.

"이래 봬도 내가 아시아 청춘이야, 얘! 내 이야기 좀 들어봐! 너도 들어보면 내가 왜 이러는지 내 마음을 알 거야."

"아, 글쎄 마음놓고 해보라니까. 대신에 이제 터널은 안 가. 이젠 돌아갈 거야."

다시 고속도로로 진입하면서 내가 말했다. 그때까지만 해도 이제 두 번 다시는 새벽에 안산의 터널을 지나가는 일은 없으리라고 생각했다. 하지만 미래의 일을 그 누가 장담하랴. 나만 해도 바로 그날 다시 한번 더, 그러니까 네번째로 그 터널을 지나갔는데. 당장 코앞의 일을 예측할 수 없다는 점에서, 얼마나 나이를 먹든 간에 우리는 청춘인 셈이다. 아프리카 청춘이든, 아시아 청춘이든.

이제 남은 건 광속에 가까운 속도로 출발 장소인 대형 할인마트로 돌아가는 일이라고 생각하며 자동차 핸들을 움켜쥐는데, 큰누나가 매일 아침 사진을 찍었던 이야기를 꺼냈다. 이야기는 엄마가 큰누나의 집으로 가져간 옷짐에서 시작했다. 큰누나에게 모두 물려줄 속셈이었는지 엄마가 옷가지를 모두 챙겨서 집을 나갔다는 건 아내에게 들어서 알고 있었다. 하지만 큰누나 말로는 그게 아니란다.

"아니, 나한테 물려주려고 한 게 아니라 그냥 아까워서 다 싸짊어지고 온 거야. 처녀 때 입던 옷도 있고 그렇더라구. 너도 잘 알잖아, 우리 엄마 성격. 바리바리 챙겨서는 뭐 하나 아까워서 버리지도 못하고. 그래서 그 옷들을 죄다 가져온 거야. 좀 어이가 없더라고. 얼마나 사신다고 그 옷들을, 죄다 말이야. 그러다 당신이 못 입으면 나라도 입으라는 것이었는데, 내가 됐다 그랬어. 이번 기회에 안 입는 옷은 싹 다 정리하자고 단단하게 말했지. 그랬더니 눈물이 찔끔. 아, 돌아가시기 전에 엄마는 무슨, 손끝만 스쳐도 눈물 바람이었으니까. 내가 못살아. 나도 미쳤지. 그때는 그 옷들 싸짊어지고 온 게 왜 그렇게 꼴 보기 싫었을까? 그래서 우는 엄마 보면서 계속 그 옷 정리하자고 졸랐어. 그랬더니 그냥은 못 버리겠고, 아까워서 잘 안 입었던 옷도 있다는 거지, 한 번씩 입어보고 버리겠다는 거야. 그래서 그러시라고 했어. 그걸 누가 말리겠어?"

그러더니 큰누나는 잠시 말을 끊었다. 나는 전방만 주시했다. 두 개의 헤드라이트가 하나의 빛으로 텅 빈 고속도로를 비추고 있었다. 또 뭔가 부스럭거리는 소리가 들리는가 했더니 큰누나가 위스키를 마시고 있었다. 나도 술 생각이 간절했다. 심술이 나서 술 좀 그만 마시라고 했지만, 쇠귀에 경 읽기였다. 어쨌거나 이야기를 계속하자면, 그렇게 해서 엄마는 그간 입지 않았던 옷들을 골라서 한 벌씩 입었다. 원래 살이 많았던 엄마는 병에 걸리고 난 뒤 음식을 잘 먹지 못해서 몸이, 말랐다기보다는, 쪼그라들어 있었다. 그렇게 한번 쪼그라든 몸은 다시 불어나지 않았다. 그래서 옷이 몸에 잘 맞는다고 둘이서 꽤 좋아했단다. 버린다고 생각하니 그 옷들이 너무 애틋했는지, 엄마는 한번 입으면 좀체 벗을 생각을 하지 않았고, 그 모습을 보다가 큰누나는 좋은 생각을 떠올렸다. 날마다 옛날 옷을 입은 엄마의 모습을 사진으로 남기면 어떨까는 것이었다. 마흔 살을 넘기면서부터 실천력이 남달리 강해진 큰누나는 그길로 당장 남대문시장에 가서 캐논 DSLR 카메라를 사왔다. 겨울이고, 바깥에 엄마를 데리고 나갈 엄두는 나지 않아서 봄이 되면 야외에서도 촬영하기로 하고 일단은 공원이 보이는 베란다에서 사진을 찍기로 했단다. 큰누나는 삼각대 위에 카메라를 설치하고 매일 같은 자리에서 엄마를 찍었다. LCD 화면에 비친 엄마는 입는 옷에 따라서 삼십대였다가 오십대였다가 또 사십대가 되었다. 엄마에게는 당연했겠지만, 큰누나에게도 그 옷들 하나하나에는 추억들이 있었다. 그래서 엄마가 그날 어떤 옷을 입느냐에 따라서 큰누나 역시 여중생이었다가, 지방 종합병원에 실습을 나간 간호대 학생이었다가, 여고생이었다가…… 아무튼 두 사람은 그 겨우내 인생의 시간을 종횡무진 가로질렀다.

"그러다가 하루는 엄마가 완전히 새것 같은 빨간색 스커트를 꺼내 입은 거야. 너, 그 스커트 기억나니? 너 초등학교 졸업식 때 딱 한 번 입었던 건데. 호호호."

어렴풋이가 아니라, 확실하게 기억이 났다. 엄마는 내가 졸업하던 날 짧은 치마를 입고 왔었다. 그렇게 따뜻하지도 않은 날이었던 것으로 기억하는데 말이다. 졸업식 때 찍은 사진이 여전히 남아 있으니 나는 그날의 일을 비교적 상세하게 기억한다. 기억 속의 내 머리는 바가지머리다. 팔뚝에 하얀색과 빨간색 완장을 찬 듯 하얀

색과 빨간색 무늬가 선명한 군청색 파카를 입고 누나들이 들고 온 꽃다발을 안은 채 교정에 서 있다. 엄마는 털코트에 그 빨간색 스커트를 입고 있었고, 아버지는 바바리코트 차림이었다. 그날 아버지는 엄마한테 불만이 많았다. 아버지의 불만에 대해서는 목하 위스키를 거의 다 마셔버린 미래의 스릴러 작가께서 혀가 꼬인 목소리로 증언할 참이었다.

"날 추운데 허연 무 다리 내놓고 다닌다고 아빠가 얼마나 면박을 줬는지 몰라. 네가 기억하는 그 사진 찍고 나서도, 계속 술집 여자도 아니고 그런 치마 입고 다닌다고. 그 궁시렁대는 거야 아빠 빼닮은 네가 더 잘 알 테고. 암튼 그래서 그 사진 보면 아빠 얼굴이 완전 우거지상이지. 넌 뭐가 뭔지도 모르고 서 있고. 그런데 엄마 표정 자세히 본 적 있니? 엄마만 얼굴이 환해. 그렇게 면박을 당했는데도 말이야. 그 스커트를 입는데 그때 그 표정이 나오더라. 자기가 너무 늙어 보여서 외동아들 창피할까봐 사서 입은 옷인데, 그런데 옷이 날개라는 말이 맞는 모양인지 그 치마를 입고 나니 그렇게 기분이 좋았단다. 하늘을 날아다니는 기분이었단다. 그러다가 그 노래가 생각났대. 처녀 시절에 동네 언니가 부르던 노래, 쌍뚜 아마미. 원래는 은희가 번안해서 불렀는데, 그 언니는 그걸 불어로 불렀다네. 그게 그렇게 멋있었다네. 그 노래 부를 때 보면, 그 언니는 꼭 하늘을 자유롭게 날아다니는 사람 같았다네."

그리고 나서 큰누나는 무슨 말인가를 더 하려다가, 말하지 못하고, 또 더 말하려다가, 다시 말하지 못하고, 그러다가 결국에는 몇 음절 내뱉지도 못한 채 대시보드에 머리를 대고는 아이처럼 엉엉 울어버렸다. 그날, 차량이 거의 없던 일요일 새벽의 고속도로에서 큰누나가 끝내 내게 들려주지 못한 엄마의 말은 이런 것이었다. 인생을 한 번만 더 살 수 있다면, 자기도 그 언니처럼, 마치 하늘을 자유롭게 날아다니는 사람처럼, 불어 노래도 부르고, 대학교 공부도 하고, 여러 번 연애도 하고, 멀리 외국도 마음껏 여행하고 싶다는 말. 그 말.

*

밤이었다. 달도 이미 져버린, 아주 깊은 밤이었다. 한참 울고 난 큰누나는 죽기 전에 엄마가 아다모의 원곡을 반복해서 들으면서 한글로 그 가사를 받아적었다고 말했다. 주쌩뚜디피니, 쥐빼리따꾸피앙상, 뮈옴마주뜨빼리, 더마까르데마샹송…… 종이에 보면 그런 이상한 말들이 적혀 있었다. 그게 이런 뜻이라는 건 엄마는 알지 못했다. 아니, 그렇게 불러서는 프랑스 사람들도 모를 것이다. '모든 게 다 끝났다는 걸 난 안다. 사랑은 떠나갔으니까. 한 번만 더 둘이서 사랑할 수 없을까.' 큰누나는 이 세상에서, 아니, 저승까지도 포함해서 이 모든 우주를 통틀어 그 노래를 텔레비전에 나온 것처럼 그렇게 부를 사람은 엄마뿐이라고 했다. 큰누나가 환청을 들었거나, 애매한 소리를 자기 나름대로 '주쌩뚜디피니'라고 들었을 가능성은 여전히 높았다. 반면에 정말 텔레비전에 '주쌩뚜디피니'라는 노래 가사가 나왔다면, 그건 엄마의 목소리일 수밖에 없다는 말에도 일리는 있었다. 나는 일리가 있다고 해서 그걸 다 믿는 사람은 아니다. 하지만 거기는 앞뒤로 오가는 차들이 거의 없는 외곽순환도로니까, 그렇게 깊은 밤에 큰누나와 내가 어딘가를 달려간 건 그게 처음이니까, 그리고 나는 한 번도 엄마가 부르는 샹송을 들어본 적이 없었으니까, 마지막으로 그 말을 한번 믿어보면 어떨까는 생각이 들었다. 나는 큰누나에게 다시 한번 그 터널을 지나가보자고 말한 뒤, 다음 나들목에서 빠져나갔다.

다시 안산의 그 터널까지 가는 동안, 큰누나는 이런 이야기를 들려줬다. 장례를 치르고 난 뒤, 그간 갖가지 옷들을 입고 찍은 엄마의 사진을 하나하니 들여다보다가 큰누나는 그 사진을 찍는 동안 두 사람이 인생을 한번 더 산 셈이라는 걸 알게 됐다고 한다. 옷을 꺼내 입을 때마다 엄마는 그 옷에 얽힌 이야기를 큰누나에게 들려줬고, 큰누나 역시 자신이 기억하는 그 시절의 엄마에 대해서 얘기했단다. 한집에서 같은 밥을 먹고 살았지만, 사는 동안에는 서로 바라보는 바도, 생각하는 것도 달라서 가족이라도 결국에는 남이라고 생각했단다. 그래서인지 엄마의 기억과 큰누나의 기억은 조금씩 달랐다고 한다. 아마도 엄마와 큰누나의 기억은 나의 기억과도 많이 다를 것이다. 하지만 그럼에도 큰누나는 두 사람의 삶이

서로 겹친다는 것을 알게 됐단다. 그래서 엄마가 다시 한번 인생을 살 수 있다면, 그건 우리도 또 한번의 삶을 사는 게 된다는 사실을. 다시 말하면, 우리가 또 한번의 삶을 살 수 있다면 엄마 역시 다시 한번 인생을 살 수 있다는 사실을. 우리는 그렇게 연결돼 있다는 사실을.

"그렇게 사진을 한 장 한 장 들여다보다가 보니까 엄마 뒤쪽 멀리 공원에 건물 하나가 지어지고 있는 게 눈에 들어오더라구. 우리가 그 집에 들어간 10월 말부터 엄마가 호스피스 병동으로 들어가던 2월 초순까지 사진 속에서 그 건물은 꾸준히 지어지고 있더라. 그 다음날 아침부터 그 건물을 유심히 지켜봤지. 그러다가 그냥 지켜볼 게 아니라 다 지어질 때까지 사진을 계속 찍으면 어떨까는 생각이 또 들더라구. 왜 그런 생각이 들었는지는 나도 모르겠어. 그냥 아침마다 엄마 뒤에서 올라가던 그 건물이, 엄마가 없는 지금도 씩씩하게 지어진다는 사실이 나를 위로했나봐. 건물이 완공될 때까지 그렇게 엄마가 앉아 있던 베란다를 찍었어."

5월 초, 완공된 뒤에야 큰누나는 그 건물이 도서관이라는 길, 그리고 한 사업가가 미국 유학중 불의의 사고로 죽은 둘째딸을 위해서 그 도서관을 건립했다는 걸 알게 되었다고 한다. 도서관이 개관하던 날, 큰누나는 도서관을 찾아온 그 사업가를 만나서 앨범을 선물했다. 그 앨범 속에는 그동안 아침마다 큰누나가 찍은 사진이 날짜 순서대로 들어 있었다. 그 앨범 속에서 엄마는 늦가을부터 서서히 죽어가고 있었고, 그런 엄마의 뒤에서 그 건물은 키가 점점 커지다가. 어느 순간부터 엄마는 없고 그 건물만 남아서 점차 제대로 된 모양을 갖춰갔다고 한다.

 큰누나의 이야기가 모두 끝나기도 전에 우리는 그 터널에 다시 도착했다. 나는 가속 페달을 밟고 있던 오른발의 힘을 뺐다. 엔진 소리가 얌전해지면서 자동차가 미끄러지듯 터널 안으로 들어갔다. 이로써 네번째 지나가는 안산의 터널, 어쩐지 이제는 잘 아는 곳에 찾아온 것처럼 마음이 편안했다. 머리 위로 터널의 불빛이 하나둘 지나갔다. 이번에는 진심으로 소리에 귀를 기울여보자, 그렇게 생각했지만 자꾸만 엄마의 얼굴이 떠올랐다. 그건 내가 초등학교를 졸업하던 날의 엄마 얼굴, 내가 할머니 같으니 학교에 오지 말라고 말하던 무렵, 그러니까 내가 아는 한 엄마가 가장 젊었던 시절의 얼굴이었다. 다른 세 번의 경우와 마찬가지로 이번에도 어떤 노랫소리도 듣지 못한 채, 터널을 빠져나오는가 싶었다. 그때 내 귀에 그 노랫소리가 들렸다. 분명하게 들렸다. '주쌩뚜디피니'라고, 또 '쥐뻬리따꾸피앙상'이라고. 그건 엄마의 목소리가 확실했다. 나도 모르게 소름이 쫙 돋았다. 나는 옆에 앉은 큰누나를 바라봤다. 그런데 큰누나는 눈을 감고 있었다. 그렇게 눈을 감고는 뭘 하고 있었느냐면, 노래를 부르고 있었다. 그러니까 뮈옴마주뜨빠리라고, 또 더마까르데마샹송이라고. 프랑스 사람들이 들어도 전혀 무슨 소리인지 짐작조차 할 수 없겠지만, 이제 나는 분명히 그 뜻을 아는, 그러니까 '모든 게 끝났다는 걸 안다, 사랑은 떠나갔으니까. 한 번만 더 둘이서 사랑할 수 없을까'라는 내용의 노래를. 터널을 완전히 빠져나오며 나도 주쌩뚜디피니, 하지만 모든 게 거기서 끝나지 않을 수도 있다는 것도 안다고 생각했다. 아니, 노래했다.

푸른색으로
우리가 쓸 수 있는 것

2009년의 봄이라면 제일 먼저 세브란스병원 암센터 지하 1층 항암약물투여실 병상마다 짙은 갈색 차양봉투를 뒤집어쓴 항암제가 매달린 풍경이 떠오른다. 삼십대의 막이 내려가고 있던 그 시절, 나는 단테가 「지옥」 편을 시작하면서 "우리 인생길 반 고비에/올바른 길을 잃고서 난/어두운 숲에 처했었네"라고 노래할 때의, 바로 그 어두운 숲속을 헤매고 있었다. "아, 이 거친 숲이 얼마나 가혹하며 완강했는지 얼마나 말하기 힘든 일인가!" 지옥으로 들이가며 단테는 그렇게 탄식하는데, 암센터 지하 1층 항암약물투여실의, 11이나 15 따위의 아크릴 팻말이 붙은 병상에 앉아 있으려니 그 말에 어찌나 동감이 가던지. 단테 덕분에 나는 그런 말들을 내뱉지 않을 수 있었다. 나보다 800년이나 앞서 살았던 단테의 그 탄식은 내가 겪는 이 고통이 어쩌면 모든 인류의 삶에서 영원히 반복

되는 고통일 수 있다는 사실을 증명하고 있었으니까. 하지만 거기 암센터 건물을 빠져나와 조금만 더 걸어가면 보행신호를 기다리는 연세대학교 학생들로 북적이는 횡단보도가 나왔고, 거기 서 있노라면, 건강하고 젊은 그들에게 고통이란 다른 세상의 일들처럼 느껴졌지만. 나는 그들과 마찬가지로 젊고 건강했으나 지난 몇 년의 어느 순간에 되돌아갈 수 없는 강을 건넜다. 그러면서 나는 고통의 측면에서는 800년 전의 옛사람과 같아졌다. 말하자면 나는 단테가 된 것이다. 그렇기 때문에 내가 겪은 개별적인 고통이 어떤 것인지 구체적으로 밝히는 건 중언부언일 뿐이리라. 항암약물투여실 병상마다 앉거나 누워 있던 모든 암환자들의 고통이 그렇듯, 나의 고통 역시 개별적이고 구체적이었지만, 또한 바로 그 사실 때문에 이 세상에 널린, 흔하디 흔한 고통이었다. "웃고 있어도 눈물이 난다"는 유행가 가사를 들을 때마다 나는 코웃음을 치곤 했는데, 이제는 그 통속적 모순의 세계에서 단 한 발짝도 벗어날 수 없는 처지가 된 것이다. 그리하여 2009년 4월, 그 노인이 내게 말을 걸 때까지 나는 세브란스병원 암센터 지하 1층의 어느 그늘진 병상에 앉아서 '나는 단테다, 나는 단테다' 중얼거리고 있었던 것이다.

그는 수액 바늘을 꽂은 왼쪽 손으로 링거걸이대를 밀면서 내 병상 쪽으로 다가왔다. 암환자들은 대개 보호자와 함께 병원에 와서 서너 시간 항암제를 투여받고 다시 집으로 돌아갔다. 장기간 함께 생활한 입원환자들이 아니니 서로 친분을 쌓을 겨를도, 이유도 없을뿐더러 그럴 만큼 즐거운 장소도 아니라 다들 병상 사이에 커튼을 친다. 설사 대화를 나눈다고 해도 말했다시피 세상에 흔하디 흔한 그 고통이 정작 당사자들에게는 너무나 개별적이고 구체적이라 3기와 말기가 서로 말이 통하지 않았다. 그래서 그가 다가왔을 때, 나는 약간 당황스러웠다. 그는 얼굴에 잔주름이 자글자글한 노인으로, 붉은색 체크무늬 남방을 입고 있었다. 언뜻 보기에도 나이가 많아 보였는데, 나중에 들어보니 83세라고 했다. 키는 165센티미터 정도에 머리는 반쯤 벗겨졌고, 몸이 말라서인지 얼굴이 무척 커 보였다. 얘기 좀 해도 되겠느냐고 그가 물었고, 나는 얼떨결에 그러라고 대답했다. 그러자 그는 대뜸 내게 "I was born in North Korea"라고 말하더니 잽싸게 "나는 이북에서 태어났어요"라고 덧붙였다. "북한에 있을 때는 김일성대학교를 다녔더랬는데, 전쟁 후에는 남한으로 내려와서 서울대학교에 다녔습니다"라고 그가 계속 말했다. 느닷없는 그의 말에 내가 당황하는 기색을 보이자, 노인은 "나는 사람 사귀는 것을 좋아합니다. 당신과는 얘기가 통할 것 같아서 말하는 거예요"라며, "무슨 일을 합니까?"라고 내게 물었다. 나는 잠시 망설이다가 소설을 쓴다고 대답했다. 그러자 표정이 기묘하게 바뀌는가 싶더니 그가 다시 "My name is Daewon Jung입니다, 알겠습니까? 정대원"이라고 말했다. "I had been in the States for twenty-eight years, and I am eighty-three years old. 난 28년 동안 미국에서 살았고 올해 여든세 살입니다.

이름이 뭡니까? What's your name?"이라고 그가 물었고, 나는 내 이름을 말해주었다. "OK, Mr. Kim. How old are you?"라고 그는 다시 내게 물었다. 서른아홉 살이라고 내가 말하자, 그는 그렇다면 소설가로서 절정기를 보내는 셈이라고 말했다. 그의 말대로라면 소설가로서 나는 봄날 오후 암센터 지하 1층에서 왼팔 정맥에 항암제를 투여하면서 절정기를 보내는 셈이었다.

"소설가라니 아주 흥미롭습니다"라고 말하더니 그는 주머니에서 지갑을 꺼냈다. "잠깐 내 얘기를 들을 시간이 있겠습니까?"라고 지갑을 손에 든 채 그가 내게 물었다. 그때 나는 글을 쓰는 건 고사하고 책을 읽을 마음도 들지 않아서 소설가로서는 폐업상태였고, 따라서 김일성대학교에 입학해서 서울대학교를 졸업한 노인이 소설가에게 들려주고 싶은 인생담에 전혀 마음이 끌리지 않았다. 해서 죄송하지만 혼자 있고 싶다고 정중하게 말하려는데, 내 대답도 듣지 않고 노인은 10분 전까지 아내가 앉아 있던 보호자용 의자를 차지했다. 그러더니 그는 미국으로 떠나기 전, 지금은 중앙대학교로 바뀐 서라벌예술대학에서 강의를 한 적이 있다고 말했다. "학기 초 첫 시간이면 으레 클래스에서 제일 장난꾸러기처럼 보이는 남학생을 불러세워서는 '네 발이 무슨 말을 하는지 얘기해봐라'라고 질문을 던졌습니다. 그러면 '발성을 냈습니다'처럼 재치 있게 대답하는 녀석도 있었지만, 대개는 이게 도대체 무슨 소리냐는 듯 머뭇거렸지요. 그러면 나는 그 학생의 신발과 양말을 모두 벗긴 뒤에 눈을 감으라고 말했어요. 나는 인질범이고 너와 나 사이에는 외나무다리 하나뿐이다. 우리는 지금 100층 높이의 건물 옥상에 서 있다. 바람이 심하게 부는데 난간 같은 건 없다. 조금만 발을 헛디디면 너는 죽는다. 그런데 내가 너에게 그 외나무다리를 건너오지 않으면 잡고 있는 인질을 죽이겠다고 해서 너는 망설이는 참이다. 그렇다면 내가 누굴 인질로 잡고 있어야 너는 목숨을 무릅쓰고 그 다리를 건너오겠는가? 그런 뒤에 예시를 하나하나 듭니다. 과 친구? 다들 아니라고 합니다. 애인? 반반 정도죠. 형제나 자매? 이번에는 좀 많구요. 부모님? 더 많죠. 눈을 감은 학생이 고개를 끄덕이면 외나무다리 위를 걸어오라고 말하고는 다시 질문을 던졌습니다. 이제 네 발이 뭐라고 말하는지 얘기해보거라. 그러면 학생들은 힘을 내, 지금도 늦지 않았으니 다시 돌아가, 발 시려, 저 사람은 그만큼 널 사랑하지 않아 등등. 내가 들은 대답 중에서 가장 그럴듯한 건 울음이었습니다. 그 학생은 울었습니다. 왜냐하면 그 학생의 발은 그녀에게 목숨을 걸 만한 사람이 하나도 없다고 말했기 때문이죠. 삶을 이해하는 경우에도 마찬가지입니다. 눈 귀 코 입만으로는 부족해요. 온몸을 모두 사용해야 합니다. 때로는 발이 어떤 상황을 더 잘 설명할 수도 있습니다."

그의 이야기를 들으며 나는 어쩐지 그 노인의 이름이 귀에 익다고 생각했다. 하지만 암병동에 앉아서는 전혀 암환자 같지 않은 열정적인 태도로, 무슨 연극반 신입생 대하듯 훈계를 늘어놓는 게 마뜩잖아 어디서 그 이름을 들었는지 따져볼 의욕조차 일지 않았다. 늦은 점심을 먹으러 간 아내가 어서 돌아와 이 상황이 끝나기만을 기다리는데, 그가 손에 들고 있던 지갑에서 사진 한 장을 꺼냈다. "때로 발바닥이 삶에 대해 더 많은 이야기를 들려준다고 말하는 까닭이 이 사진 때문입니다. 내가 평생을 들고 다닌 사진입니다. 미국에서도 늘 지니고 다녔습니다. 여기 한번 보십시오"라고 말하며 그는 사진을 내게 건넸다. "내가 서른다섯 살에 찍은 사진입니다. 그 시절에 나는 인생이란 이슬비와 같은 것이라고 생각했습니다"라고, 그는 사진을 들여다보는 내게 말했다. "인생을 똑바로 보기 위해서는 어둠을 배경으로 삼아야 하거든요. 내리는 듯 마는 듯 가는 빗줄기인데도 그렇게 많은 구름이 하늘을 뒤덮는 이유가 거기에 있습니다. 세상을 어둡게 만들지 않으면 이슬비는 보이지 않으니까요. 오른쪽 뒤로 보이는 계단을 밟고 올라가면 '전치과'가 있는데, 나는 막 그 치과에서 나온 참입니다. 살아오는 동안 수없이 들여다봤으니까 눈을 감고 있어도 그 사진 속에서 내가 어떤 자세로 서 있는지 잘 압니다. 촌스럽게 보이는 그 세로줄무늬 양복은 그 전해 어느 시상식에 참석하기 위해 맞춘 옷입니다. 근사하게 접은 수건까지 가슴주머니에 꽂고 있으니 둘도 없는 신사 차림이지요. 입안 사정이 난감해서 입을 벌리고 있긴 하지만, 웃는 건 아닙니다. 왼손 손바닥에 뭔가를 올려놓고 보란듯이 내밀고 있는 게 보입니까? 그게 바로 24번 어금니입니다. 왜 왼손이냐면, 오른손으로는 양복 주머니에 들어 있는 스위스칼을 만지작거리고 있었기 때문입니다"라고 그가 말했다.

"사진을 찍어준 사람은 그 치과에서 일하던 간호사였습니다. 24번 어금니를 뽑은 뒤, 그 여자에게 사진을 찍어달라고 부탁했지요. 사진에 찍힌 내 눈망울을 크게 확대하면 그 간호사의 모습이 보일지도 모릅니다. 그 여자의 흔적은 거기에만 남아 있으니까요. 나는 그 여자를 곧 잊어버렸습니다. 석 달 정도 밤낮으로 그 여자와 살을 섞었는데도 말입니다. 그저 여자였다는 것만 기억이 납니다. 평생 민화를 그려온 화공이 상투적으로 떠올리는 호랑이처럼, 몸 중에서 여자임을 가리키는 가슴과 엉덩이만 과장된 크기로 기억날 뿐, 얼굴도, 이름도, 고향도, 말투도, 그 무엇도 생각나지 않습니다. 그 간호사가 사진을 찍는 그 순간, 나는 내게서 영혼이 영영 빠져나가버렸다는 사실을 알게 됐습니다. 그래서 나는 사진기 셔터 소리가 들리자마자 칼을 잡은 오른손으로 내 목을 찔러버렸습니다. 그 간호사가 담이 큰 사람이어서 사진기를 집어던지며 비명을 지르는 대신 피를 뿜는 내 모습을 찍었다면, 특종 사진을 찍을 수 있었을 겁니다. 그랬더라면 적어도 카메라는 부서지지 않았겠지요. 부서진 카메라에 든 필름을 인화할 생각을 한 건 그로부터 2년이 지난 뒤였습니다. 그 이태간 아주 조금씩 빛이 스며들었는지 그렇게 어둡기 짝이 없는 사진이 나왔습니다. 원래는 그렇게 어둡지는 않았을 겁니다. 어쩌면 내게 인생의 진실이란 이슬비와 같으니 어둠에 비춰봐야만 비로소 보인다는 사실을 일러주기 위해서 그렇게 인화된 것인지도 모르죠." 거기까지 듣고 나서야 나는 그 사람 정대원이 누구인지 기억해냈다.

내 작업실 서가에는 1972년 10월 2일 삼성출판사에서 발행한 전100권 분량의 한국문학전집이 몇 권의 결권을 빼고 꽂혀 있는데, 그중에는 鄭大源의 『24번 어금니로 남은 사랑』도 있었다. 정가가 이백사십원인, 이 세로쓰기 문고본을 펼치면 다음과 같은 문장이 나왔다. "전치과全齒科에서 24번 어금니를 뽑으면서 내가 알게 된 것은 고통苦痛이란 단수單數라는 것이었다. 여러 개의 고통을 동시에 느끼는 경우는 거의 없다는 것. 그러니까 그때 전치과의 문을 밀고 들어갈 때 내게는 단 하나의 고통뿐이었다. 내가 진료의자에 누워 도저히 아파서 견딜 수가 없으니 이를 하나 뽑아달라고 하자, 의사는 놀라면서 물었다. 지금 고통을 견딜 수 없으니 덮어놓고 이부터 뽑아달라는 것인가? 나는 있는 힘을 다 모아서 의사를 간절히 쳐다봤다. 이미 나는 아팠으니까. 더이상 버틸 수 없을 정도로 온몸이 아팠으니까. 나는 자비慈悲를 호소하는 눈빛을 애써 지으며 의사에게 고개를 끄덕여 보였다. 이런 경우는 이번이 두번째로군. 의사가 말했다. 나는 간신히 입을 움직여 첫번째는 어떤 사람이었느냐고 물었다. 아직 내가 치대에 들어가기 전, 그러니까 전쟁 때였지. 펜치를 쥐여주면서 아파서 죽을 것 같으니 어서 뽑아달라고 말하더군. 그때 나는 알았지, 고통이란 가장 강한 놈이 독점한다는 것을. 두번째부터의 고통이란 없는 것이나 마찬가지지. 그 사람은 어땠는지 모르지만, 나는 이를 다 뽑아내고 난 뒤에야 엉엉 소리내어 울었다. 생니를 뽑아내는데도 하나도 아프지 않아서. 온몸을 바쳐서 사랑했던 여자가 떠나간 뒤에 내게 남은 고통이 그토록 컸기 때문에. 그러니 치과의 계단을 다 내려온 내가 마침내 스스로 내 목을 찌르게 된 것은 당연하다면 당연한 일이었다." 내가 그 소설의 도입부를 기억하고 있다는 사실을 알게 된 그는 내가 소설을 쓴다고 대답했을 때 그랬던 것처럼 멍하고도 기묘한 표정을 지었다. "아직까지도 그 소설이 누군가의 서가에 꽂혀 있을 줄은 몰랐어요"라고 그가 말했다. 그리고 얼마간 침묵이 흐른 뒤, "나는 그 소설 때문에 결국 절필하게 된 것입니다"라고 그가 말했다.

거기까지 말했을 때, 점심을 먹으러 갔던 아내가 나를 위해 산 김밥을 들고 병실 안으로 들어왔다. 낯선 노인과 스스럼없이 대화를 나누는 내 모습에서 그녀는 긍정적인 조짐을 발견하는 듯한 눈치였지만, 나는 아내가 온 것을 노인에게 알리고 약간 냉담한 태도로 사진을 돌려주는 것으로 그 기대를 배반했다. 노인은 섭섭하다거나 아쉽다는 표정도 없이 일어나더니 원래부터 그렇게 앉아 있었던 사람처럼 입을 다물고 자기 병상 쪽으로 가 보호자용 의자에 앉았다. 마치 자신에게는 보호자가 따로 없다는 사실을 시위하는 듯했다. 항암제 투여를 모두 마치고 집으로 돌아온 뒤 나는 침대에 누워 있다가 해가 완전히 저문 뒤에야 서가를 뒤져 『24번 어금니로 남은 사랑』을 꺼냈다. 소설 속 남자주인공은 생니를 뽑게 된 과정을 다음과 같이 설명하고 있었다. "그해 하지夏至에서 처서處暑에 이르는 동안, 나는 단 하루도 제대로 눈을 붙이지 못했다. 잠을 못 자게 되자 몸의 감각이 이상해졌다. 한번 감각이 비틀리기 시작하자, 기괴하기 짝이 없는 현실이 내 눈앞에 펼쳐졌다. 예컨대 나는 낮에도 죽은 사람들을 보고 다녔다. 말하자면 우연히 이중노출된 필름의 영상처럼 두 개의 세계가 겹쳐 있었다. 그다음에는 세 개, 네 개의 세계가 계속 겹쳤다. 그러면서 현실現實은 객관적으로 존재하는 단층單層적인 시공간에서 주관적으로 변화하는 다층多層적인 시공간으로 바뀌었다. 기이한 점은 그렇게 죽은 자들과 얘기하면서 거리를 걸어다니는 동안, 나의 고통은 씻은 듯이 사라졌다는 점이었다." 하지만 고통을 피한다고 해서 그게 평화로운 세계 안에서 머문다는 걸 뜻하지는 않는다는 걸 그는 곧 깨닫는다. 어느 날, 그는 "비쩍 마르고 키 작은 어린 삼나무들이 촘촘하게 식수된 공원 길"에 누워서 자기 옆으로 지나가는, "매우 화목하게 보이는 일가족, 그러니까 젊은 부부와 어린 딸"을 바라보다가 부랑자꼴인 그를 보고 두려워하는 젊은 부인에게 남편이 "저 사람은 우리와는 아무 관계도 없는 거야. 그냥 없다고 생각하면 되는 거야"라고 말하는 소리를 듣고 큰 충격을 받는다. 자신은 그 화목한 가족이 사는 세계에서 지워지고 있었던 것이다. 그는 비로소 이 세계에 그토록 많은 고통이 필요한 까닭을 단숨에 이해한다. 그건 고통을 느낄 때에만 인간은 존재 이유를 찾을 수 있기 때문이었다. 그는 "이 현실은 고통을 원리로 건설됐다"고 결론내린다.

그로부터 한 달이 지난 뒤, 나는 정대원씨가 보낸 소포를 하나 받았다. 누런 봉투를 뜯어보니 안에는 200자 원고지에 검은색 볼펜으로 정서한 원고가 들어 있었다. 육필원고를 내게 보낸 이유는 동봉한 편지에 나와 있었다. 편지에서 그는 4월 초 세브란스병원 항암약물투여실에서 우리가 우연히 만난 이후 일부러 시간을 내어 교보문고를 찾아가 내가 쓴 소설을 모두 사서 읽었다는 것과, 그 결과 내가 단순히 원고지 칸을 메우는 데 급급한 천학비재淺學菲才가 아니라는 사실을 확인했다는 것을 먼저 밝히고, 지난번에 내게 들려주지 못한 나머지 이야기를 원고로 썼으니 한번 읽어보라고 썼다. 어쨌든 한때 촉망받던 선배 소설가에게 그런 말을 들으니 기분이 나쁘진 않았으나, 말했다시피 당시는 책을 읽을 수도 글을 쓸 수도 없는 나날이었던지라, 그 원고뭉치는 작업실 책상 한켠에 올려두고 잊어버렸다. 그러다가 마침내 내가 그 원고를 읽게 된 건 2009년 5월 23일 토요일의 일이었다. 그날은 꽤 화창했고 기온도 높았다. 어떻게 내가 지금까지도 그날의 날씨를 똑똑하게 기억하는지에 대해서는 따로 설명하지 않아도 다들 잘 알 것이다. 그날 아침 9시경, 당신들 모두는 어디에서 무엇을 하고 있었는지 모르겠으나, 나는 한겨레신문을 읽고 있었다. 주말은 신간 정보와 서평 등이 실리는 날이었기 때문에 내게는 토요일 오전이면 신문을 꼼꼼하게 읽는 습관이 있었다. 식탁에 신문을 펼쳐놓고 기사를 하나하나 읽는데, 북섹션 한켠에 매주 실리는 문학평론가의 칼럼이 눈에 들어왔다. 그건 어떤 잊혀진 소설가의 부음이 뒤늦게 문단에 알려진 걸 계기로, 4·19세대가 새로운 감수성의 혁명을 이끌며 등장하는 바람에 한국문학사에서는 졸지에 잃어버린 세대가 돼버린 1950년대 작가들을 회고하는 글이었다. 이제쯤 다들 눈치챘겠지만, 그 칼럼에 등장하는, '인간에 대한 환멸과 인간 자체에 대한 냉소를 현대적인 필체로 형상화했'던 '전후의 문제작가'가 바로 정대원씨였다. 나이도 많고 병이 있다는 것도 확인했으니 그렇게 죽을 수도 있다는 걸 충분히 예상할 수 있는 일이었지만, 그 부음이 내게는 적잖이 당황스러웠다. 죽기 전에 그가 내게 보낸 원고는 말하자면 유작인 셈이었다. 갑작스런 부음으로 촉발된 착잡한 심성은 때마침 걸려온 고향 친구의 전화로 더욱 복잡해졌다. 그 친구는 내가 전화를 받자마자, 대뜸 "이거 어떻게 하냐? 그 사람이 죽었다! 그 사람이 죽었어!"라고 말했다. 그때까지도 나는 정대원씨가 죽기 전에 내게 원고를 보낸 이유를 생각하고 있던 참이라 친구가 그를 아는 줄로 착각하고 "너도 신문을 본 거야? 정대원씨가 죽은 걸 네가 어떻게 알아?"라고 물었다. 그러자 친구는 "무슨 소리야? 정대원씨가 누구야? TV를 켜봐. 노무현 대통령이 죽었다"라고 말했다. 하지만 친구의 그 말 역시 잘 이해되지 않았다. 전화를 끊고 텔레비전의 뉴스 속보를 보고 난 뒤에야 나는 친구의 말을 이해할 수 있었다.

  그날 작업실로 간 나는 책상 위에 올려둔 정대원씨의 원고를 읽었다. "생니를 뽑고 나서도 고통이 부족해서 목을 찌르고 난 뒤에"라는 문장으로 그는 원고를 시작했다. "병원에서 눈을 떠보니 사복을 입은 그 간호사가 젖은 눈망울로 물끄러미 나를 내려다보고 있었다. 간호사는 내게 '됐어요. 이젠 괜찮아요. 걱정하지 마세요'라고 말했다. 고음 부분이 약간 거친 듯한 느낌이 들던 그 목소리가 어제 들은 것처럼 생생하다. 나는 이 여자가 왜 나를 위해서 눈물을 흘리는가 싶어서 이상했지만 그 이유를 캐묻지는 않았다. 그녀는 뻐근할 정도로 힘차게 내 손을 움켜잡았다. 나도 뭐라고 말을 해보려고 했지만, 신음만 나올 뿐 머릿속의 말들은 말이 되어 나오지 못했다. 병원에서 나온 뒤, 그녀의 방에서 석 달 남짓 요양하면서 나는 조금씩 실연의 고통에서 빠져나올 수 있었다. 치과에 들어서던 순간부터 자신은 내가 소설가라는 사실을 알고 있었으며, 실연의 고통에 몸부림치는 모습이 안쓰러웠기 때문이라고 그녀가 설명했지만, 지금까지도 나는 왜 그녀가 나를 자신의 방까지 끌어들였는지 그 이유가 잘 이해되지 않는다. 어쨌든 그 석 달 동안 나는 그녀에게 내가 왜 더 많은 고통을 찾아다녀야만 했는지 상세하게 털어놓았는데, 그건 그녀의 요구이기도 했다. 병원에서 돌아온 그녀의 종아리를 두 손으로 문지르며 내 얘기를 들려줄 때면, 그녀는 피곤하다면서도 고개를 끄덕이며 내 말에 귀를 기울였다. 동의를 표할 때면 그녀가 내던 '응, 응, 응'이라는 콧소리가 얼마나 매력적이었는지…… 아마도 어느 날 그녀가 원고지 뭉치와 볼펜 한 다스를 사오지 않았다면, 우리는 지금쯤 부부로 살고 있을지도 모르겠다. 그녀는 자신에게 들려준 이야기를 소설로 쓰라고 말했다. 그때 나는 그녀에게 모든 걸 의지하고 있었기 때문에 그 말을 거역할 수 없었다. 그날부터 나는 서쪽으로 난 창가에 놓인 간호사의 책상에 앉아서 종일토록 머릿속의 문장들을 받아적기 시작했다"라고 그는 계속 썼다. 처음에 그 원고는 그가 미국으로 떠나기 전에 마지막으로 쓴 『24번 어금니로 남은 사랑』의 집필과 뒤이은 절필의 과정을 서술한 작가노트처럼 보였다. 특히 검은색 볼펜으로 쓴 문장과 빨간색 볼펜으로 쓴 문장의 차이에 대해서 말할 때는.

 "컴퓨터로 글을 쓰는 건 미친 짓이라고 나는 생각한다"라고 그는 계속 썼다. "내가 젊은 작가라면 절대로 컴퓨터로 글을 쓰지는 않을 것이다. 왜냐하면 컴퓨터는 작가에게서 초고를 빼앗아버리기 때문이다. 작가의 일이란 교정하지 않은 초고를 책상 위에 올려놓고 '정말 여기까지가 다인가?'라는 질문을 던질 때 비로소 시작하는데 말이다. 그때 내가 검은색 볼펜으로 대학노트에 뭔가를 긁적였다면 그건 작가의 일이었다기보다는 그녀 때문에 어쩔 수 없이 하게 된 행위였다. 그런데 묘한 것이 글쓰기다. 그녀에게 들려준 이야기를 노트에 다 쓰고 보니 '정말 여기까지가 다인가?'라는 의문이 들었다. 나는 내가 쓴 글을 다시 읽으며 문장을 고쳐보려고 한 다스의 볼펜에 포함된 빨간색 볼펜을 집어들었다. 그러자 모든 문장이 흐릿해지기 시작했다. 나는 내가 무엇을 쓰지 못하고 있는지 알 수 있었다. 예컨대 내가 사랑했던 여자의 귀밑 머리칼에서 풍기던 향내나 손바닥을 완전히 밀착시켜야만 느낄 수 있는 엉덩이와 허리 사이의 굴곡 같은 것들을 검은색 볼펜은 묘사하지 못하고 있었다. 그제야 나는 볼펜을 쥐는 즉시 머릿속에서 줄줄 흘러나온 검은색 문장들이 아니라 쓰지 못하고 있는 빨간색 문장들을 써야만 한다는 걸 깨달았다. 그렇다면 나는 온몸에 남은 오감의 경험을 문장으로 표현해야 할 텐데, 그건 쉽게 문장으로 표현되지 않았다. 아무리 잘 쓴 문장도 실제의 경험에 비하면, 빈약하기 짝이 없었다. 작가의 고통이란 이 양자 사이의 괴리에서 비롯했다. 빨간색 볼펜을 손에 들고 괴로워하던 나는 그 고통이 인간의 근원적인 고통과 별로 다르지 않다는 사실을 깨달았다. 자기 경험의 주인이 되지 못하기 때문에 인간은 괴로운 것이다. 한 여자와 헤어진 뒤의 나는 그녀를 사랑하던 시절의 내가 될 수 없기 때문에 고통받았다. 빨간색 볼펜을 들고 내가 쓰지 못한 것을 쓰기 위해 안간힘을 쓸 때의 작가와 마찬가지로. 그러므로 작가는 어떻게 구원받는가? 빨간색 볼펜으로 검은색 문장들을 고쳐썼을 때다. 나의 마지막 작품이 돼버린 『24번 어금니로 남은 사랑』은 그렇게 빨간색 문장으로 쓰여진 소설이다."

이제는 할말을 다 한 것처럼 느껴졌지만, 진짜 이야기는 그때부터 시작됐다. 1962년 『현대문학』 1월호에 『24번 어금니로 남은 사랑』을 발표하면서 정대원씨는 문단으로 복귀했다. 이 작품은 내가 가진 한국문학전집에도 수록될 정도로 좋은 평가를 받았다. 모든 게 실연 이전의 상태로 돌아가자, 간호사는 그에게 마지막 의식을 치르자고 했다. 무시무시한 말처럼 들렸지만, 그건 그녀가 근무하는 치과에 가서 또 뽑을 만한 이는 없는지 전체적으로 검진을 해보자는 것이었다. "그 순간, 몇 달 만에 처음으로 온전한 해방감을 느꼈다"고 그는 썼다. "나는 껄껄거리고 웃었다. 꼭 생로병사, 인간의 모든 고통에서 벗어난 듯한 기분이었다. '더이상 생니를 뽑지 않아도 돼'라고 나는 말했다. 내 몸은 이제 순수한 고통의 측정자가 됐다며. 머리카락 한 올이 뽑혀나가도 생니가 뽑혀나가는 것처럼 고통을 생생하게 느낄 수 있게 됐다며. 그날 밤, 우리는 술을 진탕 마시고는 격렬하게 서로의 몸을 탐했다. 그리고 나는 난생처음으로 절정에 도달했다. 이 세상에 벌거벗은 고통 같은 게 있다고 치자면, 그건 그 정반대편에 있는 벌거벗은 즐거움, 순수한 절정이었다. 그런 절정은, 그러나 두 번 다시 맛보지 못했다. 왜냐하면 섹스가 끝난 뒤 그녀의 몸에서 떨어져 숨을 몰아쉬는 내게 그녀가 『24번 어금니로 남은 사랑』에는 내가 오해하는 부분이 있다는 걸 아느냐고 물었기 때문이었다. 그녀의 얘기인즉슨, 내가 24번 어금니를 왼손에 들고 계단을 내려가는 동안, 그녀는 아무리 손님이 원한다고 하더라도 멀쩡한 이를 뽑는 건 잘못된 일이 아니냐고 의사에게 따졌다는 것이다. 그러자 의사는 빙그레 웃으면서 '마취도 하지 않고 이를 뽑았는데도 아프다고 소리치기는커녕 이마를 찌푸리지도 않았다면, 그건 무엇을 뜻하는 것 같으냐?'고 되물었다. 너무 고통이 크기 때문인가요? 그녀가 순진하게 묻자, 의사는 '그건 멀쩡한 이가 아니라는 증거지'라고 말했다. 뽑고 보니 그 이는 뿌리부터 썩어 있었어. 그러니까 하나도 안 아팠던 거야. 그 말을 듣는 순간, 나는 내가 쓴 『24번 어금니로 남은 사랑』은 물론이거니와 어쩌면 나의 연애 전체가 거대한 환상에 기초하고 있을지도 모른다는 생각이 들었다. 연애가 거대한 환상이었다면 그 연애의 종말이 낳은 고통 역시 거대한 환상일 수 있었다. 정신이 번쩍 든 나는 자리에서 일어나 책상에 앉았다. 책상 위에는 그녀가 사온 한 다스의 볼펜이 고스란히 남아 있었는데, 그중에는 파란색 볼펜도 있었다. 나는 그 파란색 볼펜을 집어들고 내 작품이 실린 『현대문학』을 펼쳤다. 밤새도록 그렇게 앉아서 나는 단 한 줄의 파란색 문장도 쓰지 못했다. 다음날 새벽, 나는 짐을 챙겨 도망치듯 그녀의 집을 빠져나왔다. 동이 트는 새벽 하늘이 파랬다. 그 파란 하늘에서 빗방울이 하나둘 떨어지고 있었다."

정대원씨가 보낸 원고를 읽은 그 다음다음날, 그러니까 월요일이 되어 나는 해가 저물도록 망설이고 또 망설이다가 아무래도 한번은 가봐야만 할 것 같아서 1000번 광역버스를 타고 시민분향소가 마련됐다는 대한문으로 향했다. 오랜만에 그 버스를 타니 만감이 교차했다. 돌이켜보면 그해 봄은 어찌나 속절없이 지나갔는지. 처음에 아내에게 혼자서도 얼마든지 갔다 올 수 있다고 큰소리를 치며 그 버스를 타고 통원하기 시작할 때까지만 해도 아침저녁으로 맨살에 와 닿는 바람이 좀 차다는 생각도 들었다. 하지만 벚꽃이 만개할 즈음이 되자 공기는 따뜻해졌고, 치료 초기의 씩씩함이 말끔하게 사라진 대신에 내게 남은 건 무기력, 오직 무기력뿐이었다. 그러다가 '나는 단테다, 나는 단테다'라고 읊조리며 온몸으로 비비적거리면서 고통의 가장 어두운 밑바닥에서 빠져나오니 어느 틈엔가 그 많던 봄꽃들의 시절도 가뭇없이 떠나가고 내 인생에서 가장 뜨거운 여름이 시작됐다. 서오릉을 지나는 버스 안에서 나는 정대원씨가 내게 보낸 원고의 마지막 부분을 떠올렸다. 거기서 그는 "사람들은 우산을 받쳐들고 비 내리는 새벽 서리를 걸어가고 있었다"라고 썼다. "골목을 빠져나오자, 시내버스가 다니는 큰길이 나왔다. 비를 맞으며 정신없이 시내 쪽으로 걸어가다보니 빗줄기가 굵어지기 시작했다. 우산이 없어 창경원 앞까지 걸어가자 온몸이 다 젖어버렸다. 잠시 비를 피해야겠다는 생각으로 나는 홍화문 처마 밑으로 뛰어갔다. 비 오는 날이라 그랬는지, 아니면 그날따라 그런 것인지 지키는 사람은 보이지 않는데 문이 열려 있었다. 한 20분 정도 거기 처마 밑에 서 있었을까? 빗줄기가 가늘어지기 시작했다. 나는 오가는 차들과 행인들을 바라보다가 이쯤이면 다시 걸어갈 수 있을 것 같다고 생각했다. 그런데 내 발이 움직인 방향은 뜻밖에도 창경원 안이었다. 그 시절에는 창경원에 동물원과 놀이시설이 있었는데, 비 오는 새벽이라 황폐한 느낌이 들 정도로 적막했다. 케이블카는 멈춰 서 있었고, 오가는 사람도 보이지 않았다. 나는 동물원 안으로 들어갔다. 나는 낙타와 꽃사슴과 들창코원숭이와 공작새를 봤다. 동물들은 저마다 처마 밑이나 나무 아래에서 이제는 이슬비가 된 새벽비를 바라보고 있었다. 들리는 것은 빗소리뿐이었다. 다시 말하자면, 어느 동물도 울지 않았다. 그저 침묵뿐이었다. 관람로를 따라서 걸어가다가 나는 그때까지도 오른손에 파란색 볼펜을 들고 있다는 사실을 깨달았다. 이 파란색 볼펜으로 내가 쓸 수 있는 것은 어떤 문장들일까? 그건 비 내리는 새벽, 아무도 없는 동물원을 가득 메운 침묵 같은 문장들일 것이다. 그날 동물원을 한 바퀴 돌아 다시 홍화문을 빠져나온 이후로 나는 단 한 줄의 소설도 쓰지 않았다. 그로부터 33년이 지나 조직검사 결과 가슴 엑스레이에 찍힌 작고 하얀 구멍이 암세포라는 확진을 받기 전까지 말이다. 그 구멍은 검은색 볼펜으로도, 빨간색 볼펜으로도 쓸 수 없는 비현실의 실체였다." 그 구멍이 자신 안에 있다는 사실을 부정하는 고독의 시간을 보내고 난 뒤, 그는 그 작고 둥근 하얀색 구멍을 비현실 그대로 받아들였다.

광화문에서 하차해서 덕수궁 쪽으로 걸었다. 전경버스가 줄지어 서 있어 바로 옆의 세종로가 보이지 않았다. 모퉁이마다 무장을 한 전투경찰들이 모여 시위하고 있었다. 그럼에도 보도를 오가는 행인들은 평소보다 배는 많아 흡사 축제의 저녁 같은 분위기였다. 인파에 밀려 대한문까지 휩쓸려가니 불을 환하게 밝힌 분향소가 나왔다. 도로 쪽으로 설치한 천막 안에는 조화와 음식과 향로를 올려둔 제단이 설치돼 있었다. 제단 위에는 전직 대통령의 초상화가 세워져 있었고, 마지막 순간에 경호원에게 담배 한 대가 있느냐고 물었다던 보도 때문인지 한쪽에는 불 붙인 담배들이 즐비하게 놓여 있었다. 한 번에 열 명 정도가 제단 앞에 깔아놓은 비닐 위에 올라가 조문을 하는데도 대기하는 줄이 길었다. 덕수궁 돌담길을 따라 길게 늘어선 줄의 끝을 찾아 나는 걸었다. 걸어가는 동안 나는 노란색 가로등 불빛 아래에서 젊은이와 늙은이가, 남자와 여자가, 어른과 아이가, 직장인과 부랑자가 자기 차례를 기다리며 담장 아래에 줄지어 서 있는 광경을 봤다. 그들은 하나같이 어떤 표정을 짓고 있었는데, 그건 슬퍼하는 표정도, 비통해하는 표정도 아닌, 뭐라고 표현하기 힘든 표정이었다. 나는 그 줄의 맨끝에 가서 섰다. 내 앞에는 검은 블라우스를 입은 젊은 여자가 서 있었다. 블라우스에 주름이 하나도 보이지 않는 것으로 봐서 조문 때문에 입고 나온 상복이라는 걸 알 수 있었다. 10여 분을 기다린 끝에, 내내 말없이 오른손으로 눈물을 닦으며 서 있던 그 여자 옆에 나란히 서서 죽은 대통령의 초상을 바라봤다. 그의 얼굴을 보는데 이상한 기분이 들었다. 그건 마치 소화기내과 전문의에게서 "암입니다"라는 말을 들었을 때처럼, 어떤 불가해한 비현실 앞에 서 있는 듯한 기분이었다. 난 아마 섭섭한 표정이었을 것이다. 그리고 불가해하고 비현실적이니 아무런 근거도 찾을 수 없는 슬픔, 거대한 슬픔이 다시 한 번 내 몸을 휩쓸고 지나갔다. 두 번의 절을 마친 뒤 신발을 신으려고 허리를 숙이는 순간, 그 젊은 여자와 눈이 마주쳤다. 그녀는 여전히 울고 있었다. 다시 1000번 버스를 타려고 돌아가다가 나는 덕수궁 담벼락 아래에서 조문하러 갈 때는 보지 못했던 목판들이 서 있는 걸 봤다. 목판에는 여러 글귀들이 새겨져 있었다. '民生受福 國祖愛心' 같은 한문 글귀도 있었고, '우리 사랑 서로 귀히 여겨 참사랑 실천하는 한민족 조국이어라' 같은 한글 글귀도 있었다. 또다른 목판에는 '옛날 일들일랑 모두 다 잊으시고 잘난 체 자랑일랑 하지를 마소. 우리들의 시대는 다 지나갔으니 아무리 버티려고 애를 써봐도 이 몸이 마음대로 되지를 않소. 그대는 훌륭해. 나는 틀렸어. 그러한 마음으로 지내시구려'*라고도, 또 '나는 다시 옛날 꿈을 꾸네. 5월의 어느 밤이었네. 우리는 보리수 아래 앉아 영원히 변치 말자 맹세했네. 우리는 맹세하고 또 맹세했네. 웃고, 애무하고, 키스했네. 우리의 맹세를 잊지 말라고 너는 내 손을 깨물었지. 오 해맑은 눈동자의 내 사랑아! 오 잘 물어뜯는 어여쁜 내 사랑아! 맹세는 제대로 된 것이었지만, 물어뜯는 것은 쓸데없는 짓이었네'**라

---

* 덕수궁 앞에서 서각을 하는 조규현씨의 작품에서 인용.
** 하이네의 「서정적 간주곡」 제52편에서 인용.

고도 새겨져 있었다. 다시 동화면세점 앞으로 걸어가면서 나는 방금 본 그 글귀를 읊조렸다. 물어뜯지만 않았어도! 물어뜯지만 않았어도! 그리고 대한문 앞에서 헤어진 그 젊은 여자의 눈물과 정대원 씨가 끝끝내 쓰지 못했다던 파란색 문장들을 생각했다. 그녀에게 잘 가라는 작별인사라도 할 것을…… 뜬금없이 그런 후회가 밀려왔다. 하지만 걸음을 멈추거나 돌아서는 일 없이, 나는 계속 5월의 밤을 향해 걸어갔다.

동욱

그 불이 처음 타오르기 시작한 건 경찰서로 가서 그 아이를 만났을 때였다. 동욱은 너무나 태평한 얼굴로, 마치 실컷 늦잠을 자고 일어난 일요일 아침의 소년처럼, 만사 귀찮다는 듯한 표정으로 경찰서 면회실로 들어왔다. 거기까지 찾아오게 해서 미안하다는 듯, 나를 보고는 쑥스럽게 웃기까지 했다. 세 사람이나 죽음으로 몰고 산 연쇄 방화범이라고 하기에는 너무나 평범한 태도였다. 동욱의 얼굴에는 죄책감은커녕 죄책감의 시늉도, 흉내도 없었다. 중학교 교사가 된 뒤부터 늘 느껴왔지만, 나는 아이들의 그런 미성숙이, 순진이, 동심이 무서웠다. 교단에서도 몇 번 말했지만, 사춘기가 지나도록 미성숙하고 순진하고 동심에 가득 찬 건 결코 좋은 일이 아니라고 생각한다. 좋지 않은 일. 나쁜 일. 바로 이런 일. 의무감 때문에 찾아온 담임을 난처하게 만드는 일. 나는 그 아이를 가만히 보고 있다가, 한참을 그렇게 바라보고 있다가, 도무지 어떻게 해야 좋을지 알 수가 없어서 그냥 그 아이를 안아버렸다. 이런 상황에서 담임과 학생이라는 우리의 관계가, 그 아무짝에도 소용없는 인연이, 그리고 순진한 태도 앞에서 어쩌지 못하는 나의 초라함과 무능함이, 아니, 그보다는 거기까지 찾아갔으니 그 아이에게 무슨 말이라도 건네야만 한다는 부담감이, 그것도 아니라면 그냥 그 아이 앞에서 아무것도 할 수 없는 나의 두 손이 어색했던 모양이라고 혼자 생각했다. 우리 아무 말도 하지 말자. 잠시 이렇게 안고 있을 테니까 조금 있다가 그냥 유치장으로 돌아가. 아무 말도 하지 말고, 사람이 죽을 줄 몰랐다는 말도 하지 말고, 선생님 잘못했어요, 라고도 하지 말고. 하지만 그런 나의 바람과는 달리, 입술 사이로 피식 소리를 내는가 싶더니 동욱은 뭐라고 말하기 시작했다. 몸을 떨어대면서, 내 품으로 너 파고들면서, 입으로는 뭐라고, 뭐라고, 하지만 내 귀에는 그저 악악대는 비명으로밖에는 해석되지 않는 소리를 내며. 나는 그런 동욱이 불편해서 견딜 수가 없으면서도 안은 두 팔을 풀지도 못했다.

정말 조용한 애였는데, 왜 그랬을까? 벽을 보고 누워 나는 중얼거렸다. 그 나이 때에는 조용하다는 게 더 위험한 거야. 걔한테는 이제 모르고 살면 좋을 일들이 수없이 벌어지겠구나. 어둠 속에서 남편이 졸린 목소리로 대꾸했다. 나는 문득 그 나이 때의 남편이 궁금해졌다. 어린 그의 마음속에도 불꽃 같은 게 있었을까? 당신은 어땠어? 여전히 남편에게 등을 돌린 채, 내가 물었다. 남편은 글쎄……라고 하더니 잠시 말이 없었다. 마치 그 말을 마지막으로 잠든 사람처럼. 나는 혼자서 열다섯 살이나 열여섯 살 무렵의 남편이 어땠을까 생각했다. 중학교 3학년 까까머리 시절의 남편을 상상하는 건 그다지 어렵지 않았다. 작은방의 서가 위에서 먼지만 뒤집어쓰고 있는 앨범을 들춰보기만 하면 되니까. 뒷면에 후지나 코닥 같은 상표가 인쇄된 컬러사진들이었지만, 어쩐지 그 색채들은 비현실적으로, 아니 더 정확하게 표현하자면 빛바랜 시절의 풍경처럼 느껴졌다. 디지털카메라나 스마트폰에 저장된 영상이 아니라 인화된 옛 사진들을 볼 때마다 나는 이제 20세기가 우리에게서 꽤 멀어졌구나 싶어서 새삼 아쉬웠다. 중학교 1학년 여름방학이 시작되기 얼마 전이었는데, 장마가 막 끝나고 무더위가 시작된 날이었어. 그때 남편이 다시 말하기 시작했다. 수업이 끝나 친구들과 자전거를 타고 집으로 가고 있는데, 어떤 애가 뒤에서 나를 따라잡더니 우리 철교 가볼래, 라고 말하더라구. 고개를 돌렸더니 그애였지. 누구? 당신은 몰라. 그런 애가 있었어. 어쨌든 그래서 충동적으로 수영한 일이 있었어. 동욱이라는 애 얘기를 들으니까 그 일이 생각나네. 충동적으로? 그건 무슨 뜻이야? 내가 물었다. 학교에서 집으로 가는 길에 작은 강이 있는데, 그 위로 경부선 철교가 놓여 있어. 거기 아래가 시내 쪽에서는 수심이 가장 깊은 곳이었어. 대여섯 명 정도가 앞서거니 뒤서거니 자전거를 타고 거기로 갔지. 철교 아래까지 갔더니 수영을 하자는 거야. 수영복도 없는데? 그랬더니 사내애들끼리 꼬추 내놓고 하면 되지, 그래. 난 수영도 못 하는데? 그 말은 차마 하지 못했어. 다들 옷을 벗기 시작했거든. 나만 꽁무니를 뺄 수는 없었지. 철교로 가자고 말했던 그애가 제일 먼저 물속으로 뛰어들었어. 멋지게 다이빙을 해서. 그러더니 우리에게 들어오라고 손짓을 했지. 두번째 애가 들어갔고, 그다음에는 내 차례였어. 나는 다이빙 같은 건 할 수 없으니까 그냥 첨벙 뛰어들었어. 물이 얼마나 차가웠던지! 당장이라도 얼어죽을 것 같았지만, 꾹 참았지. 괜찮지? 라고 물어서 괜찮아, 라고 대답했어. 목덜미까지 물속에 잠기기는 했지만 힘들지는 않았어. 그러다가 네번째 애가 뛰어들었고, 나는 뒤로 물러섰는데 갑자기 발밑이 푹 꺼지는 듯한 느낌이 들었어. 나는 팔다리를 버둥거렸지. 그럴수록 몸은 점점 물속으로 가라앉았어. 얼마나 걸렸을까? 몇 초 안 걸렸을 거야. 내 몸이 완전히 물속에 빠질 때까지는. 그런데 내게는 무척 긴 시간이었지. 내가 허우적대는 줄도 모르고, 아이들은 소리를 지르고, 물장구를 치고, 첨벙대고. 그런 풍경이 필름이 끊어진 극장 스크린처럼 멀어지는가 싶더니 코와 입안으로 물이 들어왔고, 그다음은 완전히 캄캄한 공포뿐이었어. 그리고, 그건 끝이 아니라 시작이었지. 이제 그애에게도 그렇겠구나. 나는 몸을 돌려 그를 쳐다봤다. 어둠 속 남편의 얼굴은 잘 보이지 않았다. 나는 손을 뻗어 그 얼굴을 한

번 만져본 뒤, 그를 끌어안았다.

  Pyromania. 방화광放火狂. 변태적 심리로 아무데나 함부로 불을 지르는 버릇이 있는 미친 사람. 경찰은 2012년 12월 3일부터 2013년 1월 25일까지 뉴타운 예정지인 재개발 지역에서 일어난 12건의 크고 작은 연쇄 방화사건을 모두 방화광인 그 아이가 저질렀다고 분석했다. 작년 12월 3일이라면, 2학년 기말시험이 치러지던 날이었다. 시험기간에 그런 일을 저지를 아이가 아니라고 말하면, 경찰은 아마도 시험 스트레스를 이기지 못해서 방화를 저질렀다고 반박할지도 모르겠다. 이럴 때는 그 아이의 기말시험 성적이 그래도 괜찮았다는 사실도 별로 도움이 되지 못한다. 어머니가 가출한 뒤 할머니에게 맡겨진 조손가정 출신임에도 불구하고 별다른 말썽 없이 교실에 있는 듯 없는 듯 묵묵히 학교를 다녔다고 말하면, 경찰은 부모 없이 자란 불우한 성장 배경과 가난한 가정 환경과 고민을 털어놓을 친구도 없는 고독한 생활 때문에 불을 지른 것이라고 말하겠지. 그 아이가 이룬 모든 성취는 이제 범죄의 이유가 될 뿐이었다. 중학생이 밖에서 자물쇠를 걸어 문을 잠근 뒤, 세 사람의 부랑자가 자는 빈집에 불을 지른 사건이라는 선정성 때문에 기자들이 몰려들었고, 경찰서장이 직접 브리핑을 했다. 연쇄 방화범은 죄책감을 느끼지 못하는 게 특징입니다. 불을 지른 뒤, 직접 소방서에 신고하는 경우가 많습니다. 심지어는 신고하고 나서 불을 지르는 경우도 있지요. 119 기록에는 2012년 12월에만 정동욱이 세 번이나 화재 신고를 했다고 나와 있습니다. 시간을 보면 자정을 넘긴 시간부터 새벽 4시까지인데, 평범한 중학생이었다면 이 시간에 한창 잠자고 있지 화재 신고를 하고 있을 리가 없겠죠. 정동욱은 소방차가 도착하기 전에 불을 끄고 있기도 했습니다. 현장을 떠나지 않는 방화광의 일반적인 패턴입니다. 처음에는 쓰레기를 모아서 태우지만 그다음에는 자전거를 태우고, 그다음에는 자동차를 태우고, 그다음에는 빈집을 태우고, 마지막으로 사람이 사는 집을 태우게 됩니다. 질문 있습니까? 범행 순간을 담은 CCTV 화면은 있습니까? 저희가 확보한 CCTV 화면은 없습니다. 재개발 예정지라 카메라 자체가 많지 않습니다. 대신에 화재 신고를 받고 출동한 소방관이 찍은 동영상에는 정동욱이 등장합니다. 그럼 이제 어떻게 정동욱의 연쇄 방화 혐의를 밝혀냈는지 형사과장이 브리핑을 하겠습니다. 네, 형사과장입니다. 과학수사센터에 피의자의 지리적 프로파일링 분석을 의뢰한 결과, 정동욱의 거주지가 유의미한 범위 안에 들어 있다는 결과가 나왔습니다. 연쇄 방화가 일어난 현장을 표시한 지도를 보면, 이 파란색 동심원들은 각각 정동욱의 실제 거주지에서 반경 750미터, 반경 1킬로미터, 반경 2킬로미터, 반경 3킬로미터를 나타내는데…… 나는 텔레비전을 꺼버렸다. 불행하게도 동욱은 1998년 12월생이었다. 현주건조물 방화치사죄로 검거됐을 때 그 아이는 막 만 14세가 됐다. 인터넷 검색창에 현주건조물 방화치사죄를 입력해본 뒤에야 나는 그게 바닥을 짐작할 수 없을 만큼 깊은 심연 속으로 뛰어드는 일과 비슷하다는 사실을 깨달았다. 이제 형법상 미성년자가 아닌 동욱이 마침내 디디게 될 바닥은 사형, 무기 또는 7년 이상의 징역형이다. 탕탕탕. 그 바닥을 확인할 때까지는 완전한 공포만이 기다리고 있을 뿐이리라.

 겨울방학이 끝날 즈음이 되자 뉴스에서는 동욱의 사건이 더이상 보도되지 않았다. 개학한 교실에는 빈자리가 하나 생겼으나, 원래부터 그 자리는 비어 있었다는 듯, 아이들의 일상은 전과 다르지 않았다. 나는 하루에도 몇 번씩 빨리 봄방학이 시작되었으면, 날이 따뜻해졌으면, 꽃이 피었으면 좋겠다고 중얼거렸다. 그러나 나의 바람이 무색하게도 2월이 되자 폭설이 쏟아졌고, 그 폭설은 몇 해 전 엄마가 죽어가던 2월을 떠올리게 했고, 그러자 내 안에서 그 시절의 슬픔이 고스란히 되살아났다. 당신, 그거 알아? 작년이었나, 남편이 그렇게 말했던 게 기억났다. 장모님 돌아가신 뒤부터는 겨울만 되면 사람이 달라진다는 거. 어떻게? 좀 신경을 딜 쓰지. 무엇에? 다른 사람들한테 말이야. 나나 지연이나. 그냥 자기만 생각하는 사람 같아. 물론 장모님 때문이라고 생각하려고 하지만. 난 아무 생각 안 하는데? 아무 생각을 안 한다는 게 문제라니까. 생각을 좀 하란 말이지. 무슨 생각을? 진심으로 나는 물었다. 됐다. 됐다. 나는 그 말을 혼자서 읊조렸다. 폭설이 내리고 그 다음날, 집으로 돌아가는 길에 얼어붙은 도로 위에서 두 건의 교통사고를 목격하고는 더이상 운전할 자신이 없어진 나는 가까운 골목으로 들어가 차를 세웠다. 무작정 정차하고 나니 바로 옆이 커피숍이었다. 문득 얼마 전에 책에서 읽은 문장이 떠올랐다. 카페로 가라. 되도록이면 자주 찾는 카페는 피하라. 그러고는 자리에 앉아서 고통스러울 만큼 정직한 말을 써라. 다 쓰고 나면 종이를 찢어 쓰레기통에 버려라. 그것으로 끝이다.* 책에는 그렇게 쓰여 있었다. 커피숍의 구석 자리에 앉아서 나는 노트에다가 또박또박 썼다. 구속영장이 발부되고, 동욱이 구치소로 이감된 뒤, 교무회의 시간, 교장은 나더러 자리에서, 일어나라, 고, 하더니, 동욱이 마지막 화재를 일으키기 2주일 전에, 무슨 일이 일어났는지, 아느냐, 고, 물었다. 나는 모르겠다, 고, 대답했다. 담임이 왜 그런 것도, 모르느냐, 고, 다시 교장이 내게 물었다. 나는 대꾸하지 않았다. 사건이 일어나기 2주일 전에, 동욱의 할머니가 죽었다, 는, 사실을 정말 몰랐느냐, 고, 교장이 다시 내게 물었다. 나는 몰랐다, 나는 몰랐다, 나는 몰랐다, 하지만, 몰랐다, 고, 말하지 않았다. 대신에 내가 그걸 알았다, 고 한들, 무엇이 달라질 수 있었겠는가, 라고, 말했다. 교장은 나더러 자리에 앉으라, 고, 말했다. 그러더니 다시 일어서라, 고, 말했다. 내가 일어서자 교장은 다시 내게 앉으라, 고, 말했다. 나는 다시 앉았다.

---

* 론 마라스크·브라이언 셔프, 『슬픔의 위안』, 김명숙 옮김, 현암사, 90쪽.

나는 앉아서 계속 썼다. 동욱은 닷새 동안 안방에 할머니의 시신을 눕혀놓은 채, 자기 방에서 밥을 먹고 공부를 했다. 나흘째 사회복지사가 동욱의 집에 들렀다가, 별다른 내색이 없어 그냥 돌아갔다가는 잘 걷지도 못하던 할머니가 보이지 않는 게 아무래도 마음에 걸려서 다음날 다시 동욱의 집으로 찾아갔다. 안방 문을 열었을 때, 할머니는 냉동고처럼 차가운 방에 반듯하게 누워 있었다. 사망진단서에는 사인이 당뇨와 고혈압 등 지병 악화로 인한 쇼크사라고 적혀 있었다. 나는 동욱의 인생에 남은 겨울이 몇 번일까 생각했다. 수십 번은 더 찾아오겠지. 아마도 수십 번의 겨울을 보내는 동안, 동욱은 생각 같은 건 하지도 않겠지. 나는 볼펜을 내려놓고 노트를 뜯어낸 뒤, 몇 번에 걸쳐서 찢었다. 그러고선 쟁반에 있는 종이컵에다가 그 종잇조각들을 넣은 뒤, 컵째 쓰레기통에 버리고 커피숍에서 나왔다. 그러나 남편의 말이 옳았다. 그것으로 끝일 수는 없었다.

겨울이 가기 전에, 응달에 쌓인 눈들이 모두 녹아내리기 전에, 봄방학이 시작되기 전에, 그러니까 아이들이 3학년으로 올라가 저마다 다른 반으로 흩어지기 전에 탄원서를 작성해야만 했다. 그래야 적어도 2학년 9반 급우 일동 명의의 탄원서를 판사에게 제출할 수 있었다. 반장을 교무실로 불러 인터넷을 검색해서 만든 탄원서 초안을 건네며 취지를 설명했다. 탄원서를 들여다보기만 하던 반장에게 지금 가서 학급회의를 열고 어떻게 할 것인지 다 같이 토론한 뒤에 그 결과를 알려달라고 한번 더 말했다. 떨떠름한 표정으로 반장은 교무실에서 나갔다. 경찰서에서 동욱을 만나고 돌아온 밤, 남편에게서 들은 이야기가 아니었더라면 나 역시 먼저 탄원서를 쓸 생각은 하지 않았을 것이다. 나는 그 탄원서가 어둠 속에서 의지할 수 있는 작은 불빛 같은 것이 됐으면 하고 바랐다. 남편은 그 일이 자신에게는 잊을 수 없는 트라우마가 됐다고 말하면서도 어떻게 그 완벽한 공포 속에서 빠져나왔는지는 제대로 설명하지 못했다. 정신을 차려보니까 물속이 아니었고, 뜨거운 햇살 아래에 누워 있었다고 했다. 나는 그를 이해할 수 있었다. 그는 지금도 물을 두려워한다. 지연이가 태어난 뒤에도 우리에겐 강이나 바다로 피서를 간 적이 한 번도 없었다. 반대급부인지 그는 등산을 즐겼다. 그러다가 중학교 3학년 여름방학 때 딱 한 번 서기 철교 밑으로 갔었지, 라고 한참 뒤에야 남편이 말했다. 나는 설핏 잠들었다가 깼다. 왜 갔어, 라고 내가 물었다. 야간자습이 끝난 뒤에 자전거를 타고 집으로 돌아가고 있는데, 뒤에서 자전거 한 대가 따라붙었어, 라고 그가 말했다. 같은 반은 아니지만, 아는 애였어. 1학년 때 같은 반이었지. 그러니까 그때 같이 벌거벗고 물놀이를 했던 애들 중의 하나였어. 그때만 해도 착했는데, 2년이 지나는 동안 그애는 완전히 달라졌지. 우리 학교에는 고아원 애들이 다녔는데, 처음에는 그 아이들에게 시달리느라, 그다음 2학년 때는 갑자기 키가 커지면서 그 아이들과 싸우느라. 그러면서 나와는 점점 멀어졌고. 1학년 때만 해도, 그러니까 그 일이 일어나고 나서부터 우리는 매일 붙어다니던 단짝이었지만. 그애가 내 이름을 부르며 다가왔어. 그러더니 우리 철교 가볼래? 라고 물었어, 라고 그가 말했다. 가기 싫었겠네, 라고 내가 말했다. 아니, 라고 남편이 말했다. 이제는 한번 가볼 때도 됐다는 생각이 들었어, 라고 그가 말했다. 나는 눈을 뜨고 어둠 속에서 어렴풋하게 보이는 그의 얼굴을 바라봤다. 그날 남편에게 다가온 그애에게는 늘 붙어다니는 친구들이 있었다. 요즘 말로 하자면, 일진들. 다른 학교 패거리들과 싸움을 일삼고 다니는 그런 애들. 2년 전처럼 대여섯 명의 아이들이 자전거를 타고 어두운 도로를 질주했다. 시내로 들어가는 다리를 건너자마자 왼쪽 둑방길로 꺾은 뒤 벽돌공장을 지나면 철교가 보였다. 그 길은 농로로 쓰이는 시멘트도로라 드문드문 서 있는 전신주에만 오렌지빛 보안등이 켜져 있을 뿐, 어두운 곳이 많았다. 바닥이 파인 곳을 지날 때면 당장이라두 펑크가 날 것처럼 앞바퀴에서 큰 소리가 났다. 철교가 있는 곳에 이르러 길은 그 밑으로 내려갔다가 다시 위로 올라갔다. 아이들은 철교 아래까지 내려간 뒤에야 자전거를 멈췄다. 비가 많이 내리면 철교 아래 그 공터는 불어난 강물에 잠기지만, 그래서 남편의 기억 속에서 거긴 잠겨 있었지만, 그때는 가을이어서 그럴 일이 없었다. 아이들은 자전거를 한쪽에 세웠다. 이윽고 어둠 속에서 아이들이 하나둘 불을 밝히기 시작했다. 라이터 불빛이었다. 그제야 남편은 그 아이들이 담배를 피우려고 거기까지 간 것임을 깨달았다. 막상 거기까지 가서 검은 강을 보니 겁이 덜컥 났다. 한 대 피울래? 여기까지 왔는데 향이라도 피워야지? 남편에게 철교에 가보자고 말했던 친구의 목소리였다. 그는 불빛들을 향해 싫다고 대답했다. 그러자 어둠 속에서 아이들이 껄껄 웃었다. 아이들이 입에 문 담뱃불들이 웃음소리에 흔들렸다. 그 어둠 속에서, 강물은 계속 흘렀으리라. 하지만 남편은 강 쪽을 바라볼 엄두도 내지 못한 채, 어둠 속의, 커졌다가 작아졌다가, 또 아래로 내려갔다가 다시 위로 솟구치는, 빨간 불빛들만 바라볼 뿐이었다. 눈물이 날 것만 같은 밤이었다, 고 남편은 말했다. 그 밤을, 그리고 그 불빛들을 생각했지만, 하지만 나는 여전히 잘 알지 못했다. 왜 눈물이 날 것만 같은 밤이어야 하는지. 마찬가지로 나는 30여 분이 지난 뒤에 교무실로 찾아온 반장이 토론 결과 자기들은 탄원서를 쓰지 않기로 결정했다고 말했을 때도 도대체 그게 무슨 말인지 쉽게 알아들을 수 없었다.

상담실은 2학년 교실들의 맨 끝에 있었다. 대개 평상시에는 문이 잠겨 있었다. 오전수업뿐이어서 2학년 층의 복도는 고요했다. 나는 상담실에 앉아서 문이 열리기만을 기다렸다. 이윽고 번호순으로 아이들이 한 명씩 문을 열고 들어왔다. 집에 가지 못해서, 점심을 먹지 못해서, 내가 왜 이렇게 예민하게 구는지 알지 못해서, 그것도 아니라면 내가 영원히 알 수 없을 어떤 이유로 다들 표정이

굳어 있었다. 한 명씩 앉혀놓고 왜 탄원서를 쓰지 않기로 결정했느
냐고 물었더니 대답들은 비슷했다. 자기들은 탄원서를 쓸 수 없다
는, 그런 부정의 말들. 탄원서를 쓰지 말라고 누가 시키더냐고 물
으면 그렇지 않다고, 의아할 정도로 강하게 부인하면서도, 그렇다
면 왜 탄원서를 쓰지 않기로 했느냐는 말에는 그저 자기들은 쓸 수
없다, 왜 써야만 하는 것인지 모르겠다, 그런 대답들뿐이었다. 다
섯번째 아이를 면담한 뒤에 나는 왼손으로 이마를 짚고는 그애에
게 가라고, 이제 더 안 와도 되니까, 다들 집에 가도 된다고 말한
뒤, 오른손을 내저었다. 그랬다가 다시 반장을 상담실로 보내라고
덧붙였다. 아이가 나가고, 문이 닫혔다. 나는 학급회의에서 그 아
이들이 어떤 얘기들을 나누었는지 무척 궁금했다. 경찰은 브리핑
에서 동욱의 연쇄 방화를 권총을 쏘는 일에 비유했다. 총구가 어디
를 향하고 있었든, 애당초 방아쇠가 제거되어 있었다면 총알은 발
사되지 않았을 겁니다. 내가 담당한 2학년 9반 아이들이 그 방아
쇠일지도 모른다고 생각하니 마음이 괴로워서 견딜 수가 없었다.
벽에 걸린 달력을 보며 봄방학까지 며칠이 남았는지 꼽아보니 앞
으로 사흘이었다. 10분이 지나도록 반장은 오지 않았다. 문을 계
속 바라보던 나는 아이들에게 버림받은 듯한, 좀더 구체적으로 말
하면 쓰레기장에서 이리저리 굴러다니는 듯한, 아주 더러운 느낌
을 받았다. 나는 고개를 숙였다. 그때 문이 열렸다. 나는 이마를 짚
은 그대로 고개만 들어서 들어오는 사람을 봤다. 처음 보는 여학생

이었다. 우리 학교 학생 같아 보이지 않았다. 아니, 어느 학교의 학생 같아 보이지도 않았다. 그냥 주말이면 얼굴에 떡칠을 하고 도심가의 어둠 속을 배회하는 가출소녀 같았다. 너의 집은 어디니, 라고 먼저 묻고 싶은. 넌 누구니? 내가 물었다. 동욱이 친구예요. 그 아이가 말했다. 동욱이 친구? 여자친구? 내가 물었다. 그 아이는 고개만 끄덕였다. 재권이가 여기로 가보라고 해서요. 김재권 말이니? 우리 반 반장? 다시 끄덕끄덕. 일단 거기 앉아봐. 나, 화장실에 좀 갔다 올게. 비틀거리며 나는 일어나 문을 열고 나왔다. 세면대 앞에 서서 나는 거울을 들여다봤다. 오른쪽 머리에 새치가 보여서 그걸 뽑았다. 뜨거운 물로 비누칠을 해가며 공들여 두 손을 씻고 느릿느릿 다시 상담실로 돌아갔다. 그때까지도 그 아이는 거기 앉아 있었다. 문을 닫고 맞은편에 앉으면서 내가 물었다. 너, 이름이 뭐니? 미니예요. 민희? 원래 민희가 맞는데, 미니라고 부르면 돼요. 너, 학교 안 다녀? 왜 그렇게 생각하세요? 동욱이 여자친구라고 해서요? 아니, 지금 하고 있는 차림새가 학생 같지가 않아서. 눈에 보이는 게 전부가 아니잖아요. 나는 미니를 가만히 쳐다봤다. 그런데 넌 왜 나를 만나러 온 거니? 저는 동욱이 할머니 죽었을 때 갔거든요. 선생님도, 반 친구들도 아무도 화장장에 안 왔잖아요. 다들 선생님도, 반 친구도 아니에요. 친구라고는 저밖에 없었어요. 저만 따라갔어요. 화장장까지. 질질 짜대는 소리 들으면서. 화장장이 그렇게 멀리 있는 줄 알았으면 안 따라가는 거였는데. 그래서?

내가 다시 물었다. 나도 모르게 목소리가 가라앉았다. 할머니가 돌아가셨으니까 동욱이는 이제 그 집에서 쫓겨날 거구, 어차피 갈 데도 없어요. 너한테 가면 되잖니? 넌 할머니 화장장까지도 따라갔던 여자친구잖아. 너네 집 있을 거 아니야? 그게…… 미니가 뭐라고 입을 열려다가 말을 다시 삼켰다. 나는 고개를 돌리고 창밖을 한번 내다본 뒤, 말했다. 잘 알겠으니 가봐라. 어쨌든 우리 반 학생의 일인데, 학교도 안 다니는 네가 마음을 써주고 시간을 내줬다니 고맙다고 말해야겠는데…… 그러자 침을 내뱉듯이 그애가 뇌까렸다. 동욱이는 교도소에 가는 게 차라리 잘된 건지도 몰라요. 무성의하고 무책임하고 형편없는 그 말들을 나는 더이상 견딜 수가 없었다. 교도소가 무슨 집 없는 애들 재워주는 하숙집인 줄 아니? 살인범이나 강간범 들이나 가는 곳이야. 사람이 죽었어, 애야. 죄 없는 사람들이 자그마치 세 명이나 죽었어. 동욱이가 불 지르고 다닐 때, 넌 왜 안 말렸니? 그걸 어떻게 말려요? 선생님이라면 말릴 수 있겠어요? 미니가 내게 반문했다. 나는 어이가 없어서, 하도 말이 안 되는 일이라서, 그 미성숙과 순진과 동심을 견딜 수가 없어서 분통이 터질 지경이었다.

그러나 다음 순간, 미니의 말 한마디에 미성숙과 순진과 동심은 모두 나의 차지가 되고 말았다. 그러고 보면 나는 얼마나 늦된 사람인가. 철교 아래 어둠 속, 친구들이 저마다 피워문 빨간 담뱃불이 1985년의 남편에게는 완전히 다른 의미였다는 사실을 그날 저녁에야 비로소 알게 된 것처럼. 그것도 모르면서 겨우 서너 페이지 분량으로 요약될 사진들만으로 그의 중학교 시절을 이해할 수 있는 것처럼 굴었다니. 차를 몰고 학교를 나가다가 어처구니없게도 교문에 조수석 문짝이 움푹 들어가도록 세게 부딪혔다. 소리가 크게 났고, 나는 비명을 질렀다. 하교하던 우리 반 애들이 그 모습을 목격했다. 나는 후진으로 기어를 바꾸고 차를 뒤로 뺀 뒤, 이번에는 회전반경을 크게 해서 우회전을 했다. 그때까지도 손이 덜덜덜 떨렸다. 아이들의 모습이 룸미러에 나타났다가 이내 사라졌다. 그 아이들은, 존경하는 재판장님, 피탄원인 정동욱은 할머니를 모시고 살아가는 불우한 환경 속에서도 늘 묵묵하게 맡은 바 일들을 성실하게 수행하던 우리의 평범한 친구였습니다. 우리 2학년 9반 급우 일동이 좀더 적극적으로 그 아이를 보듬었으면, 오늘 이런 끔찍한 일은 일어나지 않았으리라 생각하니 마음이 무겁습니다. 존경하는 재판장님, 동욱이는 앞으로 살아갈 날들이 너무나 많이 남은 청소년입니다. 한순간의 실수라기에는 너무나 큰 잘못을 저질렀습니다만, 존경하는 재판장님을 비롯한 사회 각계의 훌륭하신 분들이 깊은 아량으로 우리 친구의 허물을 덮어주시기를 바라 마지않으며, 다시 한번 같은 반 친구의 잘못을 저희가 대신 사죄하고 유가족들의 아픔이 치유되도록 최선의 노력을 다하겠습니다, 라고 하는, 인터넷에서 흔하게 검색할 수 있는 탄원서의 문장을 거부했다. 미니처럼 그 아이들은 동욱이 잘못한 게 하나도 없다고 생각해서였다. 마땅히 죽어야만 할 인간들이 죽었기 때문에 판사와 사회에 탄원할 게 하나도 없다는 게 그 아이들의 생각이었다. 당연히 나는 그 당당함을 이해할 수 없었다. 그간 중학교 선생질을 하면서 무수히 겪어온 아이들의 미성숙과 순진과 동심의 파도가 마침내 거대한 쓰나미처럼 나를 휩쓸고 지나가는 듯한 느낌이었다. 나는 차를 몰고 문구점과 춘천닭갈비와 베트남쌀국수와 인테리어점과 초록농장과 삼성르노자동차서비스센터가 있는 골목을 빠져나갔다. 거기서 작은 고개를 하나 넘은 뒤, 시의 북쪽으로 이어지는 고가도로 아래로 조금 가다가 오른쪽으로 빠지면 동욱과 할머니가 살던 동네로 올라가는 길이 나왔다. 언덕이 높아 오르막길의 경사는 30도는 족히 될 것 같았다. 다행히 눈이 녹았으니 망정이지, 안 그랬다면 내 차는 올라가지 못했으리라. 그 동네가 뉴타운으로 지정돼 재개발에 들어간다는 사실은 알고 있었지만, 나는 단 한 번도 동욱의 집에도, 동욱이 사는 동네에도 가본 적이 없었다. 나는 동욱의 동네보다 훨씬 아래쪽에 새로 조성된 아파트 단지에 실았는데, 거기서는 다른 동에 가려 그 언덕이 보이지 않았다. 언젠가 일요일에 고가도로를 타고 세 식구가 나들이에서 돌아오던 길에 무심코 고개를 돌렸다가 불빛들이 반짝이던 언덕을 본 일이 있었다. 거기가 바로 동욱이 살던 동네였다. 그때만 해도 아직 뉴타운으로 지정되기 전이었고, 그 언덕에만 만 명이 넘는 사람들이 살고 있었다. 그 많은 사람들은 모두 어디로 갔을까? 그 시절에 지연이는 아직 어렸고, 남편은 지금보다 훨씬 젊었으며, 나는 아직 예뻤다. 하지만 이제는 모든 게 달라졌다. 우리는 나이가 들었고, 세계는 점점 나빠지고, 그 동네는 폐허가 됐다. 이사갈 곳을 마련하지 못해 집을 비워주지 못하는 세입자들만이 그 폐허를 지키고 있었다.

그리고 2012년 12월 3일부터 깊은 밤이면 그 동네 빈집들에서 정체불명의 불길이 솟구치기 시작했다. 세입자들은 언제 그 불길이 자신의 집으로 옮겨붙을지 몰라 밤새 잠을 설쳐야만 했다. 그런 세입자들 중에 동욱과 할머니도 있었다. 신고를 받은 경찰들은 한참 늦게 도착해서 소방관들이 주변을 정리하는 걸 구경하다가 돌아갈 뿐이었어요. 미니가 말했다. 주민들이 용역들 짓이라고 해도 제대로 조사한 적은 한 번도 없었어요. 그런 경찰들이 동욱이를 잡아가서는 기자들 앞에서 연쇄 방화범이니 사이코패스니 떠들어대는 거예요. 미니의 목소리가 내 골을 울렸다. 관자놀이가 지끈거리며 아팠다. 그러면 그때 빈집에 있다가 갇혀서 불에 타 죽은 세 사람이 불을 지르고 다녔다는 거니? 미니는 입을 다물었다. 그건 저도 몰라요. 그 사람들이 불을 질렀는지, 그냥 노숙자들이었는데 동욱이가 착각했는지. 하지만 집 근처에 난 불을 끄다가 할머니가 돌아가신 건 맞아요. 어쨌든 동욱이는 자기 할 바를 한 거예요. 나는 맞은편에 앉은 아이를 가만히 쳐다봤다. 어떻게 하면 좋을까? 이 아이를 어떻게 하면 좋을까? 미니라고 했니? 내가 말했다. 미니야, 그렇다면 더구나 우리가 그런 사실을 탄원서에 담아 판사에게도 제출하고, 언론에도 알려서 진실을 밝혀야 하지 않겠니? 미니는 원망에 가득 찬 표정으로 나를 쳐다봤다. 진실을 밝힌다고 한들 달라질 게 뭐가 있나요? 미니가 말했다. 말씀하신 대로 죄 없는 사람들이 자그마치 세 명이나 죽었잖아요. 동욱이는 사형을 받을 거예요. 그런데 뭐가 달라지나요? 무기징역이면 조금 나아지는 건가요? 10년형이면 판사님, 고맙습니다, 라고 말하며 춤이라도 춰야 하나요? 맞아. 창밖으로 불길이 치솟은 자국이 그대로 남은 단층집 옆에 차를 세운 뒤, 골목을 따라 걸어가면서 나는 혼자 중얼거렸다. 맞아, 미니야. 무엇이 달라지겠니? 달라질 건 하나도 없어. 같이 살던 사람들은 모두 뿔뿔이 흩어지고 남은 집은 부서지고 또 불타버린 이 동네가 다시 예전으로, 불빛들이 반짝이던 언덕의 시절로 되돌아갈 수도 없는데. 하물며 탄원이라니. 폐허가 된 그 동네 앞에서 나는 무기력했다. 나의 이런 무기력 위에 뉴타운은, 신도시는, 새로운 세상은 건설될 터였다. 그날 저녁, 술에 취한 나는 무척 많이 슬펐다. 눈이 벌게지도록 콧물 눈물 다 짜내며 울었다. 동욱에게 내가 해줄 수 있는 게 아무것도 없었다. 예전에도 없었고, 지금도 없고, 앞으로도 없을 것이다. 내가 너무 많이 울고 너무 많이 미안해하자, 남편이 마음에 담아둔 이야기를 들려줬다. 다른 아이들과 마찬가지로 중학교를 졸업하고, 고등학교를 졸업하고, 고향을 떠나 서울에서 생활하기 시작하고, 나와 결혼하고 또 지연이를 낳고 사는 동안 단 한 번도, 그 누구에게도, 그러니까 내게도 말하지 않은 이야기를. 철교 밑 어둠 속, 검은 강에 등을 돌린 채 친구들의 담뱃불만을 응시하던 그 밤의 이야기를. 왜 그때 홀린 듯이 그 담뱃불 불빛만을 바라봤는지 알아? 왜? 차마 강을 볼 수가 없었기 때문이야. 아니, 내가 죽을 뻔한 강이어서가 아니라 아마도 살아 있었다면 나처럼 중학교를 졸업하고, 고등학교를 졸업하고, 또 결혼하고 아이도 낳았을 친구가 거기에, 그 강에, 나 대신에, 나를 구하려다가 빠져 죽었기 때문에. 그로부터 2년이 지난 그 밤에 나는 용서해달라는 말을 하려고 거기까지 애들을 따라간 거였는데, 철교 아래까지 가서야 나는 일방적으로 용서받을 수 있을 뿐, 내게는 용서해달라고 간청할 자격 자체가 없다는 걸 알게 되었어. 그래서 나는 강을 등지고 서 있었던 거야. 그래서 내가 볼 수 있는 게 그 담배 불빛들뿐이었던 거야. 커졌다가 작아졌다가, 또 위로 솟구쳤다가 아래로 떨어지는, 빨간 불빛들. 남편이 무덤덤한 목소리로 말했다.

구치소에서 접견신청서에 이름과 주민등록번호와 주소를 적다가 관계란에서 펜을 멈췄다. 마침내 봄이 찾아왔고, 새학기가 시작됐고, 세상의 모든 중학교 2학년들은 3학년이 됐고, 동욱은 퇴학당했으며, 내가 담임을 맡기로 한 반은 다른 교사에게 재배정됐다.

이제 우리는 어떤 관계도 아니었다. 나는 뭐라고 쓸까 고민하다가 친구라고 적었다. 그저 잘 모르는 사람들끼리 맺을 수 있는 유일한 관계. 접견신청서를 접수하던 창구 직원이 나를 보더니 무슨 친구냐고 한번 더 물었다. 나는 얼마 전까지는 담임교사였다고 솔직하게 대답했다. 그럼 사제관계군요, 라고 말하더니 그는 내가 적은 친구라는 글자에 줄을 그었다. 그냥 놔두세요, 지금은 아니니까, 라고 내가 말했다. 학교 그만두신 건가요, 라고 그 직원이 또 물었다. 나는 대꾸 없이 웃으며 고개를 끄덕였다. 그만둔 건 내가 아니라 동욱이었지만, 어쨌든 학교를 그만둔 건 맞으니까. 면회 순서는 40회차였다. 30분 정도 시간이 남아서 나는 대기실로 갔다. 의자에 앉아서 케이블TV로 재방송되는 주말연속극을 보고 있으려니까 문득 신청서에서 본 관계라는 단어가 떠올랐고, 그렇다면 여기 모인 사람들은 모두 죄를 지은 사람과 어떤 식으로든 관계가 있다는 얘기겠구나, 하는 생각이 들었다. 4시가 되어 나는 40회차, 41회차 면회자들과 함께 12호 면회실로 들어갔다. 문을 열고 들어가서 기다리니 수의를 입은 동욱이 나왔다. 그때와 마찬가지로 동욱은 겸연쩍다는 듯 웃음을 지어 보였다. 우리 사이에는 투명한 벽이 있어 우리의 말들은 그 벽을 넘어가지 못했다. 교도관이 마이크를 켰다. 나는 이제는 뿔뿔이 흩어진 2학년 9반 아이들의 이름으로 탄원서를 작성해서 국회의원실과 법원에 제출했으니 너무 걱정 말라고 말했다. 어떻게 지내느냐니까 동욱은 반성문을 쓰고 있다고 말했다. 정말 반성하느냐고 묻자, 동욱은 아무렇지도 않은 표정으로 정말 반성한다고 말했다. 그럼 잘됐다, 고 내가 말했다. 아는 변호사에게 물어보니 너는 초범에 소년범이라 형이 줄어들 수도 있어 생각보다는 일찍 출소한다고 하더라, 라고 동욱에게 말했다. 생각보다 일찍이라면? 아마도 5년? 7년? 모르겠다. 어쨌든 변호사는, 소년범의 법정 최고형은 15년이니 그걸 그대로 받는다고 해도 서른 살 전에 나오는 건 분명하다고 말했다. 동욱은 너무나 평범한 열네 살의 얼굴을 하고 내 말을 들었다. 그러니 희망을 버리지 말고 교도관 선생님들 말씀도 잘 듣고 하던 공부도 계속……까지 말하는데 면회시간 10분이 지나고 마이크가 꺼졌다. 면회실에서 나온 뒤 나는 영치금으로 얼마를 넣을까 고민하다가 한쪽에 있는 컴퓨터로 재소자들에게 편지를 남길 수 있다는 사실을 알게 됐다. 나는 마이크가 꺼지지 않았다면 내가 무슨 말을 더 했을까 생각했다. 공부도 계속해서 검정고시도 치고, 또 대학도 가고, 출소한 뒤에는 직장도 구하고, 결혼도 하고, 아이도 낳고…… 그런 생각들 끝에 나는 어떤 불에 대한 생각에 이르게 됐다. 깊은 밤, 어둠 속에서 일렁이는, 어쩌면 속죄와 정화의 연소일지도 모를, 외로운 불. 이제 그 불은 내 안에서, 관계의 불이 되어, 나의 의사와는 무관하게 타오르고 있었다. 내가 죽는 순간까지도 그 불은 꺼지지 않으리라. 거기에 비하면 15년이란 얼마나 짧은 시간일까! 거기까지 생각했을 때, 컴퓨터 앞에 앉아 있던 사람이 일어섰다. 그리고 내가 주춤거리는 사이 다른 젊은 남자가 그 자리에 앉았다. 그때까지도 나는 15년이란 얼마나 짧은 시간일까, 생각하고 있었다.

우는 시늉을 하네

1

　통영에 한번 다녀가겠다고 영범이 전화하니, 윤경은 꽤나 반기는 눈치였다. 그도 그럴 것이 해마다 한두 번은 꼭 얼굴이라도 보겠다며 통영의 윤경 집에 들르던 영범의 발걸음이, 결혼하면서부터 차츰 줄어들기 시작했으니까. 영범의 아내로서는 가능하면 시어머니가 둘이나 되는 현실을 피하고 싶었던 게 분명했다. 그뒤로는 가끔씩 윤경의 책이 출판되거나 영범의 집에 대소사가 생길 때나 전화나 문자로 서로 안부를 주고받을 뿐이었다. 올 초, 영범의 아버지가 암으로 죽었을 때도 둘은 짧게 통화만 나눴다. 그 통화에서 윤경은 "네 아버지를 위해서 내가 기도를 할게"라고 말했다. '장례식에 안 오실 거예요?'라는 말이 목구멍까지 치밀었지만, 영범은 다시 삼켰다.

 아버지를 따라 통영까지 내려갔다가 엄마는 만나지도 못하고, 그냥 되돌아온 열네 살 이후, 영범은 사사건건 아버지와 충돌했다. 부모의 일방적인 결정으로 동급생들과는 전혀 다른 인생을 살게 됐다는 사실을 그가 받아들이는 데에만 중학교 3년이 다 허비됐다. 그 3년의 시간은 영범에게나 아버지에게나, 또 새엄마에게나 지옥의 나날이었다. 중학교 때 그는 세 번 가출했다. 세번째 가출했다가 다시 집으로 돌아왔을 때, 아버지는 영범을 윤경에게 보내겠다고 선언했다. 반항기가 가득한 눈으로 아버지를 쏘아보던 영범은 그 말에 무릎을 꿇고는 한 번만 용서해달라며 빌기 시작했다. 그뒤로는 사사건건 충돌하는 대신에 참고 참았다가 한 번에 모아서 터뜨리곤 했지만, 그나마도 대학생이 되어 서울로 유학가면서부터는 둘이 만날 시간 자체가 급격하게 줄었기 때문에 싸우려야 싸울 틈이 없었다.

 그러다가 작년부터 매일 아버지의 얼굴을 보게 되면서 마음속 깊이 묻어둔 그 기억들이 온전히 다시 떠올랐는데, 하지만 이상하기도 하지, 이제 영범은 그 시절 아버지의 마음을, 그 마음의 환하고 흐린 굴곡을, 모나고 둥근 모서리를, 그리고 이제는 보이지 않는 이면까지도 어쩐지 다 이해할 수 있을 것 같았다. 그런 영범이 아버지와 마지막으로 충돌한 건 고향의 의료원 병동에서 아버지가 죽기 1주일 전의 일이었다. 윤경에게 연락하겠다고 영범이 말하자,

몸을 일으키지도 못하고 누워 있던 아버지의 눈에 힘이 들어갔다. 아버지는 고개를 저으며 그러지 말라고 말했다. "그래도 인사는 하셔야지요"라고 영범이 말했다. '마지막으로'라는 말을 넣으려다가 빼고 한 말이었다. 아버지도 그 말을 뺀 채, "우리가 만날 이유가 없으니까 그 얘기는 그만하자"라고 대답했다. 그 말이 어찌나 못마땅한지, 그렇다면 자신이란 존재는 뭔지, 어쨌든 화가 나서 영범은 그냥 병실에서 나가버렸다. 그런 아버지였으니, 분명 장례식장에 자신이 싫다고 떠난 전처가 오는 걸 원했을 리도 없었다.

"근데 엄마, 옛날에 읽던 책들은 아직도 다 가지고 있죠?"

영범이 물었다.

"옛날이라면 언제를 말하는 거니?"

"왜, 통영 큰외삼촌 집에 잠깐 살 때, 그때 엄마 방 책꽂이에 책이 쫙 꽂혀 있었는데, 그 책들 말이에요."

"그 사람이랑 이혼할 때?"

유경은 영범의 아버지를 '그 사람'이라고 불렀다.

"예."

"그때 소설 쓰겠다고 통영에 내려와 지내면서 여름 내내 이문당 서점에서 책을 잔뜩 사긴 했었지. 그 여름에 쓴 장편소설로 엄마가 등단한 거잖니. 너, 그건 아니?"

"잘 알지요. 그러니까 그때 산 책들, 아직도 보관하고 있느냐구요."

"그 소설이 출판됐을 때, 어디 있다가 이런 소설가가 나왔냐며 다들 칭찬이 얼마나 자자했는가 몰라. 그때 소설 안 썼으면 어쩔 뻔했니?"

"소중한 시절의 책들이니까 버리진 않았겠죠?"

"웬걸, 그게 언젯적 일인데. 더러는 버리기도 하고 더러는 남 주기도 하고 그랬지. 그런데 왜 그러니?"

"그때 거기 책꽂이에 『늦여름』이라는 소설이 꽂혀 있었는가 해서요."

"『늦여름』? 아니, 그런 소설은 없었던 것 같은데, 웬만한 책은 내가 다 기억하니까…… 그런데 그 소설은 왜?"

윤경이 물었다.

"이야기를 하자면 좀 긴데……"

"그러니? 그럼 나중에 와서 얘기하든가."

영범은 잠깐 망설였다.

"아버지가 돌아가시기 전에 이상한 말씀을 자꾸 하셔서……"

"아이고, 그 사람 이야기라면 나는 안 들으면 안 되겠니?"

그러면서도 윤경은 전화를 끊지는 못했다.

2

말하자면 이런 이야기였다. 지난해 우수 무렵, 영범이 다니던 대학의 부속병원에서 조직검사를 받은 그의 아버지는 폐암 판정을 받았다. 그 자리에는 영범도 함께 앉아 있었는데, 의사는 악성 종양이 생긴 게 자기 잘못이라도 된다는 듯 떨리는 목소리로 "아버님 가슴에 나쁜 게 생겼어요"라고 말했다. 그러자 아버지는 영범 쪽으로 고개를 돌렸는데, 그 표정을 그는 지금까지도 잊을 수 없다. 하지만 누군가 그게 어떤 표정이었냐고 묻는다면 설명할 자신이 그에게는 없었다. 아니, 자신이라기보다는 그 표정을 묘사할 자격이 없다고나 할까. 영범은 그저 아버지의 표정을 흉내낼 수 있을 뿐이었다. 그들이 그렇게 가만히 앉아 있자, 혹시 못 알아들은 게 아닐까 싶었던지 의사가 한번 더 "암입니다"라고 말했다. 그 말에 아버지는 고개를 떨궜고, 영범은 더이상 흉내낼 표정을 찾을 수 없었다.

그 다음달부터 그의 아버지는 매주 월요일 8시 20분에 도착하는 KTX로 상경했다가 금요일 오후 3시 40분에 출발하는 KTX를 타고 낙향하는 통원 생활을 시작했다. 다행히도 수업이 없는 시간이어서 그는 월요일과 금요일이면 차를 몰고 서울역으로 나갔다. 아버지를 모시러, 혹은 아버지를 모시고. 서울역에는 늘 사람들이 많았다. 아침에도 주차장은 만원이었다. 빈자리를 찾으려면 으레 나선형의 진입로를 따라 빙글빙글 돌면서 4층까지 올라가야 했다. 월요일의 주차에 대해서는 딱히 할말이 없고, 영범이 말하고자 하는건 금요일의 주차였다. 금요일에 아버지가 탄 KTX가 출발하고 나면, 그는 역사 안 콘코스백화점 1층의 한양문고로 향했다. 곧장 세계문학전집이 꽂힌 서가 앞까지 걸어간 영범은 그때까지 읽지 않은 책을 찾아서 가격을 확인한 뒤, 즉시 계산대로 향했다. 책을 고르고 책값을 지불하고 계산원이 책 위쪽에다가 날짜 스탬프를 찍을 때까지는 길어야 10분도 걸리지 않았다.

아버지가 없는 주말을 이용해 세계문학을 독파하겠다는 포부 같은 게 영범에게 있을 리 만무했다. 아버지가 발병한 뒤로는 잠잘 시간조차 많지 않았으니까. 그럼에도 금요일마다 꾸준히 세계문학을 구입한 이유는 주차비 때문이었다. 서울역 주차장은 1시간에 이천원의 주차비를 받는데, 묘하게도 기차표나 식당 영수증으로는 할인받을 수가 없었다. 그 주차장은 기차 승객들을 위한 곳이 아니기 때문이었다. 대신에 민자역사 안에 있는 콘코스백화점과 롯데마트의 영수증이 있으면 구매액에 따라 주차비를 덜 낼 수 있었다. 예를 들어 만원 이상의 물품을 사면, 1시간 주차비가 무료였다. 그럼 뭘 사볼까 해서 콘코스백화점을 둘러보다가 영범이 발견한 곳이 바로 1층의 한양문고였다. 월요일 오전에는 개점 전이라 어쩔 수 없었지만, 금요일에는 주차비를 내는 대신에 책을 사야겠다고 영범은 생각했다.

그렇게 해서 주차비 삼아 구입하게 된 책들이 바로 솔 벨로의 『비의 왕 헨더슨』, 빅토르 펠레빈의 『P세대』, 다니자키 준이치로의 『만·시게모토 소장의 어머니』, 진 리스의 『한밤이여, 안녕』 같은 책들이었다. 영범은 주차장 계산원에게 보여줄 영수증만 챙긴 뒤,

그 책들을 뒷좌석으로 던져버렸다. 가끔씩은 책을 뒷좌석으로 던지다가 지난주에 산 책을 바닥에서 발견하기도 했다. 그런 책들은 뒤늦게 서가에 꽂혔다. 그러나 일단 서가에 꽂히면 그뿐, 지금까지 그가 다시 꺼내서 한 번이라도 들춰본 책은 한 손으로 꼽을 정도였다. 무의식적으로 주차비를 할인받았으니 그 책들은 할 바를 다한 것이라고 생각했을 수도 있겠다. 그런 의미에서 금요일 오후에 산 책들은 다른 요일에 산 책들보다 불행했다. 그런데 그런 불행에서 제외된 단 하나의 예외가 바로 아달베르트 슈티프터의 『늦여름』이라는 소설이었다.

3

『늦여름』은 두 권 분량으로 나뉘어 2011년에 출판됐다. 1권과 2권의 상단에는 각각 '2012. 04. 27'과 '2012. 05. 04'라는 구입 날짜가 스탬프로 찍혀 있었다. 윤경과 통화한 뒤, 영빔은 그 소설을 자신도 한번 읽어보자고 마음먹었다. 두 권이라고 해봐야 마음먹고 읽으면 이틀이면 다 읽을 줄 알았는데, 신학기가 시작되고 이런저런 일들이 겹치는 통에 좀체 책을 펼칠 시간이 나지 않았다. 그나마 1권이라도 읽기 시작한 건 통영으로 내려가기 전날 밤부터였다. 소설은 이렇게 시작했다.

아버지는 상인이었다. 우리 도시에서 제법 큰 건물 2층에 세들어 살았는데, 건물 안에는 아버지가 운영하는 아치형 천장의 영업소와 사무실도 있었다. 사무실에는 상품 박스 외에 장사에 필요한 다른 물건들이 보관되어 있었다. 건물 2층에는 우리 말고 노인 부부 한 가족이 더 살았다. 그분들은 1년에 한두 차례 우리집에서 함께 식사를 했다. 잔치가 벌어지거나 축하할 일이 있으면 그분들이 우리집에 오거나 우리가 그분들 집으로 갔다. 우리집은 아이가 둘이다. 아들인 나와 나보다 두 살 어린 누이다. 우리에겐 각자 자그마한 방이 하나씩 있었는데, 어릴 때부터 이 방에서 우리가 규칙적으로 해야 할 일을 하고 잠을 잤다. 어머니는 우리가 해야 할 일을 잘하고 있는지 점검했고, 이따금 우리가 거실로 나와 노는 것을 허락했다.*

봄의 고속버스 안에서 읽기에 소설은 너무 지루했다. 통영에 도착하기 전에 1권을 모두 읽으리라 생각했으나 그러기에는 차창 밖의 풍경이 사뭇 아름다웠다. 4월 초라 서울에서는 아직 봄꽃들이 보이지 않았는데, 충청도 이남의 가로수들은 하얀 꽃을 피우기 시작하고 있었다. 고속버스가 남하하면서 시나브로 산등성이에도 울긋불긋한 봄빛의 물결이 눈에 띄게 일렁거렸다. 남해가 가까워지자

---

* 아달베르트 슈티프터, 『늦여름 1』, 박종대 옮김, 문학동네, 2011.

춘광은 더욱 또렷해졌다. 그때쯤에는 그도 책을 덮고 봄날의 정경을 바라보며 나른하게 앉아 있었다. 몸이 처지자, 생각은 제멋대로 흘러다녔다. 영범은 뒷좌석에 굴러다니던 『늦여름』을 바라보던 아버지의 모습을 떠올렸다. 그가 『늦여름』을 끝까지 읽어봐야겠다고 마음먹은 건 그때 그 소설을 펼친 아버지가 한 말 때문이었다. 아버지가 죽고 난 뒤에도 그 말은 문득문득 영범의 귓가에 울렸다.

"이거 내가 옛날에 읽다가 만 소설인데……"

서울역에서 대학병원으로 가는 길에 그의 아버지가 뒷좌석에 있던 『늦여름』으로 손을 뻗으며 말했다. 소설가인 윤경과 결국 헤어지고야 말았다는 사실에서 짐작할 수 있다시피 그의 아버지는 책을 즐겨 읽는 사람이 아니었다. 게다가 그때는 그 소설을 읽고 싶어도 아버지가 읽을 방법이 없었다고 영범은 생각했다.

"이번에 처음 번역됐을 텐데요?"

영범이 말했다.

"처음 번역됐다고? 아닐 텐데……"

그의 아버지는 책을 들춰보더니 말했다.

"'아버지는 상인이었다.' 맞는데. 네가 몰라서 그렇지, 옛날에도 이 책 있었어. 이렇게 시작하는 소설을 내가 분명히 읽었는걸. 그것도 벌써 20년 전에."

"20년 전에요? 그런가? 20년 전이면 내가 열네 살 때네."

거기까지 말하고 영범은 입을 다물었다. 영범이 열네 살 때, 두 사람은 결국 이혼했다. 그 일이 문득 떠올랐던 것이다.

"그런데 소설책 원래 안 읽으시잖아요? 엄마 때문에라도요. 그때는 안 싫어했어요?"

"네 엄마 때문에 싫어했던 건 아니었고. 그냥 원래부터 소설은 별로였어. 오히려 네 엄마 때문에 더 관심을 가져보려고 했다는 게 맞는 말이고. 그렇지만 워낙 소설이라는 게 인생에는 아무짝에도 소용없는 말장난이나 떠들어대는 헛바닥 같은 거라서. 아니면 불쌍한 사람들 허파에 바람이나 불어넣는 풍로 같달까. 나한테는 안 맞더라고. 하지만 사람이 제 좋은 것만 하면서 살 수는 없는 법이니까. 내가 이렇게 열심히 병원 다닐 줄 누가 알았겠냐? 좋든 싫든 그 순간 최선을 다할 뿐이지."

"그래서 그때 이 책도 읽으셨다는 건가요?"

영범이 물었다.

"뭐든, 그 순간 최선을 다하는 거지. 암튼 그 이야기는 그만하자."

뭐라고 다시 묻기도 전에 아버지가 먼저 입을 다물었다. '최선을 다해도 안 되는 일이 있어요. 예를 들면 아무리 최선을 다해도 아직 나오지도 않은 책을 읽을 수는 없는 것처럼.' 그렇게 말하고 싶었으나 그 시절의 아버지에게는 너무 가혹할 것 같아 영범 역시 입을 다물었다. 그러나 입밖으로 꺼내든 꺼내지 않든, 최선을 다해도 안 되는 일이 이 세상에는 수두룩하다는 사실에는 변함이 없었다.

그건 그해 봄, 매일같이 병원을 오가며 최선을 다해 치료받았으나 가을이 되어 자신의 몸속에서 암이 재발하는 걸 속수무책으로 지켜보던 그의 아버지가 가장 뼈저리게 느꼈으리라. 아니, 그의 아버지는 그해 가을이 아니라 20년 전, 그러니까 아직 출간되지도 않은 『늦여름』을 읽었다고 주장하는 그해에 이미 그 사실을 알고 있었던 게 거의 확실하겠지만. 다른 사람은 몰라도 영범은 알고 있었다. 왜냐하면 아버지가 엄마와 재결합하기 위해 어떤 노력을 했는지 바로 옆에서 지켜본 사람이 바로 영범 자신이기 때문이었다. 그래서 아버지의 말을 한번 믿어보기로 했다. 20년 전, 최선을 다하기 위해 『늦여름』을 읽었다는 그 말을. 그러자 영범은 아버지가 읽었다는 그 책이 과연 실재했는지 궁금해졌다.

4

아버지와 이혼할 때, 친모인 윤경이 한 일과 그뒤에 빚어진 일련의 사태를, 이를테면 그악하다거나 야멸차다고 잘라 말하는 게 아들인 영범에게는 거의 불가능했지만, 그 일로 그의 성격에 드리우기 시작한 검은 부분이 단순한 그림자가 아닌 지워지지 않는 그을음이라는 건 분명했다. 아버지가 그랬듯이 언젠가 윤경도 재와 뼈로 돌아갈 테고 그다음에는 영범 혼자 남겠지만, 그들의 존재와는 무관하게 이제 그 검은 부분은 영범의 성격에서 중요한 특징으로 남게 됐다. 혈연에 대한 무관심, 벼락같은 사랑과 뒤이은 냉담, 타인과 자신에 대한 깊은 불신, 가장 행복한 순간에 가장 불행한 미래를 상상하기 등등. 그러나 아이로니컬하게도 바로 성격의 이런 검은 부분 덕분에 영범은 윤경과 다른 어떤 모자들보다도 더 돈독한 사이를 유지할 수 있었다.

"그래서 그 책을 찾아보겠다고 이 먼 곳까지 온 거니? 그렇게 한 번 들르라고 해도 안 듣더니만. 바쁜 일은 다 끝났어?"

"이제부터 시작이죠."

윤경의 말에 영범이 심드렁하게 대답했다. 윤경을 따라 들어간 시장 안의 작은 식당에서 볼락을 대여섯 마리 구워놓고 둘은 앉아 있었다.

"어떻게 된 게 그놈의 바쁜 일은 만날 시작하기만 하고 끝나지는 않냐? 선지는 이제 꽤 컸겠네?"

"그런가봐요."

"제 딸이면서 무슨 대답이 그래?"

"무슨 대답이 그렇네요. 엄마는 후회 같은 거 잘 안 하는 사람이죠?"

영범의 질문이 느닷없게 들렸는지 윤경이 입을 가리고 웃었다. 윤경은 예순 살을 한두 해 남겨두고 있었는데, 오랫동안 혼자 살아서 그런지 외모나 태도가 나이보다 젊어 보였다.

"나중에 보니까 아버지는 후회가 많았던 모양이에요. 자기 인생은 완전히 실패했다고 자책하기도 하고."

영범이 그렇게 말하자, 윤경은 웃음을 멈췄다.

"그 사람이 그랬어? 의외네. 왜 실패했대?"

"나야 모르죠. 뭐, 이혼하고 그랬으니까 그런 거 아닐까요?"

영범이 자기 일이 아니라는 듯 심드렁하게 말했다. 그러자 윤경이 갑자기 목소리를 높였다.

"그 사람은 죽을 때까지도 그런 생각에서 빠져나오지 못했던 모양이네. 무슨 인생에 실패가 있고 성공이 있다니? 그럼 나랑 계속 살았다면 성공이라는 건가? 그렇게 말하면 그 여자는 또 뭐가 되니?"

거기까지 말했을 때, 영범이 윤경의 말을 잘랐다.

"엄마, 엄마한테는 그 사람인데 나한테는 아버지네? 이거 무진장 헷갈려요. 그러니까 그만해요. 본인이 실패했다고 생각하면 실패한 인생인 거죠, 뭐. 암튼 그만해요."

"누가 그 사람 아들 아니랄까봐. 무슨 말만 시작할라지면 그만하자니? 그리고 너만 할말 다 하고 나서 그만하자면 내가 그만해야 하는 거니?"

그러면서도 윤경은 그냥 웃고 말았다.

"그런데 정말 『늦여름』이라는 책, 기억 안 나요?"

영범이 물었다.

"그러게. 네 전화 끊고 서가도 한번 둘러보고, 생각도 더듬고 했지만 난 도통 기억나지 않는걸. 그 사람이 내 방에서 그 책을 읽었다고?"

영범은 고개를 끄덕였다.

"그렇게 말씀하시더라구요. 엄마가 통영에 내려간 그해 여름에 지내던 그 방 말이에요. 큰외삼촌 집. 거기, 건넛방에서."

"그래, 그게 명정골 충렬사 밑에 큰오빠가 살 때 얘기잖아. 그 집에서 내가 여름하고 가을을 보냈지. 그 방에서 책도 참 많이 읽고 글도 참 많이 썼는데. 내 인생에서 가장 맹렬했던 시절이었지. 하지만 그런 책을 읽은 건 정말이지, 전혀 기억나지 않네."

"그때 아버지하고 나하고 엄마 찾아서 여기 통영까지 온 거는 기억하세요?"

영범이 갑자기 열네 살 소년처럼 원망을 담아서 말하니, 윤경으로서는 당황스러울 뿐이었다.

"다녀갔다는 얘긴 들었지. 그런데 뭐니, 그 사람은? 미리 연락하고 오든가. 경주 여행간 틈을 타서 일부러 왔다는 생각밖에는 안 들더라니까."

"뭐, 일부러 갔겠어요? 그때는 길도 안 좋고, 통영 한번 오기도 얼마나 어려웠는데."

거기까지 말하고 나서 영범의 표정이 굳었다. 성격의 검은 부분이 확 드러나는 순간이랄까.

"어쨌거나 그때 엄마 기다리면서 아버지가 하루종일 책을 읽은 건 저도 분명히 기억해요. 무슨 책인지는 몰랐는데, 돌아가시기 전에 아버지가 그게 『늦여름』이었다고 하셨어요."

"나를 기다리면서?"

영범이 고개를 끄덕였다.

"도통 알다가도 모를 일이네. 집에 있던 니체며 지드며 다 찢고 불태우고 했던 사람이. 책은 내가 잘 모르겠고, 암튼 그 사람, 매사에 그런 식이었지. 집에 전화하니 너를 데리고 내려왔다기에 허겁지겁 경주에서 돌아오니까 이미 떠나고 없었다고. 그걸로 끝이었어. 하지만 그 사람이라고 있었던 일을 너한테 죄다 말했을 리는 없을 테고, 그건 나도 마찬가지고, 뭐 그런 거야. 할말은 많지만, 그냥 그걸로 끝이었어, 라고 말할 수밖에 없이. 이제 와서 무슨 말을 더 할 수 있겠니?"

윤경이 단호하게 말했다.

할말은 많지만, 그냥 그걸로 끝이었어, 라고 말할 뿐인 일은 영범에게도 있었다. 열여섯 살, 세번째로 가출했을 때 그가 찾아간 곳이 바로 그 명정골 충렬사 밑의 큰외삼촌 집이었다. 거기까지 가서야 그는 벌써 1년 전에 엄마가 다른 남자와 재혼했다는 소식을 들었다. 큰외숙모는 영범이 불쌍하다며 오른손으로 등을 계속 두들겼다. 그러다가 낮이었는데도 큰외숙모가 깔아준 이불 속에서 잠이 들었다. 아마도 행색이 말이 아니었을 테니까 좀 자라고 권했던 모양이었다. 영범이 다시 깨어보니 방안이 어둠침침했다. 방문을 열고 내다보니 노르스름한 빛이 마당에 가득했는데, 그게 새벽의 빛인지 저녁의 빛인지 잘 분간되지 않았다. 큰외숙모는 장을 보러 나갔는지, 또 사촌들도 아직 학교에서 돌아오지 않았는지, 집은 텅 비어 있었다. 혼자 있으려니까 괜히 기분이 울적하기도 하고 또 큰외삼촌이 돌아오면 혼이 날 것도 같아서 영범은 가방을 챙겨서 집을 빠져나왔다. 아는 길이 그뿐이라 시내 쪽으로 나가려고 고개를 오르는데, 속에서 자꾸만 뭔가가 울컥울컥 치밀었다. 고개를 넘기도 전에 왈칵 쏟아질 것만 같아서 다시 내리막길을 따라 반대편 충렬사 쪽으로 발길을 돌렸다. 이러다간 안 되겠다, 울자. 일단 다 울고 나면 더 나올 게 없을 테니까, 그다음에 고개를 넘어가자. 그런 생각으로 충렬사 돌층계에 앉아서는 울어보려고 하는데, 막상 울려니까 언제 그랬냐는 듯이 울음이 나오지 않았다. 울음을 끄집어내려고 일부러 소리내어보기도 했지만 도무지 눈물은 나오지 않았다. 그래서 다시 일어나 돌층계를 내려가는데, 이제 다 내려갔을까, 그 마지막 언저리의 돌층계를 밟는 순간, 문득 몇 해 전, 맞은편 고갯길에서 아버지가 주저앉던 일이 떠오르면서, 그때, 아버지의, 그 표정이라니, 라고 생각하는 찰나 갑자기 영범의 눈에서 눈물이 쏟아지기 시작했다. 영범은 그 자리에 주저앉아 눈물을 흘리기 시작했다. 얼마나 오랫동안 거기서 울었는지는 영범도 알 수 없었다. 다만 다시 고개를 들었을 때는 이미 저녁이 찾아온 뒤였다.

어두워지자, 눈물도 사라졌다. 그리고 그냥 그걸로 끝이었다.
    그때 생각을 하면서 영범은 그저 윤경을 쳐다볼 뿐이었다. 이제 와서 무슨 말을 할 수 있을까?

5

    누구에게나 인생은 한 번뿐이리라. 한 번뿐인 인생 앞에서 도덕은 무엇이며, 또 윤리란 무엇일까? 영범에게는 늘 그런 의문이 있었다. 열네 살 때부터 그는 자신의 친모란 자기 하고 싶은 걸 하느라 남편은 물론이거니와 아들까지 저버린 낯두꺼운 여자라는 말을 줄기차게 들으면서 자랐다. 그런 말들을 들을 때마다 영범은 오물을 뒤집어쓴 듯한 불쾌감을 느꼈으나, 그걸 알아차리는 친가의 어른은 단 한 명도 없었다. 타인에 대한 배려에 관한 한, 그들은 그들이 욕하던 윤경만큼이나 무책임했다. 그러니 그런 의문이란 그 무책임한, 마치 검은 폐수와도 같은 말들에 대한 반감에서 비롯한 것일지도 몰랐다. 이게 하나뿐인 인생이라면 한 사람의 선택보다 더 무거운 도덕이나 윤리란 존재할 수 없는 것이라고 영범은 생각했다. 어처구니없는 선택으로 원치도 않았던 삶을 살았다면, 그것으로 그는 이미 자기 인생 앞에서 비도덕적이고 비윤리적인 것인데, 거기다 대고 다시 뭐라고 왈가왈부하는 것은 주석에 주석을 다는 일이나 마찬가지였다.

　윤경의 서가에서 가족을 떠나 혼자 살면서 그녀가 쓴 몇십 권의 책들을 바라보며 영범은, 그런 점에서 자신의 엄마는 오히려 도덕적이고 윤리적인 삶을 산 셈이라고 생각하게 됐다. 적어도 윤경은 자신의 삶을 스스로 선택했고, 끝까지 그 삶을 살아냈으니까. 그건 광원光原의 삶과 같았다. 광원이란 스스로 빛날 뿐이지, 그 빛으로 인해 생기는 그림자까지 신경쓰지는 않을 것이다. 이를테면, 아버지의 삶이란 그 그림자에 해당했다. 죽는 순간까지도 아버지는 자신의 죽음을 받아들이지 않았다. 아버지는 하루라도 더 살고 싶어했다. 아버지는 후회가 많았다. 자신의 인생은 실패한 것이라고 여겼다. 그런 아버지였기 때문에 아들이 이혼한다는 말을 들었을 때의 충격은 이루 말할 수 없었으리라. 영범의 내부에는 윤경도 있고 아버지도 있었지만, 아버지는 오직 자신의 시선으로만 아들을 바라봤다. 병든 몸을 이끌고 그는 그때와 마찬가지로, 그러니까 20년 전과 마찬가지로 아무런 연락도 없이 영범의 집으로 찾아와서 아들이 귀가할 때까지 기다렸다.

　"아무리 해도 찾을 수가 없네."

　영범이 말했다.

　"그렇다니까. 그런 제목의 소설은 본 기억이 전혀 없어. 옛날 책들이라면 이게 다인데 말이야. 그 사람이 거짓말을 한 것일 수도 있어. 내가 소설 쓰는 걸 끔찍하게도 싫어했던 사람이야. 그런데 내 방에서 소설을 읽었다니 믿기지가 않아."

윤경이 담배를 피우면서 말했다. 혼자 살기 시작하면서 골초가 됐지만, 쉰 살이 지나면서부터는 의사의 강권으로 견딜 수 없을 때까지 참고 참았다가 약이라도 복용하듯이 한 개비씩 피우고 있었다.

"내가 왜 그런 책이 정말 있었는지 찾으려고 하느냐면······"

담배를 피우는 윤경을 바라보다가 영범이 말했다.

"왜?"

"그때 나를 데리고 엄마의 마음을 돌리려고 통영까지 내려왔을 때, 아버지는 정말 진심이었다는 걸 알았기 때문이야."

갑자기 영범이 반말로 말하니까 꼭 열네 살 시절로 되돌아간 것 같았다. 헤어질 때까지만 해도 엄마에게 반말로 얘기했지만 대학에 진학하고 다시 만나면서부터 영범은 늘 윤경에게 존댓말을 썼으니까.

"영범, 타인의 진심이라는 건 꽤 부담스러운 거야. 원치 않는 사람에게는 무거운 사슬이기도 해. 아무리 가족이라고 해도 진심이라는 이름으로 그런 사슬을 채우는 건 옳지 않아."

윤경이 말했다.

"아버지의 진심은 그렇게 대단한 게 아니었어. 듣고 있노라면 우스꽝스러울 정도로 평범한 것이었지."

"네 아버지의 평범함에 대해서는 내가 익히 잘 알고 있지. 소심하고 겁이 많고 모험을 싫어하고."

"돌아가시기 전의 일인데, 집에 갔더니 소파에 아버지가 앉아 있었어. 귀신인가 해서 깜짝 놀랐지. 발병한 뒤로는 내가 늘 서울역까지 모시러 나갔는데, 아버지가 연락도 없이 혼자서 서울까지 올라온 거야. 나한테 제발 이혼만은 하지 말라고 얘기하려고 말이지. 그런 게 바로 우스꽝스러울 정도로 평범한 아버지의 진심인 거야. 하지만 나는 그럴 순 없다고 말했어. 나도 엄마랑 생각이 같아. 아무리 가족의 진심이라고 해도 그런 걸 자식한테 강요할 순 없는 거잖아. 나는 단지 원치 않는 진심을 받아들이지 않았을 뿐인데, 결과적으로 아버지의 인생은 실패하게 된 거야."

"그래서 너 이혼했니? 선지는 어떡하고?"

윤경이 물었다. 그러자 영범이 바로 받아쳤다.

"그럼 그때의 나는 어떡하고? 엄마가 나한테 그런 말을 할 자격이 있어?"

예상치 못한 영범의 격렬한 반응에도 윤경은 무표정했다. 그녀는 몇 모금 더 담배연기를 들이켜면서 아들을 빤히 쳐다보다가 왼손에 든 재떨이에 담뱃불을 비벼 껐다. 그러곤 목청을 가다듬고 말했다.

"네가 나를 엄마로 생각하지 않는대도 나는 아무 상관 없어. 하지만 통영까지 내려와서 굳이 그런 말을 직접 나한테 하지는 말았어야지. 우리는 그때 이미 가족의 연이 끊어진 거야. 니가 어떻게 살든, 결혼을 하든 이혼을 하든 사실 나하고는 아무 상관이 없어.

아니, 없는 거라고 생각해. 안 그러면 너만 힘들어. 그 사람처럼. 나 때문에 자기 인생은 실패한 것이라고 생각했다며?"

그리고 윤경은 궁금증을 풀어줄 해답을 기대하는 아이처럼 영범을 쳐다봤다. 할말이 있었지만, 그 말을 하면 두고두고 후회할 것 같아서 영범은 그 시선을 피했다. 기회를 줬는데도 아들이 아무런 말도 하지 않자 윤경이 다시 말했다.

"책 마저 잘 찾아보고, 내일 밝으면 서울로 올라가라. 나는 늦게까지 글 쓰다가 잘 테니까 배웅은 못 하겠다."

그렇게 윤경이 나갈 때까지 아무런 말도 하지 못한 영범은, 문이 닫히자마자 바닥에 주저앉았다. 그렇게 앉아서 그는 병든 몸으로 자신을 기다리던 아버지를 생각했다. 거기 실패한 인생이 검은색 소파에 앉아 있었다. 검은색 소파에 앉은 실패한 인생은 아들이 돌아오기만을 기다리고 있었다. 인간이란 사람들과 더불어 산다고 해서 사람 인人자, 사이 간間자를 쓰는 거야. 세상에 자기 뜻대로, 원하는 대로 살아가는 사람 있으면 나한테 데려와봐라. 겉으로는 자기 마음대로 사네 어쩌네 하지만, 다들 속은 마지못해 살아가는 거야. 그런 거라면 외로운 것보다는 둘이 사는 게 나은 거잖아. 지금은 젊으니까 온갖 생각이 다 들겠지만, 나이들면 완전 달라져. 너도 나처럼 병들어봐라. 제대로 먹지도 못하고, 잠자지도 못하고, 처자식 생각이 절로 날 거야. 나중에 후회하지 말고 지금 내 말 들어. 다들 참고 사는 거야. 20년 전에도 아버지는 그런 말을 하려고 통영까지 찾아갔던 것일까? 정말 자신의 아내가 그런 말에 마음을 돌릴 것이라고 믿었던 것일까?

영범은 검은색 소파에 앉아 자신에게 그런 말을 하염없이 늘어놓던 아버지를 생각했다. 이상한 반점이 돋아난 얼굴이며 앙상한 팔다리를 생각했다. 이따금 가래를 뱉느라 주머니에서 꺼내던 갈색 체크무늬 손수건을 생각했다. 또 그는 병상에 누워 천장을 올려다보며 자신의 삶은 완전히 실패했다고 중얼거리던 아버지를 생각했다. 아버지의 양쪽 눈으로 눈물이 흘러내리던 일을 생각했다. 머리맡에 있던 크리넥스 티슈를 한 장 뽑아서 그 눈물을 닦아주던 자신을 생각했다. 윤경의 말이 옳았다. 가족이라고 해도 자신의 진심을 강요할 수는 없었다. 그런데 말이다. 그건 자기 자신에게도 마찬가지였다. 그토록 우스꽝스러울 정도로 평범한 진심이라면 자기 자신에게도 강요해서는 안 되는 일이었다. 그래서였다. 아버지의 삶이 실패하게 된 건 그 때문이었다. 그렇게 옛일을 떠올리다가, 아버지를 생각하고, 또 딸아이를 생각하다가, 영범은 문득 아버지가 읽었다던 그 책을 서가에서 발견했다. 그러니까 '늦여름'이라는 게, 독일어로 'Der Nachsommer'라는 게, 한문으로는 '晩夏'라는 걸, 그제야 깨달았던 것이다.

6

 20년 전, 그러니까 영범의 나이 열네 살이 되던 해, 아버지와 영범은 대구에서 버스를 갈아타고 큰외삼촌 집이 있는 항구도시로 향했다. 그때만 해도 그 도시의 이름은 아직 충무였고, 고성반도를 따라 거기까지 이르는 길은 2차선 국도였다. 고향에서 충무까지 가는 데만 반나절이 걸렸기 때문에 버스터미널에 도착했을 때는 어스름이 깔린 뒤였다. 부자는 조금도 지체하지 않고 바로 고개 너머 명정동 큰외삼촌네로 가서 대문을 두들겼는데도 이미 저녁상을 물린 시각. 영범 부자가 윤경을 찾아온 것을 알고 큰외숙모가 대굿국을 끓이고 찬밥을 덥히고 해서 뒤늦게 상이 차려졌다. 어찌나 허기가 졌던지 상 위에 있는 것이라면 식기를 빼놓고는 다 먹을 수 있겠다고 영범은 생각했으나, 손바닥만한 물고기들을 통째로 집어넣은 김치만은 입을 댈 수가 없었다.
 말했다시피 그때 윤경은 부재중이었다. 저녁식사 뒤 여독에 지친 영범이 엄마의 몸냄새가 밴 이불에 파묻혀 행복한 난삼 속으로 빠져드는 동안, 큰외삼촌과 아버지는 굳은 표정으로 술을 마셨다. 둘의 말은 자주 끊어졌다. 그 밤에, 그 두 사람이 무슨 이야기를 나눴는지 영범으로서는 이제 알 수 없게 됐다. 큰외삼촌도, 아버지도 모두 죽었으니까. 다만 그 다음날, 큰외삼촌 식구들과 함께 아침을 먹는 자리에서 큰외삼촌이 "한번 끊어진 인연이 쉽게 붙을 수가 있겠나? 어제 약속한 대로 아침 먹고 올라가게나"라고 말한 것만은 분명했다. 어떻게 되겠지, 시간이 지나면 엄마가 돌아오겠지, 깊이 생각하면 골치만 아프니까 영범은 그런 터무니없는 낙관에 기댔는데, 아버지는 그렇지 않은 모양이었다. 아침을 먹은 아버지는 큰외삼촌의 얘기 따위는 전혀 듣지 못했다는 듯, 다시 자신의 아내가 기거하던 건넛방으로 돌아갔다. 거기서 그는 하루종일 책을 읽었다. 이제는 그 책이 『晩夏』였다는 걸 영범도 알 수 있었다.

영범은 아버지가 그랬던 것처럼 서가에서 책을 꺼냈다. 장미꽃 넝쿨 너머 멀리 오두막을 배경으로 마주 보고 선 두 남녀를 그린 수채화 삽화 위로 "장미꽃 만발한 늦여름의 달콤한 사랑/인생의 黃昏을 즐기는 老紳士와 첫사랑의 女人"*으로 시작하는 문장이 세로로 인쇄된 표지였다. 그의 아버지가 거짓말을 한 건 아니었다. 『늦여름』은 1983년에 '晩夏'라는 제목으로 출판된 적이 있었다. 아버지는 그때 왜 그 소설을 다 읽지 못했을까? 그건 그 책을 다 읽으면 가겠다는 억지를 피우면서 윤경의 방에 버티고 앉아 있던 아버지에게 그날 저녁, 전화 한 통이 걸려왔기 때문이었다. 그건 윤경이 건 시외전화였다. 통화 내용은 알 수 없었지만, 그 전화를 끊고 다시 건넛방으로 돌아온 아버지는 영범에게 집으로 가자고 말했다. 그렇게 둘은 그 밤에 큰외삼촌네를 나와 고개를 오르기

---

* 시티프터 지음, 『晩夏』, 이덕호 옮김, 금성출판사, 1983.

시작했다. 아버지는 조금 걷다가 걸음을 멈췄다가, 또 조금 걷다가 또 멈췄다가, 그렇게 몇 번을 반복했다. "아이고"라고도 말하고 또 "큰일났네"라고도 말하며 한숨도 내쉬었다가 주먹도 쥐었다가, 그랬다.

날이 밝으려면 아직 시간이 많이 남았으므로 영범은 읽던 소설을 마저 읽기로 했다. 고속버스를 타고 오는 동안, 주인공 하인리히가 마틸데와 나탈리에 모녀를 뒤로하고 장미집을 떠나는 장면까지 읽었기 때문에 영범은 세로쓰기로 인쇄된 『晩夏』를 뒤적여 바로 이어지는 부분을 찾아서 소설을 계속 읽기 시작했다. 딱히 잡아끄는 스토리가 있는 게 아니라 하인리히라는 젊은 자연과학도가 자연과 사랑을 통해 세계와 인생의 아름다움을 배워나간다는 내용의 교양소설인데다 두 단 세로쓰기로 빽빽하게 인쇄된 터라 페이지를 넘기기가 여간 힘들지 않았다. 그날, 아버지가 『晩夏』를 읽는 동안, 영범은 외사촌들을 따라 충렬사 뒷산에 올라갔었다. 거기서는 가까운 바다와 먼 바다가, 그리고 그 두 바다 사이의 섬들이 죄다 한눈에 들어왔다. 그때 영범에게는 모든 게 신기하기만 했다. 바다라는 것도, 섬이라는 것도. 그러자 영범에게도 어떤 꿈이 생기기 시작했다. 산에서 내려온 뒤에도 아버지는 『晩夏』를 읽고 있었다. 영범은 그때 아버지가 하루종일 읽던 소설이 그런 내용일 줄은 전혀 몰랐다.

그렇게 1시간여 하품을 참아가면서 읽던 영범의 눈에 밑줄이 들어왔다. 338페이지였다. 주인공 하인리히와 나탈리에가 서로의 사랑을 확인하는 부분에 밑줄이 그어져 있었다. "그녀가 내 얼굴을 보았을 때, 나는 영원한 맹세와 무한한 사랑의 표시로서 또 한번 그녀의 입술에 뜨겁게 키스했다. 그녀도 두 팔을 나의 목에 꼭 감고 마찬가지로 사랑과 合一의 표시로서 키스했다. 나탈리에가 나의 진실과 사랑에 몸을 맡긴 이 순간, 나는 살아 있는 한 그녀와 나의 생명은 하나가 되었다고 느꼈다." 밑줄은 449페이지에서도 찾을 수 있었다. 이번에는 리자흐와 마틸데가 서로 사랑을 확인하는 장면이었다. "그녀는 내 곁으로 다가와서 부드러운 입술을 내 입에 갖다대며 싱그런 팔을 내 목에다 감았네. 나도 그녀의 가냘픈 몸을 힘껏 얼싸안았네. 그녀를 떼어놓을 수 없었지. 그녀는 내 팔 속에서 떨며 깊은 숨을 내쉬고 있었네." 그것으로 끝이었다. 더이상 책에는 흔적이 없었다. 그다음 어느 페이지를 읽을 즈음, 윤경에게서 전화가 온 것이리라고 영범은 생각했다. 그리고 영범은 그런 유치한 문장에 줄을 긋는 아버지를 생각했다. 또 영범은 그날 밤, 결국 고개를 다 오르지 못하고 주저앉았던 아버지와, 암 판정을 받은 뒤 정밀검사를 위해 입원수속을 밟아야만 하는데 자기를 서울역까지 데려가달라고 떼를 쓰던 아버지와, 검은 소파에서 일어나 아파트 작은 방으로 들어가던 아버지와, 불이 꺼진 병동의 창가 병상에 누워 천장을 올려다보던 아버지를 생각했다. 그 모든 아버지들을 대신해서 영범은 읽었다. 졸음을 참아가며, 다음과 같은 마지막 문장이 나올 때까지, 자신의 『늦여름』이 아니라 아버지의 『晩夏』를.

　나 자신에 대해서 말한다면, 고지로 모두 함께 여행했을 때, 친한 사람들과의 교제, 미술, 문학, 학문이 인생을 개조하고 완성하는 것인지, 아니면 그밖에 더 다른 무엇인가가 있어서 그것이 인생을 包括하고 훨씬 큰 행복으로 인생을 가득 채우는 것인지, 스스로에게 물어보았었다. 이 크나큰 행복, 무한한 행복은 그때 내가 예상했던 것과는 전혀 다른 방면에서 찾아왔다. 나는 앞으로도 학문을 계속해나갈 생각이지만, 학문으로 훌륭한 일을 할 수 있을 것인지, 위대한 학자의 한 사람이 되도록 하느님께서 은총을 주실 것인지, 그것은 나도 모른다. 그러나 리자하가 바라고 있는, 깨끗한 가정생활의 기초가 이룩된 것은 확실하다. 이것은 우리의 사랑과 우리의 마음이 보증하듯이 언제까지나 풍부함을 잃지 않고 이어져나갈 것이다. 나는 자신의 재산을 관리하며 다른 사람들에게 유익한 인간이 될 것이다. 이리하여 바야흐로 모든 노력은, 학문상의 일도 포함해서 명백하고 확고한 意義를 갖게 되었다.

피주로

제 영혼이 주님을 기다리나이다. 계단을 밟고 지하 1층 영안실로 내려가는데 남성의 저음과 여성의 고음이 적절하게 뒤섞인 노랫소리가 들려왔다. 깊은 구렁 속에서 주님께 부르짖사오니, 주님 제 소리를 들어주소서. 입구에 붙은 안내를 읽고서야 나는 그분의 세례명이 스테파노라는 걸 알았다. 고 문성만 스테파노 사제 선종을 알리는 그 종이에는 장례미사가 다음날 오전 11시에 본당에서 열린다는 것과 그분의 시신은 생전에 기증되어 상시는 따로 마련되지 않았다는 내용이 인쇄돼 있었다. 파수꾼이 새벽을 기다리기보다 제 영혼이 주님을 더 기다리나이다. 가느다란 국화 꽃대를 오른손에 들고 그분의 영정을 바라보고 있는데 한 남자가 흐느끼는 소리가 어디선가 들려왔다. 나는 그제야 그분의 얼굴을 기억해낼 수 있었다. 영정 아래에는 익히 본 표지의 시집이 세워져 있었다.

제목은 '그 빛이 어둠 속에서 빛나고 있나니'였다. 그 제목이 요한복음서 1장 5절에서 따온 것이라는 사실을 내가 아는 건 아침에 문성만 신부님이 돌아가셨으니까 성당에 한번 다녀가라는 어머니의 전화를 받았기 때문이었다. 그 전화가 아니었더라면, 나는 그분이 돌아가셨다는 사실도, 그분이 쓴 시집 제목이 요한복음서에서 따온 것이라는 것도 몰랐을 것이다. 나는 벌써 오래전, 그러니까 고등학교를 졸업하고 서울의 한 대학교에 진학하면서부터 냉담중이었다.

"어머니는요?"

"나야 벌써 갔다 왔지. 두 번이나 갔다가 왔지."

"그럼 내 몫까지 가신 거 아닌가?"

어머니는 잠시 말이 없었다. 기분이 상한 것이다. 그간 어머니는 문성만 신부님의 신앙시집이 출간될 때면, 출판사에 몇십 권씩 주문해서는 주위 사람들에게 나눠주곤 했다. 특히 내게는 한 권이 아니라 다섯 권씩 보냈는데, 이유를 물었더니 나만 읽지 말고 주변의 소설가들에게도 나눠줘 좋은 길로 인도하라는 것이었다. 도대체 어머니는 소설가가 어떤 사람이라고 생각하는 걸까?

"네 아버지 같았으면, 하루종일 빈소를 지키고 안 내려왔을 거다. 네 아버지 반만이라도 해라."

"농담 한번 해봤어요. 두 번 가셨다기에. 제가 당연히 가봐야죠."

"오늘 꼭 내려와라."

"그런데 하필이면 오늘 꼭 마감할 원고가 있는데……"

하지만 전화는 이미 끊어졌다. 마지막 말은 농담이 아니었는데 어머니는 더이상 듣지도 않았던 것이다. 나는 시계를 봤다. 점심 먹고 나서 서둘러 다녀오면 자정 전까지는 돌아올 수 있을 테고, 그럼 밤새 뒷부분을 마저 써서 다음날 넘길 수 있다는 계산이 나왔다. 그렇게 마음먹고 나서 나는 처음으로 책꽂이에 꽂힌 그분의 시집을 펼쳤고, "한처음에 말씀이 계셨다. 말씀은 하느님과 함께 계셨는데 말씀은 하느님이셨다. 그분께서는 한처음에 하느님과 함께 계셨다"로 시작하는, 알쏭달쏭해서 뜻을 파악하기 힘든데도 막상 읊조리노라면 묘하게도 입에 달라붙는, 요한복음서의 시작 부분을 각주에서 발견했다. 또한 그분이 한때 광주항쟁 관련 수배자를 성당에 피신시킨 일로 구속된 일이 있다는 사실도 알게 됐다. 그러고 나니 그분이 생전에 가장 좋아한 성경 구절이라는 그 시집의 제목도 다르게 느껴졌다.

좋은 일을 많이 하셨으니 좋은 곳으로 가실 거야. 두 번 절한 뒤, 돌아서다가 나는 연도하는 사람들 틈에서 흐느끼던 그 남자를 쳐다봤다. 종로쯤을 걸어가다가 그 얼굴과 마주쳤다면, 나는 절대로 그가 누구인지 알아보지 못했겠지만, 아무래도 장소가 장소인지라 기억 속 깊은 곳, 어쩌면 의식의 저편에 있는, 말하자면 폐품처리장 같은 곳에다가 저장해둔 게 분명할 그 이름이 바로 튀어나왔다. 조용식. 나보다 두 살이 많은 선배였다. 고등부 시절부터 그는 예비신학생으로 활동했고, 고등학교를 졸업하자 신학대학교에 들어갔다. 개울이 강에 합류되듯이, 자연스레. 그렇다면 그 강은 당연히 바다에 이르러야 했을 텐데, 보는 순간 그가 사제는 아니라는 걸 알 수 있었다. 그때 그가 나에게 아는 체를 했다. 나를 알아볼 리가 없으니 다른 사람으로 착각한 게 분명하다고 여기며 속히 나가려는데 그가 울음이 묻어나는 목소리로 "건우야!"라고 외쳤다. 사람들에게 일일이 물어보진 않았지만, 거기에 다른 건우는 없는 것 같았다. 그러니까 나말고는.

"바쁠 텐데 여기까지 내려왔구나. 잘 왔다. 신부님도 네가 온 걸 아시면 정말 기뻐하실 거야."

고등부 시절에 우리가 사적으로 얘기한 건 몇 번일까? 세 번? 네 번? 장담컨대 두 번 이상은 아닐 거야. 그러니 이 사람은 한때 고등부 회장을 역임한 사람으로서 인사치레를 하는 것뿐일 거야. 나는 주문을 외듯이 생각했다.

"형도 잘 지내셨나요?"

"나야, 뭐, 남들 사는 것처럼 살고 있지. 넌 어때? 다음 소설도 외국이 배경인 역사소설이냐? 아니면 소통의 불가능성을 주장하는 연애소설? 달리기는 요즘도 계속 하고?"

남들도 다 그렇게, 그러니까 내가 소설도 쓰고 달리기도 하는 사람이라는 걸 알면서 살아간다는 소리일까? 그런 얘기는 아닐 테고. 무려 27년 만에 만난 사람이 친한 척을 하니 거부감이 들었다.

"네, 뭐. 헤헤."

별로 대꾸하고 싶지 않을 때면 늘 그러듯이 멋쩍은 웃음으로 나는 대답을 대신했다. 그는 나를 빈소 바깥으로 끌고 나왔다. 우리는 계단을 밟고 1층으로 올라갔다. 밖으로 나오자 그는 안주머니에서 에쎄를 하나 꺼내서 입에 물었다. 그제야 그의 모습이 자세히 눈에 들어왔다. 바람에 날리는 많지 않은 머리칼에 금방이라도 터질 것 같은 검정색 양복. 어쩌자고 나는 27년 만에 만난 그를 단박에 알아본 것일까?

"나 보니까 어때? 많이 변했지?"

예전의 그가 어떻게 생겼는지 잘 알고 있어야 얼마나 변했는지를 알지. 억지로 기억을 더듬으니 그가 김민기의 노래를 참 잘 불렀다는 사실이 떠올랐다. 그 시절에는 그런 밋밋한 노래가 왜 그렇게 가슴을 쥐어뜯었는지. 알다가도 모를 일이다.

"여전히 노래는 잘 부르시죠? 검푸른 바닷가에 비가 내리면…… 그거였나?"

"역시 소설가라 기억력이 남다르구나. 밤에 혼자 걸어갈 때, 노래하는 게 유일한 낙이지. 너는, 내가 성당에 다닐 때부터 너를 알아봤다. 소설가가 될 거라고."

"제가요? 다른 사람하고 착각하시는 거 아니에요? 고등학교 때는 저 이과였거든요."

"너, 화원집 아들이잖아. 내가 왜 다른 사람하고 착각해. 내가 네 소설을 하나도 빼놓지 않고 다 읽으면서 무릎을 탁 쳤다. 그걸 우리 딸이 다 알아. 읽어보니까 소설이 너랑 똑같더라. 성실한 학구파. 고등학교 때부터 선불교와 가톨릭의 유사점 같은 걸 주장해서 다들 놀래키더니만. 연합 체육대회 같은 거나 좋아하던 다른 남자애들하고 많이 달라서 내가 사제의 길을 권한 적도 있었는데. 그때 네가 뭐라고 말했는지 기억나?"

물론 나는 전혀 기억나지 않았다. 고등학생이라면서 왜 여자애들이 보는 앞에서 상대팀을 향해 강 스파이크를 날릴 궁리 같은 걸 하지 않고 선불교와 가톨릭의 유사점 따위를 생각하고 있었단 말인가!

"조르바 이야기를 하더라고. 자기는 조르바 같은 삶을 꿈꾼다고. 어떤 도그마에도 갇히고 싶지 않다면서. 그래서 그때 이 아이는 우리와 다른 길을 가겠구나, 라고 생각했지. 그게 소설가의 길 아니겠니?"

도대체 또 이분은 소설가가 어떤 사람이라고 생각하는 것인지. 나는 다시 헤헤거리며 웃었다.

"어쨌든 이렇게 뵙게 되다니, 반가웠습니다. 꼽아보니 27년 만이네요. 전, 그럼 이만……"

"지금 가야 돼?"

"예. 내일까지 넘겨야 할 원고가 있어서요."

그러자 그가 불쑥 이렇게 물었다.

"너, 일산 살지?"

답을 알면서 묻는 게 뻔했다.

"난 파주 살아. 그러지 말고 나하고 같이 올라가면 어때? 옛날 고등부 애들 조금 있다가 여기 밑에서 모이기로 했거든."

"아니, 원래 일산 사는데, 지금은 소설 쓰느라고 다른 곳에 가 있거든요."

나는 거짓말을 했다.

"형은 차 안 가지고 왔나요?"

"차 모는 거 하도 지겨워서 강남터미널에서 버스 타고 왔지. 잘 생각해봐. 여기까지 왔는데 애들 안 만나고 갈 수는 없잖아. 어때? 한두 시간만 있다가 가자. 밤길에 혼자 올라가는 일도 쉽진 않을 텐데."

"아니요. 저 원래 밤에 혼자 운전하는 거 좋아해서요. 그럼 이야기 나누시다가 천천히 올라오세요."

"어, 네가 들을 이야기도 있는데……"

그때 뒤에서 어떤 여자애가 "아빠!"라고 소리치면서 그에게 달려왔다. 긴 머리에 얼굴이 아빠 주먹만했다. 눈이 좀 작은 게 흠이긴 했지만, 쌍꺼풀이 없는 게 오히려 더 낫다는 생각도 들었다.

"딸이에요?"

선배는 고개를 끄덕였다. 이름이 애라라고 했다. 조애라. 애라는 이제 그만 집으로 돌아가자고 말했다. 그러자 그는 오랜만에 고향 친구들과 얘기 좀 해야 하니까 조금만 더 있다가 가자고 했다.

"조금만 더 있다가는 서울 가는 차 끊어질 텐데요."

시계를 보면서 내가 말했다. 그 말은 안 하는 게 좋았을 뻔했다. 내 말을 들은 애라의 표정이 굳어졌기 때문이었다. 애라는 빨리 버스 타러 가자고 아빠의 소매를 잡아끌었다. 그는 책망하는 듯한 표정으로 나를 쳐다보더니 버스 끊어지면 하룻밤 자고 내일 올라가면 된다고 애라에게 말했다. 애라는 싫다며, 빨리 가자고 떼를 썼다. 그러자 그는 그만하라고 소리를 질렀고, 애라는 입이 툭 튀어나온 채 서 있었다. 둘의 실랑이를 보고 있자니 마음이 불편했다.

"형! 형, 사제 된다고 신학대학교 가지 않았나요?"

"그랬지. 중간에 그만뒀어."

"그랬구나."

잠시 사이를 두고 생각하다가 나는 결심했다.

"한두 시간만 있다가 갈 거라구요?"

"응. 그럴 거야. 오랜만에 만났으니 옛날 얘기나 하게."

선배의 표정이 환해졌다. 애라는 여전히 눈물이 그렁그렁 맺힌 눈으로 우리 둘을 쳐다봤다.

통키통키치킨. 시장 골목에 있는 집. 그의 말마따나 연합 체육대회를 무척이나 좋아해서 교회는 물론이거니와 불교학생회와도 시합을 성사시킨 마당발이자 입대기간을 제외하면 평생 그 시장바닥을 떠난 적이 없는 고교 선배가 운영하는 가게였다. 그 가게로 삼삼오오 한때의 고등학생들이 찾아왔다. 25년 만에 다시 한자리에 모인 옛 학생들의 얼굴로는 시간의 발톱이 지나간 흔적이 깊은 주름으로 남아 있었다. 더러는 그 선배와 마찬가지로 머리채마저 뽑힌 사람들도 보였다. 세월의 그런 빈자리를 그들은 늘어난 턱살과 뱃살로 채우고 있었다. 요컨대 모두 사십대 중반이라는 소리다. 무슨 말이 더 필요하겠느냐마는, 모든 건 상대적인 것인지 그렇게 비슷한 또래들만 모이니까 성당 고등부 시절이나 다를 바가 없었다. 신학대학을 권한 분도, 추천서를 써준 분도 신부님이시니, 아무래도 인연이 남다른 그가 대화를 주도했는데, 그러다보니까 어느 틈엔가 다들 고등부 예비신학생 시절로 돌아간 것처럼 보였다. 그때까지만 해도 나는 옛날 친구들과 신부님 이야기나 좀 나누다가 바로 올라가자던 그의 말을 철석같이 믿고 있었다.

"신부님 본명이 스테파노잖아. 그 이름이 뭘 뜻하냐면 하늘에서 뭘 보는 사람의 이름이라는 거지. 사도행전을 보면, 하느님과 모세에 대해 불경스러운 말을 한다고 해서 최고의회에 끌려가서도 스테파노는 굴하지 않고 그리스도를 메시아로 인정하지 않는 유다인들을 비판해서 최고의회 의원들이 화를 내거든. 그때 이분이 하늘을 가리키지. 봐라, 저기 하늘이 열려 사람의 아들이 하느님 오른쪽에 계시는 게 내 눈에는 똑똑히 보이는데, 니들 눈에는 저게 안 보이냐? 그런 말을 들으니까 의회에 있던 유다인들 기분이 더 나빠지지. 그래서 돌로 쳐 죽이라고 해서 결국 순교하는, 그런 분이거든. 어쨌거나 내 말은, 우리 신부님도 하늘에서 뭘 자꾸 보셨단 말이야. 그 얘기는 다들 한번쯤 들었을 거야. 1981년 여의도에서 조선교구 설정 150주년 기념 신앙대회 할 때, 하늘에 뜬 십자가를 보신 얘기 말이야. 신부님 말에 따르면, 전날까지 가을비가 줄기차게 내려서 대회를 제대로 치를 수 있을까 다들 걱정이었는데, 새벽에 비가 그쳤다네. 그때 모인 사람들이 무려 80만 명이었다지. 그런데 오전 10시쯤 행사가 시작되고 추기경을 비롯해서 기수단과 사제단이 중앙 제단으로 올라가는데 뒤편 구름들 사이에서 하얀 십자가가 선명하게 나타난 거야. 그걸 제일 먼저 보신 분이 바로 우리 스테파노 신부님이셨다는 얘기지."

고등학생 때 신부님한테서 자주 들었던 이야기였는데, 그간 완전히 잊고 지내다가 그를 통해 다시 들으니 그 시절의 일들이 오롯이 되살아났다. 다른 사람들도 나와 다르지 않았던지 저마다 그 시절의 일화들을 두서없이 얘기했다. 그렇게 각자가 기억하는 신부님의 모습에 대해 말하는 걸 듣고 있노라니 함께 시간을 보낸 사람들에게는 서로 나눌 수 있는 이야기가 저절로 생긴다는 걸 알 수 있었다. 이야기는 사람들 사이에 있었다. 이야기를 듣는다는 건 함께 경험한다는 뜻이다. 그런데 그의 이야기는 조금씩 우리들 사이에서 벗어나기 시작했다.

"그런데 그거 알아? 1982년에도 하늘에서 뭔가가 많이 보였다는 거?"

신부님에 대한 추억담이 어느 정도 끝나는가 싶을 무렵, 그가 말을 꺼냈다.

"신부님이 또 십자가를 보신 거야?"

치킨집 선배가 들고 온 생맥주를 내려놓으며 물었다.

"또 보셨다는 건 처음 듣는 얘기인 것 같은데?"

내 맞은편에 앉은 친구가 말했다.

"그래, 니들은 잘 모를 거야. 요새 밤길을 걷다보면 문득문득 그때 생각이 자주 나서 나도 최근에야 알아본 거거든. 특전사 수송기 중에 C123이라고, 지금은 사용하지 않는 기종이 있는데, 한때 과부제조기widowmaker로 악명이 높았지. 그 C123이 한라산에 추락해서 특전사 요원 53명이 죽는 참사가 1982년 2월 5일에 일어났는데, 그 사건을 아는 사람은 많지 않아. 전두환 정권이 보도를 통제했으니까. 그때는 이런 루머도 돌았다네. 반전두환파에서 공항 준공식에 참석하러 제주도를 방문한 전두환을 제거하려고 계획했는데, 전두환 쪽에서 미리 알고 전투기로 격추시켰다는 거지."

"소설 같은 얘기네. 건우가 써야겠네."

얼굴만 기억날 뿐, 선배인지 후배인지도 알 수 없는 또다른 남자가 말했다.

"그렇지. 공식적으로는 오히려 대통령 경호 업무 때문에 하루 먼저 내려가다가 추락한 것으로 돼 있으니까. 그런데 이야기는 거기서 끝나지 않아. 같은 해 6월 1일 특전사 요원들을 태운 또다른 C123 수송기가 청계산 중턱에 추락한 거지. 그런데 공교롭게도 이번에도 희생된 사람들의 숫자가 53명으로, 지난봄의 추락사고와 똑같았어. 이렇게 되면 어떤 이야기가 나올 것 같니?"

"혹시 광주?"

내가 물었다.

"그렇지. 역시 소설가라 생각하는 게 남다르구나. 그 사고들이 보도됐다면, 당연히 그런 이야기가 돌았겠지. 특전사가 광주를 진압하고 채 2년이 지나지 않았을 때고, 서로 떨어진 두 점을 연결해서 원인과 결과의 이야기를 만드는 건 민중들에게 허락된 유일한 권리니까. 하지만 나는 좀 다르게 생각해."

"어떻게요?"

"1982년의 하늘에는 뭔가가 있었던 거야. 분명해. 그건 내가 잘 알아. UFO 웨이브라는 거 아는 사람?"

당연히 그게 뭔지 알 만한 사람은 한 명도 없었다. 말하지 않았던가? 요컨대 모두 사십대 중반이라고. UFO 같은 건 졸업한 지 오래다.

"UFO 웨이브라는 건 특정한 시기에 갑자기 많은 사람들이 UFO를 목격하게 되는 현상을 뜻해. 예를 들어 미국에서는 UFO가 추락하고 그 잔해와 시신들이 발견됐다는 로스웰 사건이 벌어진 1947년에 첫번째 UFO 웨이브가 찾아왔어. 우리나라에서는 한국전쟁 기간 동안 미 공군 조종사들이 많이 목격했기 때문에 이를 최초의 웨이브라고 하지. 그리고 두번째 웨이브가 바로 1982년에 찾아왔어. 그해 6월, 부산의 한 공터에 UFO가 3분이나 착륙했다가 사라졌는데, 착륙 흔적이 남은데다가 목격한 사람들도 한둘이 아니었어. 그 소식을 듣고 찾아와서는 소주잔에 술을 붓고 절하는 사람이 있는가 하면, 척추디스크를 고치겠다고 착륙 지점에다 허리를 지진 청년까지 있을 정도였지. 그리고 10월이 되자, 전국의 거의 모든 도시에서 UFO가 목격돼. 이게 무슨 뜻일 것 같아?"

"그러니까 형이 하고 싶은 말은 그 수송기들도 UFO의 공격을 받아서 추락했다는 거야?"

설마하며 내가 물었다.

"바로 그거지."

그뒤의 말은 듣지 않아도 알 것 같았다.

"역시 소설가라……"

일찌감치 잠이나 자두는 게 옳은 선택이었을 것이다. 어차피 그 두 부녀를 태우고 가기로 약속했다면 말이다. 그러나 한번 입이 풀린 그의 이야기는 좀체 끝날 기미를 안 보였고, 나는 왜 그들을 태워주겠다고 말한 것인지 슬슬 화가 나기 시작했다. 해서 가게의 시계 시침이 10시를 향해 다가가는 것을 보고 잠깐이나마 눈을 붙이

자는 생각으로 카운터 뒤에 있는 작은 방에 들어갔다. 불을 켜니 선배의 딸인 애라가 자고 있어 다시 불을 끄고 한쪽에 누웠다. 소설을 써야 하는데, 내가 여기서 뭐하는 짓인가 생각하니 잠도 오지 않았다……고 생각하는 참이었는데, 누가 나를 흔들어 깨웠다.

"일어나라. 이제 올라가자. 파주로."

"몇 시인가요?"

"12시 넘었는데, 보름이라 달이 밝아서 운전하기 딱 좋은 밤이다. 이런 밤이라면 나도 얼마든지 운전할 수 있지. 가자."

술에 취해서인지 선배의 기분은 좋아 보였다. 나는 잠에서 깰 때까지 연신 하품을 해댔다. 다들 집으로 돌아갔는지 홀에는 치킨집 선배뿐이었다. 애라는 좀체 깨지 않았다. 내가 먼저 차로 가서 시동을 켜고 기다렸다. 습기를 머금은 밤공기가 열어놓은 차창으로 밀려들었고, 선배가 선물꾸러미를 든 사람처럼 애라를 품에 안고 밤길로 나섰다. 내비게이션에 목적지를 입력해보니, 주행거리는 292킬로미터에 주행시간이 4시간 54분이었다. 그건 쉬지 않고 달려가도 새벽 5시가 지나야 도착한다는 뜻인 동시에, 집으로 돌아가자마자 단편소설을 마무리지어 잡지사에 넘겨야만 한다는 뜻이었다. 산은 높았으나 다행히 터널이 뚫려 있었다. 자정의 국도에 오가는 차는 드물었다. 가면서 소설의 결말에 대해서 얼마든지 생각할 수 있으리라고 나는 생각했다. 하지만 술이 조금 부족하다며 입맛을 다신 그 선배가 이야기를 시작하는데…… 그 이야기가 또 끝

없이 이어지는데……

"네가 아까 UFO 같은 건 현실을 외면하고 싶어하는 사람들의 눈에나 보이는 것이라고 말했잖아. 그러면 1982년의 한반도에는 현실에서 도피하고 싶은 사람들이 무진장 많았다는, 뭐 그런 얘기가 되지 않을까?"

애라는 뒷좌석에서 자고, 우리 둘이 나란히 앉아 있었으니까 그건 내게 던진 질문이었겠지? 하지만 나는 대답하지 않았다.

"역시 소설가라 사회 현실에 예민해."

나는 앞만 바라봤다. 술을 마셨고, 밤이 깊으니 곧 잠들겠지, 라고 나는 생각했다. 하지만 그건 잘못된 생각이었다. 곧 이어지는 이야기를 들어보면 알겠지만, 그는 밤에 잠자는 유의 사람이 아니었다.

"나, 이상한 사람 아니야. 원래 나도 처음부터 UFO 따위에는 관심이 없었어. 너도 알다시피 한때 사제가 되려고 했던 사람 아니니? 그런데 2010년에는 말이야, 내가 사정이 참 안 좋았다. 어쩌다 보니까 인생의 제일 밑바닥까지 가 있더라. 내가 거기까지 내려갈 줄을 누가 상상이나 했겠니? 그러다가 새벽에 성수대교를 넘어와서 강변북로 일산 방향으로 가는데, 눈앞의 빌딩들 사이에 어마어마하게 큰 쟁반 같은 게 있더란 말이지. 누런 쟁반. 그게 달이었던 거야. 거짓말 안 하고 여기 앞창을 다 가릴 정도였어. 그걸 보니까 여기가 우주 속이라는 생각도 들고, 내가 모는 이 차는 지구의 표면을 기어가는 월면차, 아니 지면차 같은 게 되겠구나는 생각도 들고…… 그러다 옛날에 신부님하고 같이 올려다본 빛들이 생각나더라구. 그래서 그 빛들은 과연 무엇이었나 궁금해서 그때 일들을 찾아보기 시작한 거야."

"뭐, 신부님처럼 십자가라도 본 건가요? 그런 사람이 사제의 길은 왜 포기했대요?"

시큰둥하게 내가 말하자, 그는 고개를 저었다.

"에이, 아니야. 십자가 같은 거. 그리고 그건, 신학대학에서는 군대 갔다 온 뒤에 3학년이 되면 성직자 청원서를 작성해야 하는데, 그 종이를 받아놓고 며칠이 지나도록 한 글자도 쓰지 못하겠는 거야. 3학년 때부터 독방 생활이 시작됐는데, 그제야 나는 독방에서는 살 수 없는 인간이라는 걸 알게 된 거지. 그래서 고민 고민 끝에 나는 그 독방에서 나왔고, 결국 검은 수단을 포기한 거야. 뭐, 그렇게 된 거지."

"누굴 사랑한 건 아니고요?"

"아니야, 그런 건."

"에이, 소설가들은 그런 거 좋아하는데. 신앙시집이나 조르바 같은 거 말고요."

"그래? 아무튼 이 시간에 누군가가 운전하는 자동차 조수석에 앉아서 도란도란 옛날 얘기하니까 기분이 참 묘하다."

"그게 왜 기분이 묘해요?"

"내가 지금 몇 년째 대리운전을 하고 있거든. 사실은 신부님 돌아가셨다는 연락도 나는 못 받았어. 새벽에 편의점 파라솔에 앉아서 신문을 읽다가 부고란을 읽고 돌아가신 걸 알았지. 내가 하루 돈을 못 벌더라도 신부님 연도는 해야지. 보통 일할 때는 애라 혼자 집에 있는데, 이런 날까지 혼자 있으라고 하기가 뭣해서 쟤도 데려온 거구."

나는 고개를 돌려 선배를 쳐다봤다. 뭐라고 대꾸를 해야 할 것 같은데, 할말이 없었다. 그렇다고 늘 그렇듯이 웃음으로 얼버무릴 수 있는 것도 아니었다. 다시 뭐라도 말하자고 생각했는데, 그래서 아무 얘기나 하자고 마음먹었는데, 결국 어떤 말도 내 입에서는 나오지 않았다. 그러자 선배가 먼저 침묵을 깼다.

"네가 예전에「달의 다른 얼굴」이라는 소설을 쓴 적이 있잖니."

"예?"

"기억 안 나? 한 10년 전인가, 우연찮게 내가 네 소설 실린 잡지를 고속도로 휴게소에서 사서 읽었는데…… 그러니까 우리 성당 나오는 얘기 말이야."

나는 가까스로 그런 단편소설을 내가 썼다는 걸 기억해냈다. 『소설과사상』이라는, 지금은 폐간된 문예지에 발표한 소설이었는데, 내가 지금까지 출간한 네 권의 소설집에는 수록되지 않은 작품이었다.

"내가 그 소설 도입부를 참 좋아해. 그게 꼭 내 얘기 같거든. 그날이 1982년 4월 7일이었는데, 신부님 심부름을 하느라 네가 그 소설에 썼던, 바로 그 골목길을 뛰어가고 있었거든."

집에 돌아와서 파일을 뒤져보니 그 소설의 도입부는 부활절 무렵, 우리가 살던 동네의 풍경을 묘사하며 다음과 같이 시작하고 있었다. "등빛으로 저물어가는 노을 쪽으로 궁근 종소리가 으슴푸레 스며들었다. 잴 수 없을 정도로 깊은 어둠이 동네로 밀려드는 만큼이나 너르게. 동네 뒤, 고성산으로 이어지는 첫번째 언덕마루에 들앉은 성당에서 연이어 종을 쳐댄 것이다. 그즈음이면 건뜻 불어오는 저녁바람 사이로 여러 집 창문마다 하나둘 빤한 불이 비춰난다. 시내를 뚫고 지나가는 38번국도 가의 가로등이 아카시아꽃처럼 하얀 등을 밝히는 시각도, 골목길에서 놀던 아이들이 집으로 돌아가는 시각도 바로 그때다." 어렴풋하게나마 그 소설의 내용을 떠올리던 나는, 그가 말하는 빛이, 그러니까 신부님과 함께 올려다본 빛이라는 게 돌이켜보노라면 색이 바랜 듯 느껴지는 기억 속 유년의 빛, 우리가 가장 찬란했던 시절의 빛나는 광채 같은 걸 말하는 모양이다, 뭐, 그렇게 생각하고 있었다. 그러니까 그가 느닷없이 "너희 아버지한테 말이지"라고 말하기 전까지 말이다.

"아버지요? 우리 아버지 말씀이에요?"

내가 그를 바라보면서 물었다.

"그래, 너희 아버지. 화원집 아저씨. 급하게 갈 곳이 있으니까 너희 아버지한테 가서 차를 성당으로 가져오라고 전해달라고 신부님이 시키셨거든. 그때 너희 집에 봉고가 있었던 거 기억나지?"

그가 말했다. 그가 말한 봉고는 내가 중학교 1학년 때 인부들을 실어나르기 위해 구입한 것이었다. 선배는 아버지가 운전하는 봉고를 타고 다시 성당으로 올라갔다고 한다. 신부님의 말을 전했으니 그냥 집에 가도 상관없었는데, 문제는 복사복이었다. 옷을 갈아입을 틈도 없이 달려왔다는 뜻이니까, 무척 급한 심부름이었던 모양이다. 그렇게 성당으로 올라간 아버지는 신부님이 계신 사제관으로 가고, 선배는 제의실로 들어가 옷을 갈아입었다.

"그때가 부활절을 앞둔 수요일이었거든. 그러니까 달이 보름에 가까워서 하늘이 환했어. 성당에서 걸어나오는데 하늘이 하도 환해서 올려다봤더니 환한 점이 보이더라구. 저렇게 밝은 별이 있었나, 싶을 정도로. 그런데 색깔이 밝아지는가 싶더니 그 빛이 세 개로 나뉘어졌어. 그때 사제관에서 세 분이 나왔지. 신부님하고 네 아버님하고, 그리고 그 사람."

"그 사람이요?"

"응, 그 사람. 이름이 오인수였나? 아무튼 내가 손을 들면서 신부님, 저기 이상한 빛이 있어요, 라고 말했더니 다들 그 세 개의 빛을 올려봤어. 동방박사가 본 별이 꼭 그랬을까, 뭐 그런 생각을 하는데 갑자기 가만히 멈춰 있던 세 개의 빛이 움직이기 시작한 거야. 빠른 속도로 하늘을 가로지르기도 하고, 원을 그리기도 하고.

마치 구름에다가 서치라이트를 비추듯이. 그걸 보니까 온몸이 오싹해지는데……"

그때 선배가 본 게 어지간히 인상적이었던 모양이라고, 어쩌면 자신이 진짜 UFO를 목격했다고 생각하는 모양이라고 나는 생각했다. 그러니까 1982년의 UFO 웨이브라는 걸 그렇게 길게 얘기한 것이었겠지. 그러나 선배가 내게 들려주고 싶었던 건 그런 이야기가 아니었다. 선배는 그때 그 빛을 본 오인수라는 사람이 갑자기 성당 앞 시멘트 바닥에 납작 엎드렸다는 이야기, 그러더니 광주에서 자기가 얼마나 무서웠는지 아느냐고, 광주사태라는 게 얼마나 끔찍한 것인지 아느냐고, 그걸 모두 지켜본 자신의 마음이 얼마나 괴로운지 아느냐고 울부짖었다는 이야기를 하고 싶었던 것이다. 그렇게 한 5, 6분이 지난 뒤, 그 빛들은 사라졌고, 그의 울음소리도 잦아들었다. 그때까지 세 사람은 어둠 속에 가만히 서 있었다. 자신은 하늘의 불빛들을 계속 보고 있었는데, 다른 두 사람은 뭘 봤는지 모르겠다고 선배는 말했다.

울음을 그친 뒤, 오인수씨는 일어나 옷을 털고는 신부님에게 자수하겠다고 말했다. 신부님은 아버지와 선배에게 잠시 기다리라고 말한 뒤, 오인수씨를 데리고 사제관으로 들어갔다. 선배는 어둠 속에 서 있는 아버지를 바라봤다. 아버지도 그를 바라봤다. 하지만 둘은 아무런 대화도 나누지 않았다. 잠시 후 밖으로 다시 나온 신부님은 두 사람에게 말하기를, "오늘 우리는 아무것도 보지 못했고, 아무것도 듣지 못했습니다"라고. 또 "평생의 비밀로 삼아야만 합니다. 명심하세요"라고. 그 말이 무슨 뜻인지, 선배는 나중에야 알 수 있었다. 그러니까 그 며칠 전인 3월 18일 부산에서 미 문화원 방화 사건이 벌어졌고, 4월 5일에는 그 배후조종 혐의를 받던 김현장을 22개월간 은닉시킨 일로 원주교구 최기식 신부가 경찰에 연행됐으며, 그 일로 치안본부 주관으로 전국, 특히 교회와 사찰 등을 중심으로 정밀 호구조사가 실시됐기 때문에 은신중이던 오인수씨를 신부님이 황급히 다른 곳으로 도피시키려고 했다는 사실을.

"만약 아버지가 거기 있었다는 걸 경찰이 알았다면, 아버지에게도 문제가 생겼을까요?"

내가 물었다. 선배는 나를 쳐다봤다.

"신부님의 부탁을 거절했으면 몰라도, 수배자를 도피시키려고 차를 가지고 갔으니까 아마 경찰이 알았다면 너희 아버지도 구속시켰겠지."

신부님은 사제관으로 들어가고 아버지는 봉고를 운전해서 성당을 떠난 뒤, 선배는 혼자서 밤길을 걸어갔다. 언덕을 모두 내려왔을 때, 앞쪽에서 자동차 전조등 불빛이 자신을 향해 다가왔다. 한쪽에 피해 있으려니까 그 차가 선배 앞에 멈춰 섰다. 아버지의 봉고였다. 아버지는 집까지 데려다주겠으니 타라고 선배에게 말했다. 그는 조수석에 올라탔다. 하지만 얼마 가지 않아 선배는 앞쪽을 가리키며 "저기 앞에 세워주세요"라고 말했다. 아버지는 차를 세웠다. 그리고 시동을 껐다. 그렇게 고요한 가운데 두 사람은 앉아 있었다. 한참 만에 아버지가 입을 열었다. 아까 내가 잘못 본 거 아니지? 아버지가 선배에게 물었다. 예. 선배가 대답했다. 우리 머리 위에 그 환한 빛이 둥둥 떠다닌 것 맞지? 아버지가 다시 선배에게 물었다. 선배가 대답했다. 예, 진짜로 있었어요. 우리 머리 위에. 사실은 집이 코앞이라 선배는 그 차에 탈 이유가 없었다. 하지만 선배는 아버지와 뭔가 얘기를 좀더 하고 싶었다. 모르긴 해도 그건 나의 아버지도 마찬가지였던 모양이라고 선배는 말했다.

로마제국시대 사람인 크리스토포로스는 가나안 출신의 거인으로 운전사들의 수호성인이다. 그의 원래 이름은 레프로부스다. 힘센 사람을 섬기기 위해 순서대로 왕과 악마를 찾아갔다가 악마가 십자가를 무서워하는 걸 보고 그는 그리스도를 섬기기로 했다. 그때 한 은수자에게서 가난한 사람들을 섬기는 일이 곧 그리스도를 섬기는 일이라는 말을 듣고 레프로부스는 돈이 없어 강을 건너지 못하는 사람들을 어깨에 태워 옮겨주는 일을 하기 시작했다. 그러던 어느 날, 한 아이가 찾아왔고, 그는 당연히 그 아이를 어깨에 메고 강으로 들어갔다.

그런데 건너가는 동안, 아이가 점점 무거워지기 시작했다. 바위처럼, 그다음에는 언덕처럼, 그다음에는 산처럼, 그다음에는 대륙처럼, 또 지구처럼, 그리고 이 세계 전부인 것처럼. 레프로부스는 반대편 기슭으로 지팡이를 뻗어 겨우 그 무게를 지탱할 수 있었다. 그러자 그 아이는 "너는 지금 전 세계를 옮기고 있다. 내가 바로 네가 그토록 찾던 왕 예수 그리스도다"라고 말했다. 그 순간, 물에 닿은 레프로부스의 지팡이에서 푸른 잎이 돋아나고 땅에 뿌리를 내려 종려나무가 됐다. 그 한 번의 만남으로 그의 이름은 그리스어로 그리스도를 업고 가는 사람인 크리스토포로스로 바뀌었다.

이따금 선배는 새벽에 취객의 차를 운전할 때, 그 성인을 생각한다고 했다. 너는 지금 전 세계를 옮기고 있다. 이따금 선배는 대리운전비를 받아 어두운 거리를 걸어가면서 노래를 부른다고도 했다. 검푸른 바닷가에 비가 내리면 어디가 하늘이고 어디가 물이오. 이따금 선배는 한강의 건물들 옆으로 거대한 달이 떠 있는 것을 본다고도 했다. 그 달을 볼 때마다 선배는 네 사람의 머리 위에서 환하게 빛나던 그 빛을 생각한다고 했다. 그런데 모두 돌아가시고 이제 나만 남았네. 이제 그 빛을 아는 사람은 나뿐이네. 그 말을 마지막으로 선배는 잠이 들었다.

달빛으로 환한 밤하늘과 크고 검은 봉우리들과 가까이 혹은 멀리서 반짝이는 인가의 불빛들과 길고 매끄러운 영동고속도로가 눈앞으로 펼쳐졌다. 이제 다들 잠들었으니 소설의 결말에 대해서 생각하자고 마음먹었다. 하지만 어쩐지 자꾸 졸음이 몰려왔다. 허벅지를 꼬집고, 뺨을 때려도 눈이 자꾸 감겨왔다. 그러다가 휴게소

표지판이 보이기에 바로 들어가서 차를 세웠다. 눈을 좀 붙일까 생각하는데, 뒤에 있던 애라가 휴게소에 온 것이냐고 물었다. 내가 그렇다고 말하자, 그애는 화장실에 다녀오겠다며 밖으로 나갔다. 심야의 휴게소에 그애 혼자 보낼 수는 없어서 나도 따라 내렸다. 화장실에 다녀온 뒤 각자 캔커피와 물을 사들고 다시 차로 돌아왔더니 선배는 옆으로 몸을 웅크린 채 뒷좌석에 누워 있었다.

"어떡하지?"

"자게 놔둬요. 제가 앞에 탈게요."

애라가 말했다. 그애를 조수석에 태우고 나는 시동을 걸었다. 다시, 파주로. 휴게소 주차장을 빠져나와 왼쪽 백미러를 보며 나는 고속도로 차선에 진입했다. 우리의 앞에도, 뒤에도 주행중인 자동차가 없었다. 새벽 3시가 지난 영동고속도로는 고요했다.

"올해 몇 살이니?"

"열세 살이에요."

"열세 살? 그럼 안네하고 같은 나이네. 『안네의 일기』 읽어봤어?"

애라는 고개를 흔들고 나서 또 졸린 모양인지 하품을 했다. 그 책을 읽었다면, 들려줄 이야기가 있는데…… 나는 혼자 생각했다. 안네는 같이 숨어지내는 오빠인 페터와 첫 키스를 했다. 안네도 페터를 좋아했고, 페터 역시 안네를 좋아했다. 그래서 페터는 안네를 나의 엘도라도라고 불렀다. 엘도라도. 그러니까 황금의 도시라고.

안네는 일기에 이렇게 썼다. "자기 보물이라고 부르는 거나 마찬가지지. 사람을 부르는 이름은 아니라는 걸 모르나봐. 바보 같아! 그래도 그애가 너무 사랑스러워." 은신처 바깥에서는 게슈타포가 사람들을 체포해서 가스실로 보내버리고 있는데, 안네의 관심사는 사랑, 오직 사랑뿐이었다. 열세 살에는 사랑, 오직 사랑뿐. 그런 이야기를 들려주려고 했는데, 옆을 보니까 애라는 눈을 감고 자고 있었다.

나는 나의 열세 살을 생각했다. 그때 나는 뭘 하고 있었나? 1982년. 중학교 1학년. 프로야구 개막. 봄바람에 흔들리던 성당 초입의 벚꽃들. 브라보콘과 키스바의 여름. 봉고에 음식을 잔뜩 싣고 가족들과 찾아가던 일요일의 계곡. 응접실에 앉아서 담배를 피우던 아버지의 모습. 여름에도 서늘하던 본당 건물. 형형색색의 빛으로 반짝이던 스테인드글라스. 그리고 내가 보지 못한, 아버지의, 평생 비밀이 된 세 개의 빛. 터널에서 빠져나와 왼쪽으로 크게 회전하면서 그 세 개의 빛에 대해 생각하는 내 눈에 길게 뻗은 고가도로 오른쪽 뻥 뚫린 밤하늘에 노란 달이 떠 있는 게 보였다.

"이야, 저거 봐라. 애라야."

애라는 깨지 않았다. 나는 그애에게 들려주고 싶었다. 저 달이 네 아빠가 이따금 새벽이면 본다는 바로 그 달이라고. 네 아빠는 저 달을 볼 때마다 1982년의 어떤 빛을 떠올린다고. 그 달이 봉우리 너머로 숨기 전에 애라를 깨우려고 나는 액셀러레이터에서 발을 뗐다. 그애의 어깨를 가볍게 두들기다가 나는 깨달았다. 아버지에게도 그 세 개의 빛을 생각하는 시절이 한번쯤은 있었으리라는 것을. 그들의 머리 위에, 진짜로 있었던, 그 빛을. 과연 언제 그 세 개의 빛을 생각했는지 영영 나는 모를 테지만. 그렇다면 누가 뭐래도 꽤 근사한 일이 아닌가? 나는 혼자 중얼거렸고, 그때 애라가 눈을 뜨며 왜 그러느냐고 물었다. 내가 달을 가리켰고, 애라가 그 달을 쳐다봤다. 시계를 보니, 2013년 5월 25일 새벽 3시 23분이었다.

인구가 나다

보이지 않는 곳에서 뭔가, 말하자면 영혼이랄 수도 있는, 중요한 게 뒤틀린 듯한 느낌이랄까. 은수는 자기 옆에 선 소년이 불안하게만 느껴졌다. 공방을 차린 뒤, 그간 심리상태가 불안정한 십대 소년들을 종종 접할 수 있었다. 어려서부터 음악경연대회에 참가하며 경쟁에 익숙해진 그들은 대개 자존심을 건드리면 바싹 조인 현처럼 팽팽하고 억세게 반응했다. 마음속으로는 그렇다면 지금까지 통틀어 불안 부문 최우수상을 수상할 만하군, 이라고 생각하면서도 은수는 소년을 본숭만숭 작업을 계속했다. 한동안 엉거주춤 문 옆에 서서 그가 일을 다 마칠 때까지 기다리는가 싶더니 더는 못 참겠다는 듯이 조은수씨를 만나러 왔다고 소년이 말했다. 변성기가 지난 목소리가 탁류처럼 실내에 번졌다.

"난 오늘 누굴 만나기로 한 적이 없는데?"

소년 쪽으로 돌아보지도 않은 채, 그가 말했다.

"명음사란 곳에 갔더니 여기에 가보라고 하데요. 여기 가면 이걸 살 사람이 있을 거라고."

소년이 흠집이 많은 바이올린 케이스를 들어 보이며 말했다. 그제야 은수는 작업대에 조각도를 내려놓고 소년을 돌아봤다. 명음사에서 그에게 손님을 보내는 경우는 하나뿐이었다. 그는 소년의 왼손과 왼쪽 목을 훑어봤다. 초조한 듯 입술을 꼬집고 있는 왼손 손톱 아래가 새카맸다.

"나는 네가 누군지 모르겠는걸?"

"그게 무슨 상관인가요? 어차피 다들 몰라도 물건 잘도 사고팔잖아요."

"원래는 그렇지만, 명음사에서 널 여기로 보냈다면 얘기가 좀 달라지지. 우선 바이올린 내려놓고 거기 소파에 앉거라."

그가 문 옆에 놓인, 가운데가 푹 꺼진 3인용 가죽소파를 가리켰다. 소년은 소파 끝에 허리를 세우고 앉았다.

"이름 정도는 알아야겠지?"

"프라이버시까지 밝혀야 바이올린을 팔 수 있는 건가요?"

"넌 내 이름을 알고 있잖아. 그러면 불공평한 거지."

"인구라고 해요. 정인구."

그는 기억을 더듬었다. 역시 처음 듣는 이름이었다.

"벌써 알고 있는지 모르겠지만."

그 소년이 덧붙였다.

"엉? 왜 내가 네 이름을 알고 있을 거라고 생각하는 거지?"

"모르면 그만이구요. 바이올린 만드는 사람이라서 알지도 모른다고 생각한 것뿐이니까. 그래서 말할까 말까 망설였던 거구요."

"무슨 말인지 모르겠네. 일단 바이올린부터 봐야겠다."

인구가 케이스에서 바이올린을 꺼내 탁자 위에다 놓았다. 은수의 예상은 거의 빗나가지 않았다. 갑자기 옛일과 동시에 어떤 의혹이 떠올랐다. 그는 소파 쪽으로 의자를 끌고 간 뒤, 양손으로 깍지를 끼고 소년과 마주 앉았다.

"내게 팔고 싶다면, 이 바이올린을 어디서 구했는지부터 말해보렴."

"그런 이야기, 이젠 더이상 하고 싶지 않은데……"

"보다시피 여기에는 보증서가 없어. 이 바이올린이 훔친 게 아니라는 사실을 넌 증명해야만 해."

애당초 보증서 따위는 없는 바이올린이라는 걸 잘 알고 있으면서도 은수는 짐짓 그렇게 말했다. 인구는 여러 가지를 따져보는 것 같았다.

"보증서가 없는 한, 대한민국 어디를 가더라도 넌 그 바이올린을 팔 수 없을 거야. 네가 악기상에게 그 바이올린을 팔려고 할 때마다 나한테 연락이 올 거고 우린 다시 만나게 될 거야. 그러니 그 바이올린을 팔고 싶다면 지금 나한테 파는 게 가장 좋을걸. 그러자면 난 알아야 해. 이 바이올린이 훔친 게 아니라는 걸."

그가 단호하게 말했다.

"좋아요."

마침내 인구가 말했다.

"절 잘 모르시는 모양인데, 우선 저부터 소개하죠. 전 천재 소년 바이올리니스트 정인구라고 해요. 사람들이 저를 그렇게 불렀어요. 우리 아빠는 택시 운전사였구요."

그건 말하자면 어떤 구토의 전사前史라고나 할까. 인구의 아버지는 늘 KBS 1FM이 흘러나오는 회사 택시를 운전했다. 다른 채널로 바꿔달라는 손님에게는 이차크 펄먼의 일화를 들려줬다. 언젠가 오케스트라와 협연 도중에 이차크 펄먼이 연주하는 바이올린의 줄이 하나 끊어진 적이 있었는데, 거기에 굴하지 않고 그는 남은 줄 세 개만으로 연주를 성공적으로 끝마쳤다는 이야기였다. 이차크 펄먼이 소아마비로 오른쪽 다리를 못 쓰는 장애인이라는 사실과 함께 들을 때, 이 일화의 울림은 더욱 커졌다.

"예술가란 자신이 가진 것만으로도 충분히 해낼 수 있는 사람들이니까요. 이차크 펄먼은 다섯 살 때부터 바이올린을 시작했다는데, 우리 아들은 네 살 때부터니까. 1년이나 빠르죠. 소아마비도 안 걸렸구요. 이름이 정인구예요. 나중에 우리 아들이 세종문화회관 무대에 서서 연주하는 날이 분명히 올 텐데, 그날이 오면 아, 그때 택시기사가 말하던 그 아이로구나, 라고 생각하시게 될 겁니다. 내 말이 진짜인지 아닌지 두고보세요."

몇백만원짜리 바이올린으로 연주하는 택시기사의 중학생 아들이 세계 최고의 바이올리니스트가 된다는 게 지금의 한국 사회에서는 쉬운 일이 아니라는 현실이 그의 눈에는 보이지 않았다. 그가 보지 못하는 건 그것뿐만 아니었다. 세계적인 바이올리니스트가 될 수 있는 소년이라면, 결국에는 신체적인 장애는 물론이거니와 경제적이든 사회적이든 그 어떤 장애도 이겨낼 수 있을 테니까. 문제는 장애가 아니었다. 늘 그랬던 것처럼 이 세상의 장애물들은 거기 그대로 있었다. 그럼에도 그 장애물들이 점점 더 높아지는 것처럼 보였다면, 그건 그의 아들이 점점 더 평범해지고 있기 때문이었다. 예술의 길에서 평범한 자들은 거의 예외없이 자신이 뛰어넘으려던 그 장애물을 껴안고 나뒹굴고 만다.

인구는 일찌감치 그 사실을 알아차렸다. 인구에게 천국이 있었다면, 그건 초등학교 시절이리라. 그때는 모두들 인구가 모차르트라도 되는 양, 경이에 가득 찬 눈으로 그의 연주를 들었다. 하시만 세계적인 바이올리니스트라는 목표를 세우자마자 인구는 급속하게 평범해졌고, 그 틈을 놓치지 않고 삶은 검은 입을 벌렸다. 그 이빨에 몇 번 물어뜯긴 뒤, 인구에게 남은 건 소심한 도피뿐이었다. 중학교 3학년 시절의 인구에게 이 세상이란 자신이 사는 연립주택 옥상에서 내려다보는 풍경 같은 것이었다. 인구는 마음이 괴로울 때면 옥상에 올라가 이런 생각을 했다. 4층밖에 안 되지만, 뛰어내린다면 바로 죽겠지. 물론 나는 매번 안 죽고 내려가지만. 그러니까 여기는 살 수도 있고, 죽을 수도 있는 곳. 그런데 나는 살 수도, 죽을 수도 없는 처지다.

애당초 시도하지 않으면 실패하지도 않는다는 것을, 그즈음 인구는 어렴풋이 깨닫고 있었다. 꿈을 버리는 자에게 실패란 없다는 역설적인 진실. 평범한 중학생이라면, 장애물을 뛰어넘으려다가 그 장애물과 함께 나뒹구는 일은 일어나지 않을 것이다. 그러나 인구에게는 그 평범을 받아들이는 게 천재를 받아들이는 것보다 더 어려웠다. 그러는 사이에 그의 아버지가 먼저 평범해졌다. 늙어서 그런지 감기가 잘 낫지 않는다며 내과를 찾아갔던 인구의 아버지는 폐암 말기 진단을 받았다. 그 일이 자기 인생을 어떻게 바꿔놓을지 인구로서는 가늠할 수 없었지만, 방사선치료와 항암제 투약만 가능할 뿐, 수술이 불가능한 말기 환자라 아버지의 상태는 하루가 다르게 나빠졌다. 그렇긴 해도 불과 8달 만에 신도시에 있는 호스피스 병동까지 가게 될 줄은 아무도 몰랐다. 처음 그 병동을 찾아갔을 때, 인구는 그곳을 이별을 위한 장소, 곧 정거장 같은 곳이라고 생각했다. 거기서 헤어지고 나면 다들 어디로 가는 것일까? 그런 상념이 소년을 고독하게 만들었다.

그렇게 지내던 마지막 나날의 어느 일요일, 병원으로 급히 오라는 연락을 받고 호스피스 병동으로 달려간 인구에게 뜻밖에도 아버지는 바이올린을 하나 내놓았다. 호스피스 병동에 앉아서 무슨 돈으로 어떻게 구입했는지 모르겠지만, 이탈리아에서 만든 수제 바이올린이라고 했다. 그러면서 아버지는 죽기 전에 인구의 연주회를 꼭 보고 싶다고 말했다. 일찌감치 삶의 이빨에 물어뜯긴 중학생과 달리 죽음을 직시하는 말기 암환자는 결코 희망을 포기하지 않았던 것이다. 아버지가 건넨 바이올린을 쥔 채, 인구는 그 희망 앞에 서 있었다. 그제야 인구는 희망의 무서움을 알았다.

그들의 사연을 알게 된 병원측에서는 연주회를 후원하는 대신 새로 연 호스피스 병동을 널리 알리는 이벤트로 그 연주회를 활용하기로 했다. 연주회가 열리던 토요일 오후, 연주회장인 병원 대회의실에는 지역 신문사는 물론이거니와 한 방송국의 다큐멘터리 팀까지 찾아왔다. 인구는 이제 막 죽음이 시작된, 혹은 한창 죽음이 진행중이거나 곧 죽음이 완결될 사람들 앞에서 아버지가 가장 좋아하던 곡인 엘가의 〈사랑의 인사〉를 연주했다. 연주가 모두 끝난 뒤에 다큐멘터리 팀은 병실에서 인구가 아버지만을 위해서 연주하는 모습을 촬영하고 싶다고 했다. 인구가 〈사랑의 인사〉를 연수하자, 아버지의 눈에서는 다시 눈물이 흘러나왔다. 봄날의 계곡물처럼 무심하게 보였지만, 그건 아들을 세계적인 바이올리니스트로 만들고자 하는 아버지의 마지막 노력이었다. 인구의 눈에서도 눈물이 나와 미끄러지듯 바이올린의 표면 위로 흘러내렸다.

아버지가 죽자, 마치 기다렸다는 듯이 TV에서는 4부작 다큐멘터리 〈호스피스 병동의 천재 소년 바이올리니스트〉를 방영했다. 그 다큐멘터리로 유명해진 인구는, 고등학교 1학년 겨울방학이 시작되자 얼마간은 주말마다 전국의 호스피스 병동을 돌면서 '호스피스 병동의 천재 소년, 사랑의 인사 콘서트'를 열었다. 그러던 어느 토요일, 광주의 한 병원에서 연주를 마친 뒤, 화장실 변기에 앉아서 볼일을 보는데 바닥에 갈색 액체가 보였다. 그게 뭔가 싶어서 바라보다보니 처음에는 동전만했던 액체가 시간이 지나면서 점점 커지기 시작했다. 그 액체가 시디만큼 커졌을 때 갑자기 구토가 치밀었다. 인구는 허리를 숙이고 바닥을 향해 헛구역질을 시작했다. 화장실이 떠나가도록 꽥꽥거리기를 몇십 번, 갑자기 인구의 입에서 바닥에 고인 것과 같은 갈색 액체가 쏟아졌다. 이게 뭔가? 나보다 먼저 여기 와서 갈색의 뭔가를 게워낸 사람이 있단 말인가? 나 같은 사람이 또 있었단 말인가? 인구는 토사물을 보면서 부르르 떨었다.

아버지가 죽은 뒤, 남은 가족에게는 당장 생계수단이 없었다. 바로 그때 인구에게 바이올린 연주를 요청하는 전화가 전국에서 쇄도하기 시작했다. 그들은 인구에게 죽어가는 사람들 앞에서 〈사랑의 인사〉를 연주할 것을 요구했다. 자신들이 TV에서 본 것처럼. 거기 암병동에서 사람들은 계속 죽어갈 테니 위로의 연주는 이 세상이 끝날 때까지 계속되리라. 그건 인구 전에도 또다른 인구가, 인구 다음에도 또다른 인구가 필요하다는 뜻이기도 했다. 인구는 자신이 수많은 인구 중 하나일 뿐임을 어렴풋이 깨달았다. 그뒤로 인구는 연주가 끝나면 구역질을 하기 위해 화장실로 달려가곤 했다. 그해 봄, 더이상 바이올린을 연주하지 않기로 결심할 때까지. 평범을 받아들이자, 인구는 더이상 자신이 역겹지 않았다. 이로써 모든 이야기의 끝.

인구의 이야기를 반 정도 들었을 때, 은수는 그 모든 말들이 의심스럽기 시작했다. 이야기의 진실성은 은수에게 너무나 멀리 있었고, 굳은살이 전혀 보이지 않는 아이의 왼손은 참으로 가까이 있었다. 게다가 그 바이올린이 서울 외곽에 새로 문을 연 호스피스 병동에 누운 택시기사의 손에 들어갈 확률은 아무리 관대하게 계산해도 제로에 가깝다고 판단했다.

"네가 지금 말한 이야기로는 이 바이올린이 훔친 게 아니라는 걸 충분히 납득하기 어렵다."

아버지의 눈물에 대해 말할 때는 눈물까지 글썽거릴 정도로 자신의 이야기에 취해 있던 인구는 어리둥절한 표정이었다. 그제야 거기가 어디인지 알겠다는 듯 주위를 힐끔거리던 인구는 갑자기 바이올린을 케이스 안에 넣으려고 했다. 은수가 일어서서 그 바이올린을 잡았다.

"당분간 이 바이올린은 내가 보관하겠어. 누구한테, 어떤 식으로, 이 바이올린을 구했는지 확실하게 밝히면, 그때는 내가 정당한 대가를 너한테 지불하겠다."

　그렇지만 인구도 바이올린을 놓지 않았다. 서로 힘을 주다보니 엉거주춤 둘이서 바이올린을 붙들고 마주 선 꼴이 됐다. 쉰 살이 넘었다고는 하지만 은수야 늘 작업대에서 나무를 다듬는 일을 하니 완력으로 치자면 열일곱 살 소년쯤은 충분히 당해낼 수 있었다. 그러자 힘에서 밀린다고 생각했는지 인구가 갑자기 그의 얼굴에 침을 뱉었다. 왼쪽 눈 주위로 튄 침을 왼손으로 닦으면서, 생뚱맞게도 은수는 그게 구토일지도 모르겠다고 생각했다. 그런 순간에도 그는 바이올린을 놓지 않았다.

　"이 나쁜 자식, 꼭 감방에 넣어주마."

　여기서 더 힘을 주다가는 바이올린이 부서지고 말겠다는 생각이 들 때쯤 인구가 손을 뗐다. 은수는 바이올린을 품에 안으며 뒤로 넘어졌다. 두 팔을 벌린 채 엎어진 곤충처럼 버둥대며 인구는 쓰러진 그를 향해 욕설을 퍼부었다. 대충 들으니 아버지 없다고 무시하지만 자기도 아는 사람이 한두 명이 아니니 가만두지 않겠다고 말하는 것 같았다. 일단 바이올린을 작업대 아래로 밀어넣은 뒤, 은수가 일어섰다. 그러자 인구는 문을 열고 도망치기 시작했다. 거기 서라고 외쳐봤자 인구가 그 말을 들을 리가 없었다.

　인구가 케이스에서 꺼낼 때부터 그는 그 바이올린을 알아봤다. 그의 눈이 멀었다고 한들 어떻게 그걸 알아보지 못할 수가 있겠는가? 만약 인구가 그의 얼굴에 침을 뱉고 미친 듯이 욕설을 퍼부은 뒤 달아나지 않았다면, 그 역시 인구에게 기나긴 이야기를 들려줬을 것이다. 그해 무덥던 여름, 신촌을 지나가다가 버스정류장 앞에 서 있던 혜진과 우연히 만나면서 시작하는 이야기를. 그녀를 뭐라고 설명하면 좋을까? 집에서 만드는 셔벗 같다고나 할까? 상점에서 파는 것보다 단맛은 덜한 대신 신맛과 찬맛은 훨씬 강한 그런 여자. 하교하는 길이었던지 바이올린 케이스를 들고 서서는 그에게 "요즘 뭐하세요?"라고 묻기에 "사람 많이 죽이는 공포영화 보고 다닙니다"라고 퉁명스럽게 대꾸했는데 그게 뭐가 웃긴지 그녀가 한참 웃었다. 나중에 알고 봤더니 그녀 역시 공포영화 광이었다.

중학교 시절부터 국내 콩쿠르에서 그들은 자주 마주치곤 했다. 실력이 엇비슷했다고 은수는 기억했다. 그러나 가정 형편을 비관해 고등학교 1학년 때 바이올린을 포기한 뒤로 그는 그녀를 보지 못했다. 그때 은수가 여전히 바이올린을 전공하는 음대생이었다면, 어쩌면 둘은 늘 그랬듯이 눈인사로 아는 체만 하고는 헤어졌을지도 모르겠다. 이제는 서로 다른 길을 간다고 생각해서 그녀는 말을 걸었을 것이다. 그렇게 만나 어디 가는 길이냐고 그녀가 물었을 때, 얼떨결에 은수는 동원목재 건조야적장에 평창군에서 벌채한 단풍나무가 들어왔다고 해서 나무 보러 가는 길이라고 대답했다. 그게 거짓말의, 하지만 이제 와 생각하면 진실의 시작이었다. 당시 수색에 있던 동원목재에 쓸 만한 나무가 있는지 보고 오라는 심부름을 하러 가는 길이 맞기는 했지만, 아버지가 보고 오라던 나무는 수입산 티크였다.

그 순간, 은수는 단풍나무가 바이올린의 재료라는 말을 들었기 때문에 그 나무를 떠올렸던 것인데, 혜진의 표정이 미묘하게 바뀌는 것을 보고는 조금 더 나아갔다. 즉 자신은 바이올린 제작자가 되기 위해서 바이올리니스트의 길을 포기했다고, 수줍은 듯이 말한 것이다. 그날 혜진이 왜 그 말에 관심을 보였는지, 그리하여 수색으로 가는 버스에 은수와 함께 탄 이유는 무엇이었는지 그로서는 알 수 없었다. 다만 확실한 것은, 바로 그날 바이올린 제작자가 되겠다는 그의 말에 혜진의 표정이 미묘하게 변하던 그 순간부터 그는 혜진을 사랑하기 시작했다는 점이었다. 우연한 만남과 거짓말로 시작된 그 사랑은 가볍고 무책임하면서도 일시적이고 관능적인 것이었다. 그는 그녀의 표피만을 사랑했다. 그녀의 천진난만을, 종아리를, 덧니를, 머리칼을.

그러나 동원목재 건조야적장에서 거짓말처럼, 혹은 정말로 단풍나무 원목을 발견했을 때, 은수는 자신의 몸을 움켜잡은 어떤 손아귀의 힘 같은 것을 느꼈다. 은수가 언제부터 바이올린 제작자가 됐느냐고 묻는다면, 그 대답 역시 바로 그날이라고 할 수밖에 없었다. 원목을 보고 돌아오는 길에 그는 혜진에게 제일 먼저 만드는 바이올린을 선물할 테니 그걸로 자기만을 위해서 멘델스존의 〈바이올린 협주곡〉 제2악장을 연주해달라고 말했다. 그녀를 만나기 전까지 그는 한 번도 바이올린 제작자가 되고 싶다고 생각한 일이 없었다. 그건 어떤 열기에 휩싸인 나머지 그도 모르게 충동적으로 내뱉은 말일 뿐이었다. 그러나 그 말에는 낭만적인 내음이 물씬 풍겼다. 그가 거듭 대답을 요구하자, 마침내 그녀가 그러겠노라고 고개를 끄덕였다. 그 순간, 그의 미래는 결정됐다. 그의 미래를 결정한 건, 그러니까 어떤 열기였다.

소년이 거짓말을 한다고 생각하면서도 검색사이트에 '정인구 호스피스 병동 사랑의 인사'라고 입력했더니, 놀랍게도 7000건이 넘는 검색 결과가 나왔다. 그중 제일 위에 나온 사이트를 클릭했더니 누군가의 블로그에 스크랩된 신문기사로 연결됐다. '다큐멘터리 인간시대 4부작, 호스피스 병동에 울리는 사랑의 인사'. 기사 내용은 인구가 그에게 들려준 것과 대동소이했다. 그는 한창 스크롤을 제작 중이던 공방 직원 상협에게 혹시 정인구라는 소년 바이올리니스트를 아느냐고 물었다. 좀 생각하더니 상협은 모르겠다고 대답했다.

"그럼 호스피스 병동의 천재 소년 바이올리니스트 얘기는 들어봤어?"

"아, 걔 알아요. 기억나요. 실력이 형편없는데도 천재라고 하도 매스컴에서 떠들어대서······"

"천재가 아니야?"

작업이 지루했던지 상협이 의자를 돌리고 그를 바라보면서 말했다.

"뭐, 천재라기보다는, 왜 그런 거 있잖습니까? 기계들. 북한 같은 사회주의권에서 흔히 찾아볼 수 있는 바이올린 기계들 말이죠."

"아는 사람들이 보면 금방 알 텐데, 그런 애를 괜히 천재라고 했겠어? 뭐가 있긴 있었겠지."

"글쎄요. 뭐가 있었을까요? 아, 걔한테는 아버지가 있더라구요. 그 아버지가 어릴 때부터 애를 기계로 키운 거예요. 돈 때문이겠죠. 피골이 상접한 꼴로 병상에 누워서는 이 아이는 장차 이차크 펄먼처럼 세계적인 바이올리니스트가 될 겁니다, 라고 말하는데 섬뜩하더라구요. 택시기사 주제에 세종문화회관 후원회원이라면 말 다 했죠. 하지만 노력해서 되는 일이 있고 안 되는 일이 있죠. 우린 딱 보면 견적이 나오잖아요. 비빌 언덕이 없다는 걸."

"혹시 걔네 엄마도 텔레비전에 나왔어?"

은수가 물었다. 만약 혜진이 그새 이혼이라도 했다면, 그녀라고 택시기사와 재혼하지 말라는 법은 없었으니까.

"엄마? 엄마는 글쎄요. 엄마가 나왔나, 어땠나? 걔 아버지 투병생활하는 장면에서 나왔던 것도 같은데."

"어떻게 생겼는지 기억나?"

"그걸 제가 무슨 수로 기억해요."

하긴 그녀가 어떻게 생겼는지는 은수조차도 기억이 가물거렸다. 떠오르는 건 굳은살의 맛이랄까. 씁쓸하고 짭조름하고 말캉말캉했던 어둠 속의 기억.

"정 궁금하시면 동영상을 찾아볼게요."

은수가 괜찮다고 말했지만, 상협은 그를 일으켜세우고는 자신이 컴퓨터 앞에 앉았다. 자신의 어떤 표정이 상협의 호기심을 불러 일으킨 모양이라고 그는 생각했다. 마침내 다큐멘터리 동영상을 찾아 컴퓨터로 내려받는 동안, 상협이 공방 한쪽 구석에 있던 그 바이올린을 가리켰다.

"저거 못 보던 바이올린인데, 수리 들어온 건가요?"

"응. 어떤 고등학생이 들고 왔어."

무슨 생각이 났는지 상협이 바이올린을 들고 소리를 켰다. 그때까지 그는 소리를 들어볼 생각도 하지 않았던 것이다. 소리는 죽어 있었다. 그가 만들었을 때의 소리가 아니었다. 그런데도 상협은 소리가 괜찮다고 말했다. 상협에게 시끄러우니 관두라고 말할 때쯤 동영상을 모두 내려받았다는 알람이 울렸다. 처음에는 오후 작업을 포기하고 그 다큐멘터리 네 편을 모두 볼 생각이었다. 하지만 1편을 중간쯤 보다가 화면을 정지시키고 상협에게 밖에 나가서 커피를 사오라고 시켰다. 상협이 나간 뒤에 그는 화면을 앞뒤로 돌려가며 인구의 어머니가 나오는 장면들을 찾아 유심히 살폈다. 아무리 세월이 흘렀다지만 혜진이 그 여자일 수는 없을 것 같았다. 그는 다시 동영상을 뒤로 돌려 연주회 부분을 찾았다. 인구가 말기 암환자들 앞에서 엘가의 〈사랑의 인사〉를 연주하고 있었다.

"더 볼 필요가 없을 것 같네."

커피를 사들고 온 상협에게 그가 말했다.

"얘는 바이올린이 어떤 악기인지도 몰라. 깊이를 전혀 몰라. 그저 표면만으로 연주해."

"그 아버지는 그런 것도 모르고 자기 아들이 천재라고 생각하면서 죽었는데, 그러면 행복하다고 해야 하나, 아니면 불행하다고 해야 하나, 잘 모르겠네요. 그런 거 모르고 사는 게 행복한 건 맞는데, 모르고 죽는 건 또 어떤 건지."

상협은 그런 이야기를 더 하고 싶어하는 눈치였다. 하지만 그가 말을 잘랐다.

"퇴근하기 전까지 그 스크롤 마저 끝내려면 서둘러야겠다."

다음날 오전, 방송국에 몇 번이나 전화를 걸어서 담당자를 찾아 사정을 설명하는 등 성가신 과정을 거쳐 그는 정인구의 연락처를 알아냈다. 나중에는 자신의 신원을 밝히며 그 불우한 천재 학생에게 손수 제작한 바이올린을 기증하고 싶다는 의사까지 밝혔다. 물론 영혼이 결여된 기계적인 연주밖에 못 하는 그 가짜 천재에게 자신의 바이올린을 넘겨줄 의사가, 은수에게는 전혀 없었다. 다만 연락이 닿는다면 그때 감방에 보내겠다고 말한 건 흥분한 김에 저도 모르게 한 말이니 미안하다고 사과할 생각이었다. 굳은살도 없는 왼손으로 짐작건대 바이올린을 잡아본 적도 없는 녀석이라는 의심이 들던 차에 침까지 맞았으니 누구라도 그럴 수밖에 없었겠지만. 대신에 그 바이올린의 출처를, 그러니까 원래 소유자가 누구였는지, 지금 어디에서 무엇을 하는지 말한다면, 최대한 후한 값으로 구입하겠노라고 말할 작정이었다. 그러나 연락처로 전화를 걸었지만 받는 사람은 아무도 없었다. 신호가 가는 동안, 그는 연락처를 적은 메모지를 계속 바라봤다. 전화번호 아래에는 방송국의 작가가 불러준 주소도 있었다. 수색 근처였다. 전화를 끊고 메모지를 바라보다가 그는 그 주소지까지 가보기로 했다.

그가 짐작한 대로 정인구가 살던 주소지는 동원목재가 있던 곳에서 불과 몇백 미터도 떨어지지 않은 곳이었다. 물론 혜진과 함께 단풍나무 원목을 바라보던 건조야적장의 흔적은 찾아볼 수도 없었지만. 그러나 흔적이 남아 있지 않은 건 1980년대 초반의 목재소뿐만 아니었다. 하루종일 클래식 FM을 듣던 택시기사와 이차크 펄먼보다 이른 나이에 바이올린을 잡은 천재 소년이 살던 집도 마찬가지였다. 그들이 살던 동네는 몇 년 전 뉴타운으로 지정됐다. 보상 문제가 제대로 이뤄지지 않았는지 시멘트 담벼락에 붉은색 스프레이로 '생존권 사수'라는 글자를 적은 집들이 몇 채 보였지만, 대부분의 집들은 이미 철거된 상태라 동네는 황폐했다. 그는 '생존권 사수'라는 말이 이상하다고 생각하며 폐허가 된 동네를 조금 걸었다. 죽는 한이 있어도 살 권리를 지키겠다는 것은 모순이 아닌가? 그는 생각했다. 완전한 헛수고로구나.

찬바람이 부는 골목을 지나가면서 그는 그해 여름 골목 어귀에 서 있던 나무들을 떠올렸다. 그녀와 나란히 걸어가던 그 길 연변의, 가난한 집의 비쩍 마른 아이들인 양 호리하게 키만 껑충 높던 미루나무들. 무슨 일 때문인지 이따금 몰아쉬던 그녀의 숨, 그리고 불규칙하게 뛰던 그의 심장. 모든 건 흔적도 없이 사라지는구나. 마치 모래로 쌓은 성처럼. 그는 두 사람이 함께 바라보던 그 단풍나무 원목들이 지금은 어떻게 됐을지 궁금했다. 아마도 서가나 책상이나 마루가 됐을 테지. 그때는 당장 그 원목으로 바이올린을 만들 기세였는데. 그랬더라면 그녀와 나는 어떻게 됐을까? 그때 수색에서 돌아올 때까지만 해도 바이올린을 금방 만들어서 그녀에게 선물할 줄 알았는데, 실제로 그가 그녀에게 첫번째 완성품을 준 건 그로부터 11년이 지난 뒤, 이탈리아 크레모나의 바이올린제작학교에서 갖은 고생을 다 겪으며 공부하던 시절의 일이었다.

어느 날, 학교에 있는데 한국 학생을 찾는 사람이 있다고 해서 관광객들이 온 모양이라고 생각하고 나갔다가 은수는 혜진을 만났다. 도대체 어떻게 된 영문인지 알아낼 방법이 없어서 멍하니 있었더니 그녀는 너무나 천진한 표정으로 근처를 지나는 길에 그가 여기 있다는 말이 떠올라서 들렀다고 대답했다.

"근처를 지나다가?"

"밀라노에서 볼로냐로 가던 길이었거든. 같이 온 사람이 있는데 먼저 볼로냐로 갔어. 그런데 하나도 안 변했네."

그때는 그 일행이 어떤 사람인지 그는 몰랐고, 또 알고 싶지도 않았다. 너무나 꿈같은 일이라 은수는 정신을 차릴 수가 없었다.

"이게 도대체 몇 년 만이야? 5년도 넘은 것 같은데. 독주회에서 잠깐 본 게 마지막인가? 그런데 여기서 만날 줄이야!"

"여기 스트라디바리 제작학교에 꼭 한 번 와보고 싶었거든."

"그렇다면 정말 보여주고 싶은 곳도 많고, 소개해주고 싶은 사람들도 많아. 다들 혜진씨를 보면 좋아할 거야. 연주도 들어보고 싶을 테고."

"그런데 어떡하지? 이따가 밤기차 타고 볼로냐로 가야 하는걸. 낮 동안에만 시간이 있어. 그건 그렇고 여기서 지내는 건 어때?"

여전히 아름다운 모습으로 그녀가 그에게 물었다. 낮 동안에만 시간이 있다는 말을 들으니 갑자기 그의 목소리가 침울해졌다.

"힘들어. 무엇보다도 외롭고. 다들 동양인이 왜 바이올린을 만들려고 하느냐고 물어. 편견은 너무 날카로워서 내 심장은 너덜너덜해질 정도야."

"난 편견이 좋은데. 그건 나를 자라게 하거든."

"네 말이 무슨 뜻인지 나는 하나도 모르겠어. 넌 내가 똑같다고 하지만, 내 얼굴은 이미 달라졌어. 뭐라고 설명하면 좋을까. 여분이 하나도 없는 얼굴로 바뀌었달까. 그저 최소한으로 존재하는, 윤곽의 얼굴이랄까. 아무리 먹어도 살이 찌지 않아. 물론 여기서는

'아무리 먹어도'에 해당하는 짓을 좀체 하기 힘들지만. 어쨌든 만족하지 못해 늘 굶주려 있어."

"그건 정말 훌륭한 바이올린 제작자가 되어가는 과정이 아닐까 싶네. 어때? 난 좀 달콤한 게 먹고 싶은데."

"난 쓴 게 먹고 싶어. 좋은 곳이 있어. 일단 거기부터 가자."

그들은 학교 앞에 있는 바로 갔다. 거기서 그는 맥주를 마셨고, 그녀는 케이크를 먹었다. 그날 그는 이야기에 취한다는 말이 무슨 뜻인지 알 수 있었다. 한국 사람을, 그것도 혜진을 만나 아무런 고통 없이 떠들 수 있게 되자 취기가 금방 올라왔다. 덕분에 대담해진 은수는 그녀에게 수색에서 둘이서 한 약속을 기억하느냐고 물었다. 그녀는 기억난다고 대답했다. 은수는 자신이 최초로 제작한 바이올린이 방에 있으니 약속대로 그 바이올린으로 멘델스존의 〈바이올린 협주곡〉 제2악장을 연주해달라고 말했다. 대답을 하는 둥 마는 둥, 그러다가 혜진도 수색에서의 일들이 떠올랐는지 지금도 공포영화를 좋아하느냐고 은수에게 물었다. 그 물음에 은수는 좋은 생각이 떠올랐다. 그는 혜진에게 이탈리아 공포영화를 보고 싶지 않느냐고 물었다. 물론 보고 싶긴 하지만…… 혜진은 기차 시간을 걱정했다. 하지만 은수는 시간은 충분하다고 말하고 공포영화를 상영하는 극장을 찾아서 스트라디 광장과 두오모 근처를 헤맸다. 그해 여름, 이탈리아의 작은 도시 크레모나에서 공포영화를 상영하는 곳은 한 군데도 없었다. 마음이 급해진 그는 아무 극장이나 찾아서 들어갔다.

극장 안에는 관객이 거의 없었다. 영화는 내용을 파악하기 힘든 이탈리아 영화였다. 그는 영화에 몰입할 만큼 이탈리아어를 잘하지 못했다. 그러나 설사 그게 한국영화였대도 영화 자체에 몰입하기는 힘든 상황이었다. 혜진의 경우에는 이탈리아어를 전혀 모르니 영화를 즐길 수가 없었다. 그래서 영화관에 들어가 앉은 지 10분이 채 지나지 않아 두 사람은 지루해졌다. 그때부터 은수의 몸은 터질 것처럼 흥분하기 시작했다. 어둠 속에서 혜진과 단둘이 앉아 있다는 생각만으로 그때까지 표현되지 못했던 욕망이 구체적으로 형태를 갖추어나가고 있었다. 그는 당장이라도 혜진을 덮칠까봐 겁이 나서 좌석의 손잡이를 양손으로 움켜잡았다. 그러다가 은수는 그녀의 왼손을 잡았는데, 그건 전적으로 자신의 욕망을 감추기 위해서였다. 혜진의 손가락에는 굳은살이 잡혀 있었다. 그는 그 굳은살을 어루만졌다. 그건 바이올린 제작자라면 반드시 사랑해야 하는 종류의 살이었다. 그래서 그는 떳떳하게 그녀를 사랑할 수 있는 근거를 찾은 것처럼 마음이 놓였다. 그 순간 그는 직업적으로 그녀를 사랑하는 셈이었으니까. 그러다가 자신도 모르게 그는 그녀의 손을 입 쪽으로 당겨 손가락 끝을 혀로 핥았다. 엄지손가락부터 시작해서 새끼손가락까지 순서대로. 천천히 그 맛을 느끼고 또 기억하려고 애쓰며. 어쩌면 표면이 아닌, 더 본질적인 것을 갈망하며.

그 다음날 아침, 은수는 크레모나에서 그녀가 내린 그 기차, 밀라노를 출발해 볼로냐로 향하던 그 기차의 옆자리에 한 남자가 앉아 있었다는 사실을 알았다. 그와 말다툼 끝에 화를 참지 못하고 무작정 기차에서 내린 뒤에야 혜진은 거기가 크레모나라는 걸 알았고, 어쩐지 그 이름이 낯익다고 생각했다. 그도 그럴 것이 유학을 떠나기 벌써 오래전부터 은수의 입에서 수없이 흘러나온 이름이었으니까. 그 이듬해, 그녀가 이탈리아 여행에서 동행한 남자, 물리학을 연구한다는 그 젊은 교수와 결혼했다는 소식을 듣고 난 뒤에도 오랫동안 은수는 혜진의 그 말을 생각했다. 무작정 기차에서 내리고 보니 거기가 크레모나였다는 그 말. 두 사람의 관계에 본질적인 건 애당초 없었다. 두 사람은 연못 위의 소금쟁이들처럼 인생의 표면 위를 각기 미끄러졌을 뿐이다. 서로가 얼마나 깊은 생활의 수심 위에 떠 있는 것인가에 대해서는 전혀 모른 채, 미끄러지다가 서로 만나기도 하고 또 헤어지기도 했던 것이다. 하지만 그녀와 재회하는 일은 두 번 다시 없으리라는 걸 은수는 예감했다. 결혼한 뒤, 혜진은 더이상 바이올린을 연주하지 않았다. 그러는 동안에도 은수는 묵묵히 바이올린만 만들었다. 그리고 그러는 사이 자신이 왜 바이올린 제작자가 되려고 마음먹었는지에 대한 기억 같은 건 조금씩 은수의 머리에서 지워졌다. 천재 소년 바이올리니스트라며 자신을 소개한 인구가 찾아오지 않았다면, 아마도 자신이 왜 그런 인생을 살기 시작했는지 그는 영영 잊어버릴 뻔했다.

그러나 은수가 잊고 지낸 건 그뿐이 아니었다. 정인구의 수색 주소지를 찾아갔다가 헛수고만 하고 돌아온 그날 저녁, 그는 불도 켜지 않은 채 공방의 어둠 속에 가만히 앉아 있었다. 움직이면 모든 게 들통날까봐 불안해하는 범죄자처럼. 얼마나 오랫동안 거기 앉아 있었는지 그는 알지 못했다. 아는 게 있다면, 수색에서 폐허가 된 동네를 바라보는 순간, 그간 자신이 잊고 지내던 중요한 진실 하나가 떠올랐다는 것이랄까. 최고의 바이올린을 선물해 그녀의 마음을 사로잡고야 말겠다며 좌충우돌하던 시절, 용산 주한미군기지 앞에서 스트라디바리를 가졌다는 미군 장교를, 무려 이틀 동안이나 기다린 적이 있었다. 장교는 그에게 고작 10분간 그 명기를 구경할 기회를 허락했다. 10분은 너무나 짧은 시간이었으나, 어쩔 도리가 없었다. 그는 명기의 비밀을 반드시 알아내야만 했다. 잠시 장교가 딴 눈을 파는 동안, 그는 혀로 바이올린의 표면을 핥았다. 바이올린의 소리는 겉에 칠하는 바니시가 결정했기 때문에 그는 그 맛을 알아야 했다. 소리의 비밀을 알기 위해서는 표면을 맛봐야만 한다는 것, 바로 그 사실을 그는 오랫동안 잊고 지냈던 것이다. 본질은 표면에 있었다. 그렇다면 표면을 미끄러지는 소금쟁이의 삶이라고 하더라도 깊이는 있지 않겠는가? 마찬가지로 그 다큐멘터리의 깊이 역시 말기 암환자들의 외면만 찍은 그 화면에 있는 것이라고 그는 생각했다. 거기까지 생각하자, 불현듯 인구에게 그 바이올린을 준 사람이 어디에 있을지 은수는 알 것 같았다.

은수는 불을 켜고 컴퓨터 앞에 가 앉았다. 폴더를 뒤져 상협이 다운로드한 4부작 다큐멘터리 '호스피스 병동에 울리는 사랑의 인사'를 찾아 첫 화면부터 보기 시작했다. 전날 낮에 봤을 때, 그 다큐멘터리는 인간의 고귀한 감정을 고려하지 않는, 오직 흥미 위주의 접근과 상업적인 시선뿐이라고 그는 생각했다. 하지만 이번에는 달랐다. 처음부터 끝까지 80분 동안 4편을 모두 이어서 본 은수는 마지막 연주회 부분에 이르러 소리내어 울고야 말았다. 크레모나에서 돌아온 이후 20몇 년간 한 번도 운 적이 없었던 은수였던지라 그 울음은 너무나 낯설었다. 그 다큐멘터리를 통해 한 인간이 지구상에서 소멸한다는 것의 의미를 비로소 알게 됐다거나, 바이올린이 어떤 식으로 그런 인간의 운명에 맞서는지 깨달았다거나, 혹은 그것도 아니라면 너른 의미에서 보자면 우리 모두는 호스피스 병동에 있는 말기 암환자들과 마찬가지라거나 그런 사실들 때문에 운 게 아니었다. 그는 너무나 평범한 이유로 울었다. 천재 소년 바이올리니스트 정인구가 연주하는 엘가의 〈사랑의 인사〉가 그의 심장을 후벼팠기 때문에, 그 곡을 작곡한, 이제 막 결혼한 젊은 엘가의 환희에 비해 거기 호스피스 병동에 앉아 무표정한 얼굴로 정인구의 연주를 듣는 말기 암환자들의 모습은 너무나 남루했기 때문에. 느닷없는 울음은 좀체 그치지 않았다.

하지만 동영상을 정지시켜가면서 환자들의 얼굴을 하나하나 살펴보던 그가 마침내 한 사람의 얼굴을 찾아냈을 때쯤에는 더이상 눈물은 나오지 않았다. 비로소 깊은 수심 속으로 머리를 들이박은 듯, 갑자기 모든 게 막막해졌다. 거기 다른 환자들 사이에, 그들과 마찬가지로 푸른색 줄무늬 환자복을 입고, 천재 바이올리니스트라는, 하지만 아무런 감정 없이 다만 오선지 위의 선율을 바이올린 소리로 번역할 뿐인 그 기계적인 연주를 혜진은 듣고 있었다. 공포영화보다 더 괴기한 그 장면을 한참 들여다보던 은수가 갑자기 자리에서 벌떡 일어났다. 어디서부터 어떻게 잘못됐는지 이제는 알 것 같았다. 문제는 바로 그것이었다. 영혼, 그 바이올린의 영혼 말이다. 은수는 인구가 두고 간 바이올린 쪽으로 걸어갔다. 소리는 망가진 지 이미 오래, 새 줄로 갈아도 A현의 소리는 뭉툭했으므로 사운드포스트가 너무 브리지에 가까운 게 분명했다. 그는 f홀로 세터를 넣어 그 나무기둥의 아래위를 번갈아 두들기며 조금씩 뒤쪽으로 이동시켰다. 이탈리아에서 배울 때, 선생은 그걸 라니마, 즉 '영혼'이라고 불렀다. 바이올린의 영혼을, 그는 한 시간 가까이, 매만졌다. 그리고 마침내 가장 정확한 위치를 찾아내자, 마치 이불을 뒤집어쓰고 흐느끼는 듯 먹먹하던 A현의 소리가 침대를 박차고 나와 그가 보는 앞에 서서 큰 소리로 노래하는 것 같았다. 그 소리를 들으며 그는 안도했다. 그리고 완전히 만족했다. 마치 그 순간을 위해서, 자신은 바이올린 제작자가 된 것처럼.

산책하는 이들의
다섯 가지 즐거움

1. 짧은 시간에 척척

 석 달 조금 못 되게, 불면의 밤을 보내면서 그는 곤충들이 부럽다는 결론에 이르렀다. 예컨대 지네는 다리 열 개를 잃고도 다리가 없어졌다는 사실을 모른 채 그냥 도망간다.('어쩌면 다리가 너무 많은 것일지도.') 베짱이는 다른 포식자에게 자기 몸이 씹히는 와중에도 열심히 먹이를 먹는다.('이것 역시 배가 너무 고파서.') 교미가 끝난 수컷 사마귀는 암컷에게 머리가 먹힌 뒤에도 도망갈 생각도 못한 채, 사랑에 열중한다.('하긴 어렸을 때, 동네에 그런 아저씨가 있다는 소문을 들은 적도 있었지. 누군가 목을 잘랐어도, 아마 그 사람이라면……')
 "그것들에게는 통증이 없기 때문이지. 그걸 단순히 통증이라고 할 순 없겠지. 그건 고통이라고 불러야만 해."

그는 A4용지에 푸른색 만년필로 목록을 작성하면서 중얼거렸다. 그가 생각하는 고통이란, 곧 부처가 말한 생로병사와 같은 것이었다. 불면의 장기적 지속이 이런 식으로 그를 종교적 고뇌로 이끈 셈이있다. 그는 생로병사가 고통이 되는 건 인연 때문이라고 생각했다. 인연 따라 인생의 행로가 펼쳐지고, 그 행로를 관통하는 건 그의 몸뚱어리인데, 거기가 바로 생로병사의 홈그라운드라고 할 수 있었다. 하여 생로병사는 그의 몸으로 인연 따라 모였다가 인연 따라 흩어지는 괴로움의 궤적이었다.

'어쩌면 머리가 너무나 큰 개미인간들의 궤적.'

그는 저도 모르게 목록에다가 그렇게 썼다. 쓰고 나서 보니까 그것도 그럴듯해 보였다. 그는 대개 일이 그렇게 진행된다고 생각했다. 그는 연신 하품을 해대며 계속 목록을 작성했다.

'부엌 가스레인지 위에서는 주전자가 끓고 있을지도 모른다.'

'내일은 조피디에게 전화를 반드시 걸어서 진행상황을 체크해야만 한다.'

'공과금을 결제하려면 계좌에 돈을 입금시켜야만 한다.'

무려 3시간에 걸쳐서 목록을 작성하는 동안, 통증은 찾아오지 않았다. 대신에 두 눈은 빨갛게 충혈되고 졸음은 한없이 밀려들었다. 이제쯤이면 잠을 잘 수 있을 것 같아서 침대에 가서 누웠지만, 늘 그렇듯이 눕는 순간 머릿속이 명징해지면서 방문 저편에서 코끼리

한 마리가 슬금슬금 다가오기 시작했다. 그는 다시 침대에서 일어나 거실로 나갔다. 그는 제정신으로는 절대로 읽을 수 없는 책, 지루해서 펼치는 순간 바로 잠들 만한 책, 단 한 문장도 읽고 싶지 않은 책을 찾아 서가를 뒤적이다가 『암환자를 위한 생존전략』이라는 책을 발견했다. 왜 그런 책이 서가에 꽂혀 있는지 알 수 없었다. 언젠가 암환자가 등장하는 영화를 찍을 속셈이었는지도 모를 일이었다. 아무렇게나 책갈피를 넘기다가 그는 '거울기법'이라는, 의사와 대화를 준비하는 암환자를 위한 테크닉을 발견했다. "모든 말에는 거울기법이 필요하다. 예를 들면 다음과 같다."

환자: '사흘'이라면 구체적으로 어떤 뜻입니까?
의사: 사흘 연속으로 하루 1시간가량 걸리는 치료를 받아야 한다는 뜻입니다.
환자(거울): 그럼 사흘 동안 하루 1시간씩만 치료를 받고 치료가 끝나면 집으로 돌아갈 수 있다는 겁니까?
의사: 그렇지요.

다시 거실 소파에 앉아 정신이 몽롱한 채로 그 문장들을 읽는데, 어느 순간 의사가 코끼리로 바뀌면서 정신이 번쩍 들었다. 그는 환자의 처지가 되어 코끼리의 말을 그대로 따라 했다. 코끼리가 보이는 한 그의 불면증은 치유가 불가능한 질환이었다. 그는 다시 책을 뒤적이다가 Y씨를 발견했다. 아마도 Y씨가 아니었다면, 그는 고통으로 인한 불면이 다시 불면의 고통으로 바뀌면서 만들어내는, 그 지구 바깥의 궤도만큼이나 거대한 순환고리에서 단 한 발짝도 벗어나지 못하는 달과 같은 신세가 됐을 것이다.('아마도 수컷 사마귀처럼. 그렇다면 어릴 적, 그 동네 아저씨도 그랬던 게 아닐까?') Y씨는 저자와의 인터뷰에서 이렇게 말했다.

"이런 걷기의 이점이 또하나가 있어요. 밤이면 아무래도 병에 대한 생각에 빠져서 제대로 잠을 이루지 못할 때가 많아요. 하지만 산책을 한 날은 몸이 피곤한 탓인지 금방 잠들 뿐만 아니라 숙면을 취할 수 있더군요. 텔레비전 토크쇼를 보다보면 1시간 반쯤은 금방 지나가버리잖아요. 산책으로 친구랑 즐거운 시간을 보내고 돌아오면 예전에는 능률이 오르지 않던 집안일도 짧은 시간에 척척 해치우게 된답니다."

짧은 시간에 척척. 그는 목록을 적은 A4용지를 가져와 맨 아래쪽에다가 그렇게 썼다.

짧은 시간에 척척.

그가 산책을 시작한 이유는 바로 그 문장 때문이었다.

2. 코끼리도 재울 수 있으며

 Y씨의 인터뷰를 읽은 그날 밤 당장 그는 산책해야겠다고 마음먹고 집밖으로 나섰다. 대략 새벽 2시 정도. 보름달 주위로 환한 기운이 감돌던 깊은 밤이었다. 달무리인가 생각해봤지만, 그건 달을 가리는 밤의 구름들이었다.('좋은 징조일까?') 2층에서 내려와 현관문을 열고 나설 때만 해도 산책이라면 한 걸음 한 걸음 떼면서 걸어가면 되는 일이라고 생각했지만, 막상 걸으려고 보니 어쩐지 그로서는 그 한 걸음을 떼기가 힘들었다. 역시 나쁜 징조였다. 가슴이 쿵쾅거리고 얼굴이 후끈 달아올랐다. 그는 맨션 주차장 앞에 서서 좌우로 길게 이어지는 골목길을 바라봤다. 그의 오른쪽 담장 아래 어둠 속에 숨어서 기다리다가, 더는 견디지 못한 길고양이 한 마리가 조금도 머뭇거리는 기색이 없이 그의 앞을 지나쳐 골목 저편으로 사라질 때까지 그는 그렇게 가만히 서 있기만 했다. 그는 한 걸음을 내디딘 뒤에 자신이 과연 어떻게 될지 예측할 수 없었는데, 그런 불안감이 매일 밤 그를 잠에서 깨우는 심장의 통증으로 나타났기 때문이었다. 그는 차가운 새벽 공기를 깊이 들이마셨다가 내뱉었다. 폐와 식도를 거쳐서 덥혀진 공기가 이 사이로 빠져나갔다. 그는 코끼리와 함께 다시 집으로 돌아갔다.

 다음날부터 그는 전화를 걸어 약속을 잡기 시작했다. 제일 먼저 여동생부터. 곧 결혼을 앞둔 여동생과는 집 앞에서 출발해 자동차

대리점이 있는 큰길 모퉁이를 돌아 지하철역 근처까지 갔다가 거기 있는 카페에서 뜨거운 차를 마시고 돌아왔다. 여동생은 지난 몇 달 사이에 그가 겪은 일들을 전혀 눈치채지 못했고, 당연하게도 그가 지독한 불면증에 시달린다는 것도 알지 못했다. 카페에서 나와 그가 사는 맨션 앞에 거의 도착했을 무렵, 여동생은 그의 왼쪽 팔뚝 안쪽의 부드러운 살을 손끝으로 꼬집었다. 무슨 말끝에서인가, 그러니까 둘이서 어렸을 때 티격태격 싸우던 이야기를 하다가, 그가 여동생이 비쩍 마른, 팔다리만 기다란 기형적인 몸매의, 얼마나 바보 같은 여자애였는지 얘기하자 여동생이 그런 행동을 한 것이었는데, 그 순간 그는 걸음을 멈췄다. 코끼리가 오른쪽 앞발을 들고 그의 심장을 살짝 밟은 채 힘을 줄 것인가 말 것인가 고뇌하고 있었다.

"제발······"

그가 말했다.

"그러게, 그렇게 날 놀리지 말았어야지."

여섯 살짜리 어린 누이의 목소리로 여동생이 말했다. 검게 탄 얼굴로 둘이서 운동장을 뛰어다니던 그 시절들은 모두 어디로 갔으며, 이 코끼리는 대체 어디에서 나타난 것일까? 그는 조심스레 한 발을 내디뎠다. 다행히도 코끼리는 다리에 힘을 주지 않았다. 그날 저녁 그는 Y씨와 마찬가지로 생각보다 오래 잠을 잘 수 있었다. 어쩌면 잠을 잔 것은 그 사건 이후로 늘 자신의 심장 위에 발을 올려놓고 있는 코끼리였는지도 모르겠다. 새벽 2시쯤 격심한 고통에 잠에서 깨어난 그는 다시 『암환자를 위한 생존전략』을 펼쳤다. 아무 곳이나 그냥 내키는 대로. 거기에는 이런 말들이 적혀 있었다.

"두 눈을 감고, 아프다고 생각하는 부위를 바라보세요. 통증이 보이나요? 주기적으로 통증이 밀려왔다가 사라지나요, 아니면 그 상태 그대로 거기 존재하나요? 이제 그 통증이 공이라고 생각해 봅시다. 공도 종류가 가지가지죠. 탁구공, 야구공, 핸드볼공, 축구공, 농구공, 어쩌면 럭비공이나 애드벌룬 같은 것도 있겠습니다. 농구공부터 시작해봅시다. 그게 농구공이라고 생각해보세요."

꿈과 현실의 어중간한 경계를 드나들던 그의 머릿속에 안경을 낀 코끼리가 나와서 그를 향해 말했다.

"이제 그 공이 야구공만큼 줄어들다가 다시 탁구공처럼 작아진다고 생각해보세요. 자, 천천히 호흡을 내쉬면서. 이번에는 그 공이 점점 커진다고 생각해보세요. 다시 농구공으로, 그다음에는 애드벌룬으로. 자, 다시 농구공으로 돌아갑시다. 그 공을 하늘 높이 던져보세요. 한 3미터 정도. 던졌다가 받아보세요. 진짜 공을 가지고 놀듯이. 자기 손을 떠났다가 다시 내려올 때까지 가만히 서서 기다려보세요. 거기 그분! 왜 그러세요? 왜 그렇게 나를 바라보나요? 제가 뭐, 이상합니까?"

코끼리가 손끝으로 안경을 조금 올리며 그를 가리켰다.

"내가 이걸 던지면, 과연 선생님이 이 공을 받을 수 있을까 궁금해서 말입니다."

"한번 던져보세요. 웬만한 건 다 받을 수 있으니까."

코끼리가 두 팔을 벌리면서 말했다. 그는 오른손을 들고 코끼리에게 뭔가를 던지려는 시늉을 하다가 팔을 내려놓았다.

"아니, 왜요?"

코끼리가 물었다.

"이걸 선생님이 어떻게 받겠어요. 제 건 지구만한데."

행복은 자주 우리 바깥에 존재한다. 사랑과 마찬가지로. 하지만 고통은 우리 안에만 존재한다. 우리가 그걸 공처럼 가지고 노는 일은, 그러므로 절대로 불가능하다. 만약 실제로 그가 코끼리에게 갑자기 그 공을 던졌다면, 코끼리는 그 자리에서 죽었을지도 모른다. 곤충들은 그렇게 죽지 않겠지만, 적어도 말할 줄 아는 코끼리라면 그렇겠지. 대부분의 사람들은 그렇게 죽으니까.

어쨌든 그는 지구를 던지지 않았고, 코끼리는 죽지 않았다. 대신에 코끼리는 더이상 말하지 않았고, 앞발을 들어 그의 심장을 살며시 누르지도 않았다. 그는 다시 푹 잠들 수 있었다. 비록 그리 오랫동안은 아니었지만.

3. 침대에서는 잠만 자고 섹스만 하고

다음날, 그는 걱정하는 일들의 목록이 적힌 A4용지를 뒤집어 거기에다가 친구들의 이름과 연락처를 적었다. 모두 9명이었다. 자신이 연락할 수 있는 친구의 숫자가 고작 9명뿐이라는 사실에 그는 약간 실망했다. 어쨌든 그는 위에서부터 순서대로 친구들에게 전화를 걸었다. 처음으로 전화를 받은 친구는 금융감독위원회에 근무하는 고등학교 동기생이었고, 1년에 서너 번 전화할 때면 늘 그랬듯이 무척이나 바쁜 목소리였다.

"집으로 좀 와줬으면 좋겠어."

그가 말했다.

"니네 집? 이사했니?"

"아니, 그대로야. 대신에 침대를 옮겼어. 큰방에서 작은방으로. 침대에서는 잠만 자고 섹스만 하라는 게 의사의 처방이어서."

혹시 전화가 끊어진 게 아닌가는 염려가 들 무렵('그랬다면 목록에 적을 걱정거리 하나 더 추가요.'), 친구가 말했다.

"꼭 침대에서만 할 필요는 없을 텐데. 알았어. 이따가 봐."

저녁에 초인종 소리를 듣고 문을 열었더니 약속대로 넥타이를 맨 친구가 문 앞에 서 있었다. 그는 들어오라는 소리도 하지 않느냐는 친구의 팔을 끌고 곧장 밖으로 나갔다. 밤늦게 비가 내릴 것이라는 일기예보가 있었지만, 아직까지 저녁 공기는 건조했다. 이번에는 자동차대리점이 있는 모퉁이를 돈 뒤, 지하철역을 지나 언덕 위에 있는 대학교 앞까지 산책할 계획이었다. 산책할 생각을 하니, 그의 기분이 들떴다.('코끼리는 더이상 생각하지 말자.') 밤의 거리에서는 눈물이 맺힌 눈망울로 바라보는 풍경처럼 형형색색의 불빛이 서로 스며들고 있었다.

"병원에 갔었니?"

이마에는 땀이 맺히고, 넥타이를 조금 느슨하게 풀면서, 왜 걸어야 하는지 영문도 모른 채, 친구가 조심스럽게 물었다.

"병원에 갔었냐고? 응. 불면증 때문에."

하마터면 그는 '코끼리 때문에'라고 말할 뻔했다.

"교통사고 후유증인가? 뭐라고 하지, 그걸? 외상후증후군인가? 삼풍백화점이 붕괴된 뒤에 살아남은 사람들이 겪는 불면증이 아마 그런 거지? 헛것을 보고 막 소리지르고 부수고. 너도 그런 거야?"

친구가 물었다. 이처럼 냉정한 친구를 첫번째 산책 후보로 올린 건 그의 실수였다. 하지만 가장 절친한 친구라면 그 친구뿐이었으니까.

"외상후증후군 맞아. 삼풍백화점이 붕괴된 뒤에 살아남은 사람들이 겪는 불면증 말이지. 그런 거야. 하지만 헛것을 보고 막 소리를 지르고 부수고 하는 건 아니고. 그건 영화 같은 데나 나오는 거지. 그런 거라면 병원에 가서 치료를 받을 일도 없겠지."

"그게 다 정신적인 문제 아닌가."

"모두 정신적인 문제라고 말하는 거지? 그런데 실제로도 몸이 아픈 거야. 정신이 아픈 게 아니라."

친구가 의아하다는 듯이 그를 바라봤다.

"그런데 실제로 다시 콘크리트에 깔리는 건 아니잖아? 그런데도 몸이 아프다니."

"실제로 다시 콘크리트에 깔리는 건 아니지만, 실제로 몸이 아파. 그래서 외상후증후군이라고 하는 거지."

어쩔 수 없어서 미안하다는 듯이 그가 말했다. 아마도 자기 심장 위에 발을 올려놓는 코끼리가 바로 이런 심정이겠구나는 생각이 들었다.

"그래서 외상후증후군이라고 말하는구나. 몰랐어. 그냥 하루하루 살아가기에 바쁘니까. 사실 아는 게 많지 않아."

친구가 그의 말을 따라했다. 두 사람은 땀을 흘리면서도 쉬지 않고 언덕을 향해 걸어올라갔다. 대학교 앞 거리에는 수많은 사람들이 걸어다니고 있었다. 그는 걸어가면서 사람들의 얼굴을 바라봤다. 눈가에 주름이 생기도록 웃는 사람들이 있는 반면, 무슨 고민거리라도 있는지 이마에 주름이 잡히도록 잔뜩 낯을 찡그린 사람들도 있었다. 자기 발밑만 바라보며 걷는 여자도 있었고, 차도를 향해 서서 담배를 피우며 멀리 밤하늘, 거기 낮게 깔린 검은 구름들 뒤에 늘 존재하고 있을 별빛들을 꿰뚫어보고 있다는 듯 하늘을 올려다보는 중년의 남자도 있었다. 신호등이 색깔을 바꿀 때마다 전조등을 환하게 밝힌 자동차들은 줄지어 지나가다가 멈추기를 반복했다. 옷가게에서는 시끄러운 음악소리가 흘러나왔고, 노점의 불빛들은 한데 모여서 인도로 쏟아졌다. 그들은 어깨를 부딪쳐가며 이렇게 북적대고 요란스러운 길을 걸어서 결국 각자의 집으로 돌아갈 것이라고 그는 생각했다. 의사가 잠만 자고 섹스만 하라고 충고했던, 예의 그 침대로. 거기 가서 그들은 저마다 혼자서 잠들 것이었다. 공을 칠 때마다 각자의 패턴대로 떨어지는 게임기 속의 핀볼처럼. 때로 우리가 누구인지 온전하게 말해주는 것은 각자 꾸게 되는 그 꿈속에 있는 것인지도 모른다. 저마다 하나씩 가진 꿈들. 그러나 꿈이라고 좋은 것만 있는 게 아니었다. 그가 비몽사몽간에 보게 되는 그 코끼리처럼. 하지만 누구에게도 보여줄 수 없는 그 코끼리처럼. 그로서는 그저 짐작만 할 뿐이었던, 그녀의 고독했을 밤처럼. 친구의 말대로 우리는 누구에게도 보여줄 수 없는, 그러므로 환상이라고 말해야만 옳을, 각자의 꿈들에 사로잡혀 있으며, 또 의사의 말대로 우리는 그 꿈들에 실제로 영향을 받는다. 그래서 이렇게 사람들로 북적대는 길을 걸어가는 일은 혼자 집에서 걱정하는 일들의 목록을 작성하면서 지내는 것보다 더 위험한 일일 수도 있었다. 그렇게 많은 사람들이 존재하는데도 그가 말하는 실제적인 고통을 온전하게 느낄 수 있는 사람이 하나도 없다는 자각에 이른다는 점에서 말이다. 그가 지구를 던진다고 해도 사람들이 받는 건 각자의 공일 것이다.('코끼리라고 하더라도. 아니, 코끼리는 더이상 생각하지 말자.') 탁구공, 골프공, 농구공, 럭비공, 축구공, 농구공, 배구공…… 또 뭐가 있을까?

"글쎄, 백혈구 정도?"

맥주를 들이켜며 친구가 말했다. 어두운 캠퍼스까지 산책한 뒤, 학교 앞 거리의 조그만 카페에 들어갔을 때, 그의 이야기를 들은 친구가 한 말이었다.

"백혈구 정도? 고작 그 정도? 원자 알갱이가 아니어서 고마울 지경이네."

"그나마 백혈구는 좋은 세포인데, 뭘 그래? 뭐, 타키온 같은 것도 있는데. 과학자들이 있다고 생각하는, 빛의 속도보다 빠른 입자. 증명할 방법이 요원해."

"있다고 생각하는, 하지만 증명할 수 없는 입자. 그러니까 나의 코끼리처럼 말이구나."

"그렇지, 너의 코끼리처럼. 너의 고통이 만들어낸 그 코끼리처럼. 사실은 없는 거지."

친구도 이제 거울기법을 마스터한 것처럼 보였다. 한때 그는 프랜시스 코폴라 감독의 〈지옥의 묵시록〉을 주기적으로 본 적이 있었다. 몇 달 보지 않으면 어찌된 일인지 꼭 봐야만 할 것 같았다. 거기서 커츠 역을 맡았던 말론 브랜도의 마지막 대사는 "공포, 아아, 그 공포"였다. 커츠가 마지막으로 알게 되는 건 세상의 모든 악의 근원이자, 암흑의 핵심이 자기 안에 있다는 사실이었다. 친구가 백혈구 얘기를 하자 그 대사가 떠올랐다. 백혈구는 외부 병원체를 죽이는 좋은 세포지만, 이따금 멀쩡한 자기 세포를 적으로 오인하고 죽이는 경우도 있으니까. 이렇게 되면 외부와는 아무런 상관도 없는 고통이 자기 내부에서 생겨난다. 그게 바로 류머티즘이라는 것인데, 그는 몇 년 동안 통원치료를 한 어머니 덕분에 그 병에 대해서 잘 알고 있었다.

"고통, 아아, 그 고통. 누구에게도 전할 수 없는."

커츠 대령의 말투를 흉내내 그가 말했다.

"어제 증권사 주변에 돌아다니는 찌라시를 보니까 이런 구절이 있더라. 고통이란 자기를 둘러싼 이해의 껍질이 깨지는 일이다. 칼릴 지브란이라는 사람의 말이라더군. 요즘에는 찌라시 수준이 높아. 지금 주식시장은 완전히 공황상태야. 애널리스트들이 제아무리 분석하려고 해도 논리적으로 이해가 불가해. 다들 미칠 지경이지. 네 주변에서 그 코끼리가 안 보이면 여의도에 갔다고 생각하면 될 거야."

"그런 상황에서도 돈을 버는 사람들은 있겠지? 코끼리가 심장을 마구 밟아대더라도."

"전쟁이 나서 주식을 불쏘시개로 쓰는 날이 오더라도 그걸로 돈을 버는 사람들은 있겠지."

"오늘 너 만나서 처음으로 희망적인 이야기를 들었다. 코끼리가 나쁜 것만은 아니라는 소리니까."

"그건 뭐, 마지막까지 이해하려는 사람들보다 아예 처음부터 오해한 사람들이 되려 잘된다는 소리니까, 뭐. 그게 희망적일까?"

"그게 희망적일까? 그게 희망적이야."

그가 기분 좋게 맥주를 마시면서 말했다.

그날 밤의 산책은 그렇게 끝이 났다. 오랜만에 마신 술로 완전히 취해버린 그는 콧물 눈물을 다 쏟아내며 울었다. 기러기들이 외치듯이. 친구의 품에 안겨서 꺼이꺼이. 그녀 때문이었다. 그와 그녀도 처음부터 서로 오해한다고 생각했다면 좋았을 텐데…… 이해한다고, 서로 완벽하게 이해한다고 생각했다니. 그런 식이라면 커츠 대령도, 백혈구도, 코끼리도 다 이해해야만 하는 거 아니야? 심지어는 지네도, 베짱이도, 수컷 사마귀도 이해해야만 하는 거 아니야? 그런 건 원래 질문은 있지만, 답은 없는 것이어서, 그게 더 슬퍼서 꺼이꺼이. 지쳐 쓰러질 때까지 꺼이꺼이. 집에 데려다주겠다는 친구의 말이 너무나 슬퍼서, 또 꺼이꺼이. 힘을 주느라 얼굴이 멜쎄진 코끼리가 자기 심장을 마구 밟아대는 줄도 모르고. 그렇게 꺼이꺼이. 고향으로 돌아가는 기러기들처럼.

4. 결국 혼자서 길을 걸어가게 될 것이며

그로부터 2주일 동안, 그는 계획대로 9명의 친구들과 산책을 했다. 매일 할 수 있었으면 좋았겠지만, 친구들의 사정도 여의치 않았고, 비가 내리는 날도 많았다. 구름들은 지평선 쪽에서 생겨났다가 비를 뿌리거나, 혹은 바람이 부는 방향으로 흩어졌다. 흐린 날이면 도시의 불빛들이 스며든 밤하늘이 불투명한 붉은색이었고, 구름이 하나도 없는 날에는 투명한 검푸른색이었다. 마지막으로 그와 함께 산책한 친구는 두 아이의 아버지로 분당에 사는 건축사였다. 초등학생 시절, 건축사의 집에는 탁구대가 있었고, 방과 후 그는 늘 그 집까지 달려가 스핀이 걸린 공을 네트 너머로 넘기는 연습을 했었다. 보기 드물게 셰이크핸드 그립으로 연습한 친구여서 서브는 늘 까다로웠다.

"치사하게."

그가 말했다.

"정말 그렇게 생각했었단 말이야?"

놀랍다는 듯이 친구가 물었다.

"정말 그렇게 생각했었지. 치사하다고. 서브를 받아치려면 미리 계산을 해야만 했으니까. 난 그냥 스매싱을 하면서 땀을 쏟는 게 좋았어. 그래서 나는 셰이크핸드 그립을 한 번도 잡지 않았어."

하지만 그런 이야기들은 대학교 정문까지 걸어가기도 전에 모두 끝났다. 건축사는 자기 얘기는 거의 하지 않고, 대신에 그의 영화('창피하기 이를 데 없는, 남은 것이라고는 그녀와의 추억이 전부라고나 할까')를 본 소감을, 마치 영화전문지에 리뷰를 쓰듯이 얼마간 중얼거렸다. 그로서는 어쩐지 정색하고 말하는 그런 이야기가 어색하기만 했다. 그래서 건축사의 핸드폰이 울렸을 때 차라리 반가울 정도였다. 건축사 역시 마찬가지였던 모양이었다. 그건 둘째아이가 아프니 집에 빨리 좀 들어왔으면 좋겠다는 아내의 전화였고, 건축사는 미안하다는 듯한 표정을 지었다. 그는 사람들의 연기에 민감했다. 어색한 연기는 비문투성이의 문장을 보는 것처럼 불편했다. 그는 두말없이 얼른 가보라고 말했다. 택시를 잡으려던 건축사는 문득 그를 바라보면서 말했다.

"나, 그렇게 치사한 인간 아니다."

"너, 그렇게 치사한 인간 아니야. 알아. 갑자기 왜 그래? 농담이었는데."

여전히 정색하고 말하는 건축사에게 *그*가 말했다.

"그런가?"

건축사가 겸연쩍다는 표정을 지었다. 이번에는 자연스러운 연기였다.

"그런데 니 영화는 서민들이 보기에는 너무 예술적이더라."

그 말을 남기고 건축사는 택시를 타고 떠나버렸다.('분당까지 택시를 타고 갈 생각인가?') 아홉번째 친구가 떠나고 나니, 그의 기분이 왠지 더러워졌다. 둘이서 땀을 뻘뻘 흘리며 한없이 듀스를 이어가던 1980년대 초반의 어느 오후는 멀리, 분당보다도 훨씬 더 멀리, 아마도 우주 저편으로 가버린 것 같았다.

건축사가 탄 택시가 멀어지자마자, 옆 골목에서 코끼리가 나타나더니 그의 심장 위에 슬며시 한쪽 발을 올려놓았다. 코끼리는 고민하는 것 같았다. 힘을 줄까, 말까. 그는 그 코끼리를 초등학교 시절 가을운동회에서 다른 친구들과 함께 굴리던 종이지구 정도로 만들기 위해 안간힘을 썼다. 하지만 오랜만에 나타난 코끼리는 여느 때보다 훨씬 더 힘이 셌다. 코끼리는 슬며시 발에 힘을 줬다가 빼기를 반복했다. 언제 코끼리가 세게 힘을 줄지 예상할 수 없다는 사실이 그를 공포 속으로 몰아넣었다. 그렇게 꽤 오랜 시간 서 있었지만, 코끼리는 그대로였다. 조금 기다려보다가 그는 이마에서 흘러내리는 땀을 닦으며 조심스럽게 한 발을 내디뎌봤다. 코끼리의 발은 무겁지도, 그렇다고 가볍지도 않았다. 조심스럽게 한 걸음 더 내디뎠다. 역시 변화는 없었다. 그러다가 일곱 발짝 정도 갔을 때, 갑자기 코끼리가 발에 힘을 줬고, 그는 오른손으로 가슴을 움켜쥐며 멈춰 서서 숨을 몰아쉬었다. 코끼리는 슬며시 발에서 조금 힘을 뺐다. 심장이 없어도 걸어갈 수 있는, 차라리 지네나 베짱이나 수컷 사마귀 같은 것이었다면. 고통, 아아, 그 고통…… 그로서는 거의 엎드려서 빌고 싶은 심정이었지만, 코끼리는 어쩌면 타키온 같은 것, 있다고 생각하지만 증명할 수는 없는, 논리적으로는 불가능한, 빛보다 빠른 입자 같은 것이어서 어디를 향해 빌어야 하는지도 알 수 없었다. 그건 있지만 없는 것이어서 예측이 불가능했다. 그건 자기 안에서 생겨나는 고름 같은 것이었다. 거기에는 이해의 껍질 같은 건 없었다. 결국 그는 그녀처럼 죽게 될 것이었다. 자기 안에서. 혼자서.

그러다가 얼어붙은 듯 가만히 멈춰 선 그의 팔뚝으로 반짝이는 뭔가가 툭 떨어졌다. 이윽고, 또 툭. 그리고 투둑. 빗방울이었다. 그는 고개를 젖히고 하늘을 올려다봤다. 푸른 기운은 전혀 보이지 않는, 불투명한 검은색 하늘을 배경으로 저 먼 곳에서 빗방울들이 떨어지고 있었다. 그를 가운데 두고 좌우로 넓게 퍼지며. 비 내리는 밤하늘의 미끈거리는 얼굴. 너무 늦게 배달된 편지봉투를 받아들었을 때처럼, 그 봉투를 뜯었다가 그렇지만 그게 언제든 읽는 그 순간 지금이라도 읽게 돼 다행이라고 생각할 수밖에 없는 내용을 읽었을 때처럼, 거기 치사하게 스핀이 걸린, 수천 개의 탁구공들 같은 빗방울들이 떨어지고 있었다. 가만히 고개를 젖히고 그가 중얼거렸다. 조금이라도 좋으니까 잠깐만 이렇게 서 있자. 조금이라도 좋으니까 잠깐만 이렇게 서 있자고? 코끼리도 가만히 고개를 젖히고 중얼거렸다. 그는 얼굴을 젖힌 채, 고개를 끄덕였다. 지네도, 베짱이도, 수컷 사마귀도. 탁구공도, 야구공도, 농구공도. 백혈구도, 타키온도, 지구도. 다들 가만히 고개를 젖히고 하늘을 올려다봤다. 조금이라도 좋으니까 잠깐만 이렇게 서 있자. 그건 언젠가 둘이서 한강 고수부지에 갔다가 크게 싸우고 난 뒤에 이제 끝이라며, 혼자 걸어서 가겠다며 어둠을 향해 걸어가는 그녀를 그냥 바라보다가, 아마도 그렇게 바라보고만 있다가는 오랜 세월이 흐른 뒤에 분명히 후회하고 말 것이라는 생각이 들어 달려가 그녀를 가로막고 서서 그가 했던 말이었다.('그냥 가게 내버려둘걸 그랬나? 그렇게 붙잡지 말걸 그랬나?') 그래서 후회하는 거야? 고개를 젖히고 가만히 서서 코끼리가 말했다. 그래서 후회하는 거냐고? 마찬가지로 가만히 서서 그가 말했다.

5. 거리에서 새로운 친구를 사귀게 될 것이다

"자꾸 시계를 들여다보는 사람들이 제일 싫었어요. 호호호. 거기 누워 있으면 비뚤어진 생각밖에 하지 않으니까. 흥, 제까짓 것들이야 발톱을 깎아도 아직 수백 번은 더 깎을 거 아니야? 이런 식이니까 선고를 받은 사람 앞에서 문병한답시고 찾아와선 시계 따위나 들여다보고 있는 꼴이 성에 찰 리가 없잖겠어요?"

Y씨가 말했다. 그와 Y씨는 벌써 한 시간째 걷고 있었다. 아홉번째 친구와 산책을 한 뒤, 그의 목록은 끝에 도달했다. 그는 앞면에는 걱정하는 일들의 목록이, 뒷면에는 절친한 친구들의 목록이 적힌 A4용지를 책상 한쪽에 던져버린 뒤, 이제는 핸드폰에 저장된 번호를 들여다보며 무작정 전화를 걸었다. 안녕하세요? 기억나실지 모르겠어요, 저는 영화감독…… 하하하. 그냥 얘기 좀 하려구요. 한 번이라도 안면이 있거나, 혹은 다시 일을 시작하려면 어차

피 만나야 할 사람들에게. 서민들이 보기에는 너무 예술적인 영화를 만드는 감독이라 그런지, 그냥 얘기나 하자는 말에 전화를 받은 사람들은 호의적으로 도와주려고 했다. 사람들을 만나면 그는 "우리 좀 걸을까요?"라고 말한 뒤, 상대방의 눈치를 살폈다. 상대방이 힘들어하면 한 1킬로미터 정도 걷다가 가까운 커피숍으로 들어갔는데, 그런 경우는 많지 않았다. 의외로 많은 사람들이 산책에, 그냥 걷는 일에 굶주려 있었다.

어쩌면 모든 사람들의 내부에는 그의 코끼리와 같은 것들이 하나씩 존재하고 있기 때문에 사람들은 혼자 산책하는 일을 두려워하는 것인지도 몰랐다. 오랑우탄이나 코뿔소, 토끼, 어쩌면 매머드나 티라노사우루스 같은 것들 말이다. 걷기 시작하면서부터 그가 잠들 때, 코끼리도 잠들었다. 물론 잠들려고 누워 있으면, 거기 심장에 와 닿는 코끼리의 발이 느껴졌다. 언젠가 다시 코끼리는 발에 힘을 줄지도 모르는 일이었고, 또 그때가 되면 그는 도저히 예측할 수 없는 스핀이 먹힌 서브를 바라보는 심정이 되겠지만, 어쨌든 그건 그때 가서. 지금은 우선 산책부터. 걸어갈 수 있는 곳까지 걸어갈 수 있다면, 그는 적절하게 피곤한 상태로 잠들 수 있었고, 그걸로 족했다.

그렇게 산책을 위해 사람들을 만나던 어느 날, 그는 책상 위에 쌓여 있던 '걱정하는 일들의 목록'을 치우다가 그 밑에 엎어놓은 『암환자를 위한 생존전략』을 발견했다. 그는 다시 책을 훑어보다가 출판사에 전화를 걸어 저자의 연락처를 문의했다. 저자를 통해서 그는 쉰한 살의 나이에 폐암 선고를 받았던 Y씨와 연결될 수 있었다. 책에 따르면, 피부를 오그라들게 만들던 방사선치료에 회의를 느끼고 존엄하게 치료받을 권리를 주장하던 Y씨는 "부작용으로 고통받느니 차라리 내 몸의 병으로 고통받겠어요"라는 말을 남기고 대학병원을 떠났다. 그때부터 그녀는 무작정 걷기 시작했다. 그가 코끼리와 함께 산책했다면, 그녀는 노아처럼 이 세상의 모든 동물들을 이끌고 걸었던 셈이다. Y씨는 경복궁 경내를 걷고 또 걸었고, 그 결과 장기 생존에 성공했으며, 산책의 달인이 됐다.

"그런데 그보다 더 싫은 건 사람들이 이렇게 말할 때죠. 그건 일단 네 몸이 나은 뒤에 그때 얘기하자. 그럼 저는 그렇게 말했어요. 내 몸은 이제 영영 낫지 않아. 지금 얘기해. 무슨 말인지 아시겠어요? 걸어다니면서 나는 그걸 알게 된 거예요."

Y씨가 말했다.

"내 몸은 이제 영영 낫지 않아. 지금 얘기해. 원래 그런 성격이셨나요? 그렇게 강인한?"

그가 물었다.

"내가 여학생 때부터 좀 품행이 방정하고 불의를 참지 못하기는 했지만, 호호호. 거기도 얼마 전까지는 병원에 있었다고 했잖아요? 이 세상에 강인한 환자가 어디 있나요? 암선고를 받으면 질문의 연속이에요. 처음에는 아무것도 하기 싫어서 죽은 척하고 지내지만, 누구도 대신해서 대답해주지 않으니까. '혹시 오진은 아닐까'는 최초의 소박한 의문부터 시작해서 '저건 정맥주사일까, 비타민제일까?' 같은 세세한 의문에 이르기까지. 그 답을 알아내는 건 전적으로 나의 몫이니까. 어떤 질문은 금방 해답을 구할 수 있고, 어떤 질문은 영원히 해답을 구할 수 없더라구요. 예를 들어서 이렇게 걷다가 갑자기 아랫배가 아프기 시작하는 거야. 그러면 '아, 재발인가?'는 의문이 들 텐데, 그런 의문의 답은 당장 알 수 있는 게 아니잖아요. 그러면 그 답을 알지 않고는 꼼짝도 못할 것만 같은 기분이 들죠."

"그런 의문의 답은 당장 알 수 있는 게 아니겠죠. 말하자면 지금 당장 죽을 수도 있다는 공포 말이에요."

"그렇죠. 언제라도 나는 죽을 수 있다는 공포. 119구급차가 이 고궁 안쪽까지 들어와서 바닥에 쓰러진 나를 태우고 가는 환상. 구급차가 들어온다면 과연 어디로 들어올까? 심지어는 그런 것도 궁금해서 관리사무소에 문의한 적도 있어요."

그리고 Y씨는 또 깔깔거리며 웃음을 터뜨렸다. 두 사람은 연못 주위에 심어놓은 버드나무 그늘 속으로 걸어가기 시작했다. 스피커에서는 곧 문을 닫을 시간이 다가오니 경내에 있는 관람객들은 준비하라는 안내방송이 흘러나오고 있었다. 서울의 한복판이었지만, 거기는 참으로 고요했다.

"영화감독이라고 하셨죠?"

"네."

"제가 영화를 본 지가 오래돼서. 어떤 영화를 찍으셨나요?"

그는 잠시 생각해봤다.

"어떤 영화를 찍었다기보다는 어떤 여자를 찍은 거죠."

"돈이 많은 모양이네요. 한 여자를 위해서 영화를 다 찍고."

"그래서 지금은 코끼리 한 마리만 남고 빈털터리가 됐어요."

"코끼리? 정말 부자였나보네요."

Y씨가 기분 좋게 웃음을 터뜨렸다. 폐암 다음에는 헤르페스가 찾아왔고, 그다음에는 죽어야만 끝낼 수 있는 신장 투석이 기다리고 있었지만, 그리고 거기 분명 존재한다고 생각하지만, 존재를 증명할 길은 요원한 '재발'이 늘 도사리고 있었지만, Y씨의 얼굴을 들여다보고 있노라면 그런 사실을 짐작하기는 어려웠다.

"제 말이 다음 작품을 찍는 데 도움이 됐으면 좋겠네요. 제목이 뭐라고 하셨더라."

"'산책하는 이들의 다섯 가지 즐거움'이에요."

"그 영화로 다시 부자가 되기를 바라요. 코끼리 먹이 살 돈은 있어야 할 거 아니야. 취재를 더 하고 싶으시면 토요일에 광화문으로 다시 오세요. 암환자를 위한 고궁 산책이라는 프로그램이 있으니까. 물론 내가 만든 모임이에요."

"알겠습니다. 다시 또 오겠습니다."

두 사람은 출구를 빠져나와 고궁 앞 광장을 가로질렀다. 아직 해가 지려면 멀었고, 하늘은 한낮과 다름없이 환하고도 파랬다. 혼자서 걷기 시작할 때, 사람들은 저마다 다른 곳에서부터 걷기 시작한다. 저처럼 한낮과 다름없이 환하고도 파란 하늘에서, 혹은 스핀이 걸린 빗방울이 떨어지는 골목에서, 분당보다도 더 멀리, 아마도 우주 저편에서부터. 그렇게 저마다 다른 곳에서 혼자서 걷기 시작해 사람들은 결국 함께 걷는 법을 익혀나간다. 그들의 산책은 마치 이 세상에 존재하는 모든 동물들과 함께하는 산책과 같았다. 그들의 산책은 마치 이 세상에 존재하는 모든 동물들과 함께하는 산책과 같을 것이다. 앞으로도. 영원히.

그렇게 주차장을 빠져나온 그들의 눈앞으로 버스를 일렬로 세워 바리케이드를 치고 4차선 도로를 봉쇄한 경찰들이 보였다. 어디선가 함성이 요란했다. 두 사람은 눈앞에 펼쳐진 장면을 바라봤다. 검은색 진압복을 입고 열을 맞춰 앉아 있는 경찰들과, 그보다 뒤쪽에서 무전기를 든 손으로 팔짱을 끼고 그들을 바라보는 지휘관들과, 그보다 더 뒤쪽에서 대기하고 있는 살수차와, 앞쪽에서 서로 뒤엉킨 채 버스와 담벼락 사이를 막고 선 또다른 경찰들과, 그늘의 검은색 투구에서 2미터 정도 위쪽으로 지나가는 바람과, 어디선가 들려오는 함성과, 또 함성과, 또다른 함성과…… 고통, 아아, 그 고통을. 지네와 베짱이와 수컷 사마귀와, 또 오랑우탄이나 코뿔소, 토끼, 어쩌면 매머드나 티라노사우루스 같은 것들을.

"어때요? 괜찮아요? 조금 더 걸어볼까요?"

Y씨가 그를 바라보면서 물었다. 그는 고개를 끄덕였다.

"조금 더 걸어보자는 말이지요? 그래요, 이 거리. 제가 좋아하는 거리니까."

그리고 그녀와 꼭 붙어서 다니던 거리니까.

"맞아요. 저도 좋아하는 거리예요."

그렇게 걸어가는 그들을 향해 무전기를 든 경찰 하나가 두 팔로 X자를 만들어 보인 뒤, 오른손을 뻗어 길 뒤쪽을 가리켰다. Y씨와 그는 경찰이 가리키는 쪽으로 고개를 돌리고 바라봤다. 또한 코끼리와 지네와 베짱이와 수컷 사마귀와 함께. 그것을.

해설

Wedding

허윤진(문학평론가)

직접 소설을 써본 사람이라면 알겠지만 소설을 쓰고 있는 '나'는 소설 속에서 주인공이 되기 어렵다. 소설을 쓰는 '나'와 소설 속의 '나'가 거의 일치하는 소설을 쓰려고 해도, 소설 속의 '나'에는 작가가 의도치 않았던 낯설고 모순적인 요소들이 달라붙게 마련이다. 이 과정에서 '나'를 닮았지만 '나'로부터는 이미 멀어진 형상이 창조된다. 만일 글을 쓰는 '나'와 완벽하게 동일한 형상을 창조하는 일이 소설 쓰기이고 작가가 그 과제를 오차 없이 실행할 수 있다면, 그토록 지루하리만치 예외 없는 일을 어째서 수많은 창조적인 영혼들이 감당하려고 하겠는가? 신비롭게도 '나'로부터 멀어진 형상은 '나'의 심연과 진실에 놀랍도록 핍진하며 '나'와 가장 가까운 형상은 초겨울의 새벽 대기처럼 생경하다.

  소설 속에서 우리는 마치 『고도를 기다리며』(1952)의 에스트라

공처럼 자신이 신고 있는 신발의 협소한 세계와 싸우며, 어딘가 잘 맞지 않는 타인의 신을 신어본다. 살인자에게 성인聖人의 광휘를 선물하고, 폭군에게 자애로운 아버지의 미소를 더하며, 바로 내가 나를 미워하는 사람의 편에 서볼 수 있는 놀라운 도약과 전환의 세계가 바로 소설이고 예술이다. 이런 점에서 남성이었던 인물이 격심한 상처를 겪고 성숙하며 훗날 여성으로서도 삶을 살게 되는 버지니아 울프의 소설 『올란도』(1928)는 소설에서 만끽할 수 있는 '변신'의 능력을 보여주는 좋은 예다.

한국어는 명사나 형용사의 성性이 없는 언어이고, 남성과 여성의 화법이 두드러지게 차이가 나는 언어도 아니다. 소설 속 인물들의 말을 따라 읽다가 소설이 거의 끝날 때쯤에야, 남성인 줄 알았던 인물이 여성이고, 여성인 줄 알았던 인물이 남성이었던 경험이 누구에게나 한번쯤은 있었을 것이다. 실제 언어생활에서 '~니?' 같은 의문형 종결어미는 남성보다는 주로 여성이 사용한다든가, 김연수의 단편 「모두에게 복된 새해—레이먼드 카버에게」(『세계의 끝 여자친구』, 2009)에서처럼 '그치?'라는 문장도 여성이 주로 사용한다든가 하는 관용적인 경향은 있지만 말이다.

김연수의 소설에서는 설명하기는 어려운 남성과 여성의 어법 차이가 자연스럽게 표현될 때가 많다. 그가 상상해낸 여성 인물들은 문화적인 편견의 소산처럼 보이지도 않고, 막연히 신비화되어 있지도 않다. 김연수는 자신과 다른 성性을 가진 존재를 아주 가까이에서 이해하고 있어서, 그가 들려주는 모든 '여자 친구들'의 이야기에는 언제나 귀 기울일 만하다. 듣기 좋은 여성의 목소리로도 자주 이야기를 들려주는 그의 곁에 턱을 괴고 앉아본다.

Something Old, Something New

(김연수 식으로) 잠시 다른 이야기를 해보자. 잘 알려져 있듯이 영미권의 결혼식 풍습 중에는 'Four Somethings'라고 불리는 것이 있다. Something old, something new, something borrowed, something blue. 신부는 행복한 결혼생활을 했던 이전 세대의 여자 친척들에게서 자신에게로 축복과 행운이 이어지기를 바라며 예복이나 패물 같은 것을 빌리고, 새로운 품목을 더하기도 하며, 푸른색으로 된 물건을 결혼식에 사용한다. 결혼식에서 할머니나 어머니의 웨딩드레스를 빌려 입거나, 푸른색 드레스를 입는 것이 이런 풍습의 예다.

소설을 비롯한 이야기 장르는 대부분 '이미 일어난' 일에 대한 것이다. 특히 작가의 '구상' 차원에서라면 더더욱 그렇다. '옛날 옛날에'로 시작되는 모든 이야기들은 결국 '오래된 것something old'이라는 조건을 기본적으로 갖춘 것이다.

김연수의 소설은 다양한 방식으로 이 '오래된 것'의 목록을 보여주었다. 소재와 주제 면에서 그는 '역사'라는 것에 긴 시간 동안 착목해왔다. 역사에 대한 사유는 개인의 삶과 사회적 상황 속에서 시간의 흐름이 어떤 논리로 조직되는가에 대한 고민이라고도 할 수 있다. 거대해 보이는 사회사적 상황이 개인의 삶에서는 아주 미미한 계기로 축소되기도 하고, 별것 아닌 것 같은 평범한 개인이 역사의 걸개그림을 완성하는 처음이자 마지막 퍼즐의 역할을 하기도 한다.

지나간 시간을 찾아나서는 김연수의 소설은 자주 역사를 쓸 수 없었고 자꾸 역사를 잘못 쓴 한국사회에 그가 바치는 프루스트적인 애가哀歌라고 할 수 있을 것이다. 예컨대 소설집 『나는 유령작가입니다』(2005)는 개인의 삶과 사회적 상황에서 '인과성'이라는 것이 불분명하고 우연적인 계기들의 연속에 지나지 않는가를 탐문하는 책이나. 작가는 '오래된 것' '남겨진 것'으로서의 다양한 기록과 문헌을 뒤지며 사가史家들이 빠뜨리거나 보지 못한 수많은 결락缺落을 점선으로 그리려 한다. 오스트리아계 유대인인 미국의 대표적 여성 사가史家인 거다 러너Gerda Lerner는 반유대주의의 어두운 참화를 피해 1939년 가족과 함께 미국으로 이민하고 난 뒤 독일어권에 50여 년간 돌아가지 않았다고 한다. 모국어였던 독일어를 잃어버린 채로 어린 시절 살았던 빈으로 돌아가서 그녀가 본 것은 흔적도 없이 사라진 유년의 공간과 공동체, 그리고 복원되기를 기다리는 기억이었다. 거다 러너는 존재가 멸절된 사람들을 상징적인 죽음에서 구해

내기 위해 그들을 기억하고 그들에 관해 계속해서 말한다. 어쩐지 김연수의 태도는 존재했지만 잊혀진 사람들의 삶을 애써 기억하려 하는 여성사가의 태도를 연상케 하는 면이 있다.

『사월의 미, 칠월의 솔』에서 김연수는 말 그대로 낡은 옷들이 가득한 옷장 앞으로 우리를 데려간다. 「주쌩뚜디피니를 듣던 터널의 밤」을 처음 읽는 독자는 '주쌩뚜디피니'라는 암호 같고 주문 같은 말이 무엇을 의미하는지 알고 싶어질 것이다. 여기에서 김연수가 독자들의 눈앞에 자신의 세계를 보여주는 방식은 아주 느린 발견과 탐구의 방식이라고 할 수 있겠다. 접혀 있던 세계가 한 면씩 천천히 펼쳐지듯 우리는 '나'와 큰누나와 어머니의 삶을 서서히 알아가게 된다. 소설의 초반부에서 어머니는 그저 잠시 실종된 사람처럼 보인다. 대부분의 독자들은 길을 잃거나 잠시 집을 비운 어머니를 자식들이 찾아가는 일종의 로드무비 같은 이야기를 기대하게 될 것이다. 그러나 남매는 실없이 차로 안산 쪽의 터널을 지나가면서 터널 속에 맴도는 어떤 소리를 들으려 한다. 한동안 이야기가 흘러가고 나서야 독자들은 큰누나가 터널에서 들린다고 주장했던 소리가 죽은 어머니의 노랫소리처럼 들린다는 것을 알게 된다.

소설집으로는 『사월의 미, 칠월의 솔』 바로 전에 나온 『세계의 끝 여자친구』(2009)는 『나는 유령작가입니다』에 이어서 출향出鄕과 이산離散의 상상력이 돋보이는 책이었다. 이방의 타인들에게서 물려받은 사선斜線의 시선으로 '한국적인 것'을 낯설게 만드는 작품들이 수록되어 있다. 작은—과연 작다고 말할 수 있을까—빵집이 있는 고향을 떠난 젊은이는 넓은 세상으로 나간다. 집 바깥으로 나갔던 아들이 다시 집으로 돌아오는 것은 사람들의 예상처럼 그가 가진 것을 모두 잃었기 때문이 아니라, 방랑의 체험을 통해 또다시 성장하고 성숙하여, 가장 심원深遠하고 놀라운 세계는 바로 집이고 고향이었다는 것을 깨달았기 때문이다. 『사월의 미, 칠월의 솔』에 수록된 단편소설들은 지금-여기에 더이상 존재하지 않는 남자들과 여자들, 그 부모의 형상들이야말로 가장 보편적이고 놀라운 존재들임을 보여준다. 출향出鄕과 귀향歸鄕의 변증법 속에서 '오래된 존재들'의 진정한 가치가 발견되는 것이다.

「주쌩뚜디피니를 듣던 터널의 밤」에서 가장 빛나는 장면은 남매의 어머니가 세상을 떠나기 전, 오래된 옷가지를 정리하고 잘 안 입었던 옷들을 한 번씩 입어보는 부분이다. 그녀의 큰딸은 오래된 옷을 입어보는 엄마의 사진을 찍어서 남겨두었다. 어떤 시절의 옷을 입느냐에 따라 엄마는 지나간 시간을 다시 살고, 딸 역시 엄마와 더불어 자라고 줄어들기를 반복한다. 독자들은 아들의 초등학교 졸업식에 늙은 엄마로 보일까봐 짧은 빨간색 스커트를 입었던 엄마의 이야기를 읽으면서 아마도 자신의 어린 시절을 한번쯤 떠올려 보게 될 것이다. 그리고 '오래된 사람들'이 '새로운 사람들'의 삶에 머무르기 위해 어떤 것들을 포기해야 했는지 상상해보게 될 것이다. 이 작품의 '엄마'가 자신도 한번쯤은 처녀 시절 알았던 멋진 언니처럼 "불어 노래도 부르고, 대학교 공부도 하고, 여러 번 연애도 하고, 멀리 외국도 마음껏 여행하고 싶"었지만 그럴 수 없었던 것처럼.

「일기예보의 기법」에서도 '엄마'라는 오래된 사람에 얽힌 추억이 마치 얇고 고운 종이에 싸인 고풍스러운 과자처럼 우리의 눈앞에 선보인다. '나'의 여동생 '미경'은 옛 애인의 결혼을 방해하기도 하는 심통 사나운 여자처럼 보인다. 연애에서도 결혼에서도 그다지 성공적이지 못했던 그녀는 자신의 실패가 예전 '닥터 강'의 저주 때문이라고 농담삼아 말한다. 사십대 초반에 두 자식을 데리고 혼자서 일하던 엄마에게 관심을 갖고 다가오던 닥터 강은 '엄마의 삶'을 받아들이지 못했던 철부지 자식들로 인해 엄마와 이어질 수 없었다.

「벚꽃 새해」는 성진이 옛 애인 정연이 예전에 선물해주었던 시계를 그녀에게 돌려주어야 하는 이야기다. 이 과정에서 성진과 정연은 황학동의 오래된 시계점 '정시당'과 그 시계점의 '늙은' 주인, 그리고 그 주인이 오래전에 선물받은 중국의 병마용, 주인의 아내 이야기, 그리고 그들 자신의 옛 기억을 찾아보게 된다. 황학동, 중고 시계, 중국이라는 옛 문명, 노인은 모두 일종의 'ex-'이다. 과거는 우리의 '바깥ex-'에 있고 우리를 벗어나 있기 때문에 오래된 시간은 이처럼 경이를 불러일으키는 낯선 모험의 대상이 된다.

서양에서든 동양에서든 '옛것', 즉 고전을 익히는 것이 곧 새로운 인식의 발견으로 이어지는 것은 상식이었다. 보르헤스는 「피에르 메나르, 돈키호테의 저자」에서 세르반테스의 17세기 문장을 동일하게 반복하면서 세르반테스의 반복인 피에르 메나르의 문장이 미학적으로 새로운 의미를 지닌다고 주장한다. 어떤 미적 대상의 시공간적 맥락이 바뀌는 것만으로도 동일한 대상이 완전히 다른 의미를 지닐 수도 있다는 것이다. 어쨌든 독특성과 신기성新奇性에 대한 부담감에서 자유롭지 못한 현대의 예술가는 분명히 이전에는 없었거나 새로운 부분something new을 창조할 필요를 느낄 듯하다.

그렇다면 김연수가 마련한 '새로운 것'은 무엇인가? 소설이 결국 사람들을 위한 이야기라는 점에서 가장 새로운 것은 바로 인물의 존재 그 자체가 아닐까 싶다. 이전에는 문학이 알거나 기억하지 못했던 고유명사를, 하나의 인물을, 이곳으로 데려와 소개하는 것이 작가의 새로운 일일 것이다. 「동욱」은 제목에서부터 어떤 존재에 대한 이야기를 기대하게 한다. 한국어를 쓰는 사람이라면 '동욱'이라는 단어에서 남자의 이름을 떠올릴 법하다. 뉴스의 톤으로 「동욱」을 요약하면 '결손가정에서 자란 소년이 방화범이 되고 뉘우치지 않는 이야기'가 될지도 모른다. 그런데 이렇게 요약된 이야기를 과연 진심으로 읽고 싶어하는 이들이 있을까? 선정적인 요약과 보고의 방식으로는 한 중학생의 실존이 포착될 도리가 없다. 편견 어린 시선으로 보았을 때 그저 그런 소년들 중 한 명에 불과할 존재에게 이름을 붙여주고 그 이름이 거느릴 수 있는 다양한 모습들을 상상함으로써 우리는 이해의 새로운 지평을 맞이한다.

동욱의 전 담임교사인 '나'는 남편의 어린 시절 경험을, 남편의 얼굴과 목소리를 통해 듣게 되면서 자신이 알지 못하는 남성적 세계의 형성과정을 조금이나마 이해하게 된다. 자신의 의지와 상관없이 억지로 수영을 하다 익사할 뻔하고, 친구들이 모두 피우는 담뱃불 앞에서 소외감마저 느꼈던 또다른 동욱의 '증언'은 동욱이 미처 내지 못한 하나의 목소리인 것이다. 동욱이 불을 지를 만한 곳에 불을 질렀기 때문에 반성할 필요가 없다는 '민희(혹은 미니)' 같은 동욱의 친구들이 있고, 그런 말을 듣고 불편함을 느끼는 '나'가 그들과 더불어 존재하는 상황에서 소설이 지닌 비억압성과 민주성이 드러난다.

표제작인 「사월의 미, 칠월의 솔」은 이름의 기억술이 가장 돋보이는 수작秀作이다. 소설 속의 '나'는 '진경'이라는 여자를 소개하며 이야기를 시작한다. 곧 밝혀지는 것이지만 그녀는 '나'의 애인이었다가 아내가 되는 여자다. 그가 사실 찾아가는 여자는 한국 이름 '차정신', 미국 이름 '파멜라 차'인 자신의 이모다. 사랑받는 존재는 말 그대로 애칭愛稱을 가진다. 그래서 그녀는 소설에서 대체로 '팸 이모'라고 불린다. '미국놈 마누라'가 되겠다던 차정신의 꿈은 '파멜라 차' 혹은 '팸 이모'라는 호칭 속에 이미 실현되어 있다. 플로리다의 풍경 속에서 우리가 만나게 되는 팸 이모의 삶은 언뜻 유쾌하고 행복해 보인다. "하지만 이모가 사랑했던 사람들은 다들 이모보다 먼저 죽었다."

소설을 읽어가면서 우리는 젊은 시절의 정신이 배우였고, 출연한 영화를 만든 감독과 사랑을 하고 3달여간 함께 살았으며, 그에게 부인과 아들이 있었고, 그는 중병에 걸린 상태여서 곧 죽었고, '나'의 엄마인 정신의 둘째언니가 정신의 뱃속에 있던 아이를 떼라고 권했고, 결국 아이가 이 세상의 빛을 보지 못했다는 이야기를 차례로 알아가게 된다.

인물-사람을 대하는 김연수의 태도는 신중해 보인다. 뭇사람들이 편견 없이 그들과 그녀들의 이야기를 들을 수 있게끔 한다. 우리는 그의 손을 잡고 안내를 받으며 19××년생 차정신을 재단하는 대신 팸 이모의 삶에 귀를 기울인다. 팸 이모가 젊은 시절 사랑했던 남자의 어린 아들이 장성하여 '정지운 감독'이라는 이름으로, 아버지를 닮은 모습으로 돌아와 아버지가 남긴 영화 스틸 컷과 기억을 선물할 때까지.

Something Borrowed

오래된 것과 새로운 것은 시간성의 문제로 대상들을 구분한 것이다. 여기에 이야기의 소유권 문제를 결부시키면 오래된 것은 곧 '빌려온 것something borrowed'일 확률이 높다. 내 시간의 경험치를 뛰어넘는 전통과 역사를 가진 대상은 선인先人들의 소유일 것이기 때문이다.

김연수의 소설에는 어떤 면에서 늘 추리소설적인 부분이 있다. 그는 독자가 궁금해하거나 찾고자 하는 대상으로부터 독자의 주의를 분산시키는 데에 아주 뛰어나다. 소설이 시작될 때 등장하는 인물이 뭔가 중요할 것이라고 독자는 기대하기 마련이다. 그런데 김연수는 급진적인 커브를 자주 만들곤 한다. 김연수의 소설에서 맨 처음에 등장하는 인물들은 사실 숨겨져 있는 주인공의 이야기를 독자에 앞서 경험하고 전달하는 역할일 때가 많다. 인물들이 그의 소설에서 하는 일은 대부분 다른 사람의 이야기를 듣고 다른 사람의 이야기를 하는 것이다. 아는 사람의 아는 사람을 내가 아는 사람으로 여기고 친구의 친구를 내 친구로 여기는 사람들의 심리를 꿰뚫어본 듯한 이야기 방식이다.

이야기하는 인물들의 존재감은 그들이 하는 이야기에, 그들이 사랑하는 타인들에게 늘 빚지고 있다. 김연수의 소설 작법은 '나의 것이 결국 하나도 없다'는 겸손한 파산자의 인식으로부터 출발한다고 할 수 있을 것 같다(그의 소설이 세계문학에 대한 충실한 독서요 주석인 것처럼 보이는 것은 따라서 자연스러운 일이다).

「푸른색으로 우리가 쓸 수 있는 것」은 작가의 탄생이 임차賃借의 식에서 비롯된다는 것을 여러 층위로 보여준다. 젊은 나이에 암에 걸려 고통 속에 투병중인 작가 '나'는 김일성대학교와 서울대학교를 다닌 바 있는 선배 작가인 노인을 병동에서 만나게 된다. 정대원이라는 그 작가는 『24번 어금니로 남은 사랑』이라는 작품으로 인정을 받았는데, 이 작품은 병원 간호사와의 사랑, 그리고 그에 대한 기억과 결부되어 있다. 함께 살면서 이야기를 들려주는 그에게 그녀는 볼펜 한 다스와 원고지 뭉치를 사다주었다. 그리고 검은색 볼펜으로 쓴 문장들을 빨간색 볼펜으로 고쳐 쓰며 그는 작가가 되었다. 정대원이 쓴 "자기 경험의 주인이 되지 못하기 때문에 인간은 괴로운 것이다"라는 문장은 '빌려온 것'으로서의 문학이 지닌 본질과도 연관된다.

이 소설의 마지막 부분에서는 간호사가 정대원에게 주었던 볼펜 한 다스에 푸른색 볼펜이 섞여 있었다는 사실이 밝혀진다. 동시에 정대원의 부고와 더불어 노무현 전 대통령의 부고가 타전된다. 앞서 언급한 소설집을 비롯해서 『네가 누구든 얼마나 외롭든』(2007)이나 『밤은 노래한다』(2008), 『원더보이』(2012) 등의 장편소설에서 여러 의미의 역사에 대해서 고민해온 작가의 번민이 느껴지는 대목이다. 작가들이 글을 쓸 때 치통 같은 '개별적인 고통'에만 절대적으로 함몰되면 결국 글쓰기는 유아론적인 환상에 그치게 된다. 우리가 세계와 시대로부터 무언가를 빌리고 있으며 그 채무의 대상에는 '고통'도 포함된다는 것을, 푸른색 볼펜과 초상初喪의 경험을 통해 깨닫게 된다.

「우는 시늉을 하네」에는 두 권의 책이 등장한다. 한 권은 아달베르트 슈티프터의 『늦여름』이고 다른 한 권은 '시티프터'의 『晚夏』이다. 독일어로 'Der Nachsommer'인 표제를 다른 표현으로 번역한 책들이다. 소설가를 엄마로 둔 아들인 '영범'은 우연히 『늦여름』이라는 소설을 산 적이 있었다. 그의 아버지는 『늦여름』이 예전에 자신이 읽었던 책이라고 이야기한다. 아내가 이혼을 원해서 그녀와 함께 할 수 없었던 아버지는 『晚夏』라는 제목으로 번역되었던 책을 오래전에 밑줄 치며 읽었다.

새롭게 밀려오는 시대는 이제까지 없었던 가장 특별한 시대처럼 보일 수 있다. 그러나 지나간 모든 시대는 매순간 가장 특별한 시대이다. 소설의 끝에서 영범은 아버지가 읽은 '시티프터'의 문장을 그대로 읽고 옮기면서 사랑했던 여자로부터 버림받은 자로서 아버지의 경험을 빌려온다. 『늦여름』이 『晚夏』를 빌리듯이. 김연수의 앞선 역작인 『꾿빠이, 이상』은 작가로서의 이상을 빌림으로써 작가성이 탄생하는 작품이 아니던가?

공교롭게도 「푸르색으로 우리가 쓸 수 있는 것」과 「우는 시늉을 하네」는 부성적인 존재들의 사후死後에야 그들이 남긴 책을 젊은 남자들이 읽게 되는 이야기이다. 저작권이 만료된 책이 허용하는 자유처럼, 지상의 시간을 마친 존재들이 빌려주는 자산이 있다.

소설가가 쓰는 모든 소설은 결국 남의 베일을 빌려 쓴 가난한 여자와 같은지도 모른다. 혹은 「인구가 나다」를 빌려서 말하자면 소설을 쓰는 일은 누군가에게서 얻은 악기로 지나간 옛 곡조를 연주하는 일 같기도 하다. 결혼식장의 음악처럼 사람들이 쉽게 지나쳐 가지만, 공허한 귀와 텅 빈 심장을 지닌 누군가에게만은 깊고 너른 공명을 일으키는 지속과 휴지休止.

Something Blue

 우리가 타인에게 연결되어 있다는 사실은 기쁨과 더불어 우울을 선사할 때가 있다. 우리의 이야기를 듣고, 우리로 하여금 말하게 하고, 우리의 이야기 자체가 되는 주체가 우리 자신이 아닌 다르고 낯선 존재들이어서 우리가 늘 빚진 채로 살아갈 수밖에 없기 때문이다. 문을 열어둔 집은 한기寒氣와 열기熱氣에 노출되어 안전할 수가 없는 것이다. 그러니 이 연약한 실존 속에서 우리와 우리의 친구인 소설가는 다소간 두렵고 우울한 기분에 빠질 수밖에 없다.

 타고난 일정량의 우울로 말미암아 소설가는 결혼식에 초대하기 곤란한 손님이 된다. 친족들과 타인들이 만나는 이 새로운 역사의 장場에서 그는 결혼식에 숨겨진 미래의 장례식에 더 관심을 보일지도 모르는 불길한 존재이기 때문이다. 그런데 결혼식에서 과거의 존재들은 죽어 새 이름으로 태어난다. 또 영원을 약속한 이들은 언젠가 지상에서 시차를 두고 헤어질 수밖에 없다는 점에서 결혼식은 장례식을 내다본다. 그러니 사실 소설가는 언제나 준비성이 많으며 미리 초대된 주빈主賓인 것이다.

그는 이제는 아무도 거들떠보지 않는 옛 시절의 유행 같은 존재들과 시공간을 추억하며 그들에게 새로운 이름을 붙여주고, 그들로부터 빌려온 이야기를 제대로 갚지 못해서 괴로워할 것이다. 그러다 그는 타인이 두고 간 파란색 볼펜을 쥐고, 슬픔의 회분灰分으로부터 날아오르는 푸른 새를 그릴 것이다.

이렇게 또 그에게 빌려 쓴 이야기가 한 시절을 지나간다.

작가의 말

 지난여름, 나는 자동차를 타고 이란의 자그로스 산맥을 넘어가고 있었다. 오전 8시에 마슈하드에서 출발했으니 벌써 자동차에서만 12시간째. 이미 800킬로미터 넘게 달렸지만, 목적지인 야즈드까지는 여전히 100킬로미터가 남아 있었다. 한동안 모래바람이 부는 단조로운 사막 풍경이 계속되는가 싶더니 나무 하나 없이 날카롭게 치솟은 거무스름한 봉우리들이 멀리서 나타나기 시작했다. 눈앞으로 왕복 2차선 도로가 일직선으로 길게 이어지다가 그 봉우리들 사이로 사라지고 있었다. 해가 뉘엿뉘엿 넘어갈 무렵까지 그 길을 달리다가 어느 순간 귀가 뚫리고 난 뒤에야 나는 우리가 꽤 높은 곳까지 올라왔다는 사실을 깨달았다.
 이윽고 해는 저녁의 검은 봉우리 너머로 저물었다. 밝은 동안에는 이따금 거북이처럼 운행하는 화물차들을 추월하곤 했지만, 어둑어둑해진 뒤부터는 앞차들의 붉은 미등만 바라보며 천천히 운전했다. 하늘이 캄캄해지자, 보름을 향해 부풀어가는 달이 더욱 하얘졌다. 그 달을 올려다보며 나는 내가 신간을 펴낼 때마다 자기 일처럼 좋아하던 사람들을 떠올렸다. 그들 중 몇몇 사람들은 이제 더 이상 나의 새 책을 읽을 수가 없다. 그런 생각을 하면 이상하기만 하다. 어째서 그런 것일까? 왜 그럴 수밖에 없는 것일까? 어째서 그렇고, 왜 그럴 수밖에 없는 것인지, 아직까지도 나는 잘 모르겠다. 어째서 모든 것은 변해가야만 하는지, 왜 세상은 내가 알던 그 모습 그대로 영원할 수 없는지.

내가 그런 생각에 잠겨 있는 동안, 다른 사람들은 무슨 생각을 했는지 모르겠다. 차 안은 조용했다. 어쨌거나 다들 지쳤다는 것만은 틀림없었다. 그런 건 물어보지 않아도 알 수 있으니까. 차 안의 공기는 심해의 바닥처럼 답답했다. 그래서 우리는 뭔가 기분이 좋아질 만한 노래를 듣기로 했고, 누군가 핸드폰을 차량 오디오에 연결해 노래들을 틀었다. '난 예쁘지 않아. 아름답지 않아'라거나 'Baby, I'm so lonely, lonely, lonely, lonely'라고 부르는 목소리들이 낯선 이국의 저녁으로 울려퍼졌다. 그 노래들이 좋아서 우리는 차창을 모두 내리고 볼륨을 최대한 올렸다. 여기까지가 우리들의 끝인가요? It's OK. Baby, please don't cry. 노랫소리가 어두운 도로 위로 울려퍼졌다. 중앙선을 넘어 추월하던 이란인들이 차창을 내리고 우리를 향해 웃으며 손을 흔들었다. 우리도 손을 흔들며 웃었다. 손을 흔들고, 웃는, 그 단순한 동작들이 우리를 기분 좋게 만들었다. 그렇게 우리는 도로의 가장 높은 지점을 넘어갔다.

그리고 멀리 지평선으로 불빛들이 나타났다. 먼 불빛들은 지평선 왼쪽 끝에서 오른쪽 끝까지 길게 펼쳐지고 있었다. 그게 도시의 불빛이라면 지금 우리는 세계에서 가장 큰 도시로 가고 있는 셈이었지만, 그러나 이 세상 끝까지 가도 그렇게 큰 도시는 없을 테지만, 그럼에도 우리는 그게 야즈드의 불빛이라고 믿기로 했다. 왜냐하면 벌써 12시간째 자동차 안에 앉아 사막을 지나고 산맥을 넘으며 850킬로미터 정도 달려왔으니까. 그렇게 먼 불빛에서 눈을 떼지 못한 채 30분에 걸쳐서 천천히 저녁의 도로를 따라 지평선까지 내려왔다. 거의 다 왔어, 이제 조금만 더 가면 되는 거야. 그렇게 생각하면서 바라보는 지평선의 불빛들은 눈부실 정도로 아름다웠고, 또 그렇게 아름다워야만 했다. 그게 야즈드의 불빛이라서, 혹은 야즈드의 불빛이 아니라고 해도. 우린 머나먼 길을 달려왔으니까.

소설을 쓴다는 건 그게 야즈드의 불빛이라고 믿으며 어두운 도로를 따라 환한 지평선을 향해 천천히 내려가는 일과 같다. 이 책에 실린 소설들을 쓰는 동안, 나는 내가 쓰는 소설은 무조건 아름다워야만 한다고 생각했다. 실제 이 세상이 얼마나 잔인한 곳이든, 우리가 살아온 인생이 얼마나 끔찍하든 그런 건 내게 중요하지 않았다. 여기까지가 우리의 끝이라고 해도, 그럼에도 여기 실린 소설들을 쓰는 2008년 여름부터 2013년 봄까지 5년 동안만은,

It's OK. Baby, please don't cry. 내가 쓰는 소설에 어떤 진실이 있다면, 그건 그날 저녁, 여행에 지친 우리가 조금의 의심도 없이 야즈드의 불빛이라 생각했던, 지평선을 가득 메운 그 반짝임 같은 것이라고 믿었으니까. 중요한 건 우리가 함께 머나먼 지평선의 반짝임을 바라보며 천천히 나아가는 시간들이라고. 그게 야즈드의 불빛이라서, 혹은 야즈드의 불빛이 아니라고 해도.

2013년 11월
김연수

| 수록 작품 발표 지면 |

벚꽃 새해 …… 창작과비평, 2013 여름

깊은 밤, 기린의 말 …… 문학의문학, 2010 가을

사월의 미, 칠월의 솔 …… 자음과모음, 2010 겨울

일기예보의 기법 …… 문학동네, 2010 겨울

주쌩뚜디피니를 듣던 터널의 밤 …… 세계의문학, 2012 봄

푸른색으로 우리가 쓸 수 있는 것 …… 문학과사회, 2012 여름

동욱 …… 실천문학, 2013 봄

우는 시늉을 하네 …… 문예중앙, 2013 봄

파주로 …… 21세기문학, 2013 여름

인구가 나다 …… 현대문학, 2011 2월

산책하는 이들의 다섯 가지 즐거움 …… 자음과모음, 2008 가을
제33회 이상문학상 수상작

문학동네 소설집
사월의 미, 칠월의 솔
ⓒ 김연수 2013

1판 1쇄 2013년 11월 20일
1판 17쇄 2025년 6월 16일

지은이 김연수
책임편집 조연주 | **편집** 김고은 이경록
디자인 윤종윤 유현아 | **저작권** 박지영 형소진 오서영 조경은
마케팅 정민호 서지화 한민아 이민경 왕지경 정유진 정경주 김수인 김혜원
  김예진 나현후 이서진
브랜딩 함유지 박민재 이송이 김희숙 박다솔 조다현 김하연 이준희
제작 강신은 김동욱 이순호 | **제작처** 영신사

펴낸곳 (주)문학동네 | **펴낸이** 김소영
출판등록 1993년 10월 22일 제 2003-000045호
주소 10881 경기도 파주시 회동길 210
전자우편 editor@munhak.com | **대표전화** 031) 955-8888 | **팩스** 031) 955-8855
문학동네카페 http://cafe.naver.com/mhdn
인스타그램 @munhakdongne | **트위터** @munhakdongne
북클럽문학동네 http://bookclubmunhak.com

ISBN 978-89-546-2290-5 03810
* 이 책의 판권은 지은이와 문학동네에 있습니다.
  이 책 내용의 전부 또는 일부를 재사용하려면 반드시 양측의 서면 동의를 받아야 합니다.

잘못된 책은 구입하신 서점에서 교환해드립니다.
기타 교환 문의 031) 955-2661, 3580

www.munhak.com